JN105281
ひとりぼっちの異世界攻略
life.13
自称最弱、
最弱をやり直す
五示正司
author Shoji Goji
イラスト 榎丸さく
illustrator Saku Enomaru

アンジェリカ Angelica
ファレリア Faleria
です♥♩♩♩

ネフェルティリ Nefertiri
「「「Go Go 御主人様《マスター》

委員長
Iincyo
「え、えぇ～と、どうかな？　遥くん」
二度と拝むことはできない!?
委員長のミニスカ巫女姿を
出血大サービスで公開！

ひとりぼっちの異世界攻略

life.13 自称最弱、最弱をやり直す

Lonely Attack on the Different World

life.13 Loneliness redoes the weakest

五示正司
author — Shoji Goji
イラスト — 榎丸さく
illustrator — Saku Enomaru

CHARACTER

アンジェリカ
Angelica

「最果ての迷宮」の元迷宮皇。遥のスキルで『使役』された。別名・甲冑委員長。

遥
Haruka

異世界召喚された高校生。クラスで唯一、神様に“チートスキル”を貰えなかった。

ネフェルティリ
Nefertiri

元迷宮皇。教国に操られ殺戮兵器と化していたが遥の魔道具で解放。別名・踊りっ娘。

委員長
Iincyo

遥のクラスの学級委員長。集団を率いる才能がある。遥とは小学校からの知り合い。

ファレリア
Faleria

元迷宮皇。大聖堂の地下深くで死んでいたが、遥の魔道具で復活。別名・眠りっ娘。

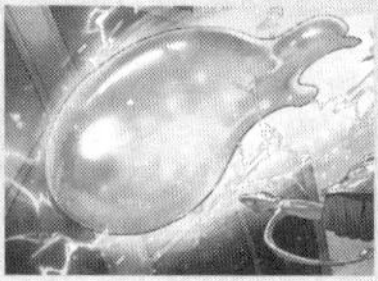

スライム・エンペラー
Slime Emperor

元迷宮王。『捕食』した敵のスキルを習得できる。遥のスキルで『使役』された。

STORY

教皇が鎮座する大聖堂へ潜入を開始した遥。その内部は複雑に入り組み、無敵の騎士団と強力な魔物が跋扈する人外魔境であった。探索中、遥は封印の施された宝箱を発見する。お宝目当てに嬉々として封印を解くが、中に入っていたのは純白の素肌をもつ美少女の死体が静かに眠っていた。

死体の正体がネフェルティリの旧友であり、聖女だと知った遥は、この大聖堂のどこかに復活させる方法も眠っていると睨んで攻略を続行する。大聖堂に隠された真実を突き止める。

そして大聖堂地下大迷宮100階層で、迷宮王の黒騎士と遭遇した遥。その黒騎士はさらに深くで眠る聖女の魂を守護していた賢者・ザッシモフの魂と気がついた遥は、必ず聖女を救けることを約束し、黒騎士に勝利する。

ついに現れた第三の迷宮皇であり、聖女であるファレリアの魂。闇を葬り去り、迷宮の秘宝の力で魂と肉体をつなげる事に遥は成功する。しかし、戦いの中で遥の体は限界を迎え、自己崩壊を起こしてしまったのだった。

副委員長A
FukuiincyoA

クラスメイト。馬鹿な事をする男子たちに睨みをきかせるクールビューティー。

副委員長B
FukuiincyoB

クラスメイト。校内の「良い人ランキング」1位のほんわか系女子。職業は『大賢者』。

副委員長C
FukuiincyoC

クラスメイト。大人の女性に憧れる元気なちびっこ。クラスのマスコット的存在。

姉兎っ娘
Aneusagikko

兎の獣人。奴隷狩りに攫われた妹狼っ娘を救出すべく教国に潜入。命の恩人の遥に忠誠を誓う。

妹狼っ娘
Imotookamikko

狼の獣人で姉兎っ娘の妹。奴隷狩りによって教国へ連れ去られた。命の恩人の遥に忠誠を誓う。

レイテシア
Raytessier

教国の教導騎士。教皇派から孤児院を奪還し、子供達の世話をしている。別名・保母騎士っ娘。

アリアンナ
Arianna

教国の王女。教会のシスターでもあり、教皇と対立する派閥に所属。別名・シスターっ娘。

シャリセレス
Shariceres

ディオレール王国王女。偽迷宮の罠による“半裸ワッショイ”がトラウマになる。別名・王女っ娘。

セレス
Ceres

シャリセレス王女の専属メイド。王女の影武者も務める。別名・メイドっ娘。

尾行っ娘
Bikokko

調査や偵察を家業とするシノー族の長の娘。「絶対不可視」と称される一流の密偵。

メロトーサム
Merotosam

辺境オムイの領主。「辺境王」「軍神」などの異名を持つ英雄にして無敗の剣士。

メリエール
Meriel

辺境オムイの領主の娘。遥に名前を覚えてもらえず「メリメリ」という渾名が定着。

ソウルフードと言われようともそれを万人が受け入れているとは限らない。

117日目　昼過ぎ　教国　路上

漆黒の『死霊の黒衣《マント》』を身に纏《まと》い、ゆっくりと手を突き出す。そして右手を掲げると、その手には藁《わら》と大豆！　うん、腐敗効果で納豆を作成中らしくて、上手《うま》く行けばお豆腐やチーズも生産可能になる可能性を秘めた新兵器だと自慢していたけれど……でも、『死霊の黒衣《マント》　All30％アップ　魔法吸収（極大）　魔法反射（極大）　魔法制御（極大）　MP吸収　接触効果無効化《スキル》　接触腐食武器装備破壊　＋DEF』って、とんでもない迷宮装備さんであって納豆を作る為《ため》のものじゃないと思うの？　でもでも、お葱《ねぎ》も入れてね？

「あー、異世界で納豆が食べられるなんて……獣人国になかった時点で諦めてたのに」

「結構みんな食べられるんだねー……遥《はるか》くんは滅茶《めちゃ》退いてたけど？」

腐敗と死を司《つかさど》る凶悪な黒衣《マント》を靡《なび》かせ、闇のような黒影が静かに佇《たたず》む。その右手からは幾つもの大豆が糸を引きながら零《こぼ》れ落ちてゆき……納豆を作るのがなんでそんなに邪悪そうなんだろうね？　まあ、見た目はあれだけど腐敗菌管理は完璧みたいなの？

「邪悪そうに納豆を量産してると思ったら……あれって嫌そうにしてたんだ？」「「でもこれ美味《おい》しいよ♪」」

情報《データ》収集のための試作品との事だったけど、美味しい!!　そして、掻《か》き混ぜ掻き混ぜてネバネバと糸を滴らせながら納豆を食べて涙ぐみ、鼻と納豆を啜《すす》る音だけが響く。

「あれっ、異世界組は逃げちゃった？」「美味しいのにねー？」「うん、スライムさんは食べてるのに？」（ポヨポヨ♪）

ちなみに遥くんは食べられないらしいの……うん、なんか作りながら若干退いてたから、実は苦手なんだろね？

「それなのに作ってくれたんだ……」「うん、でも邪悪に嫌そうな納豆製造だったね？」

ただ、現在絶不調で御飯はお休みで納豆のみ。あとは料理部っ娘《こ》ちゃん達《たち》の調理組を私達もお手伝い。だって逆補正《ペナルティー》があっても、せめて簡単な手料理くらい作れるようになりたもんね？

「あっ、でも『聖家族教会《サグラダ・ファミリア》』を見学したかったー！」「でも……ちらっと見えたけど……看板が『大性堂』になってなかった？」「「「うん、でかでかと誤字ってたね？」」」

確かに大性堂だった。そう、教国の中心に聳《そび》える偽聖家族教会《サグラダ・ファミリア》さんは『性家族教会』と発禁間違いなしな表記で危険物になっていたの？

「「「絶対やらかすと思って、わざわざ『ザッシモフ』さんの名前だけでかでかと看板《ボード》にして渡しておいたのに」」」「うん、まさかの『大聖堂』の方が誤字られるとはね!?」「歴史に埋もれた聖人さんは……性人認定されちゃったんだ？」「「「うん、埋もれたままのほうが幸せだったかも？」」」

そして、その犯人の遥くんはスライムさんと訓練中で、突如として瞬間的に跳ね跳ぶスライムさんの電光石火の攻撃を……避《よ》けた？　うん、避けている。瞬間移動のように突如避け終わっているけど、時々躓《つまず》いて転げ回って……いる。

「本当に……本当に全部壊れて……なくなっちゃったんだ」

あの舞うように踊る空前絶後の歩術は消え去り、あの揺らめくように躱《かわ》す幻みたいな体術の絶技も失い、ゆっくりに見えるのに霞《かす》むような神速の剣技も失《な》くして……全く違うちぐはぐな動きで、懸命に身体《からだ》の動きを調整《アジャスト》している。そう、遥くんが異世界で必死に作り上げ、磨き上げてきた技術《もの》はまた全部崩れ去ってしまっていた。

「み、見えないよ！」「今の何!?」「避けてたね～？　躱したんじゃなくって～？」「躱し……って、避け終わってる!!」「あ、あれって瞬間移動なの!?」

それは速くても見窄《みすぼ》らしく無様な型通りの単純な動き。もう、あの舞い踊るような技の数々は見る影もなくなってしまった、ただ速いだけの愚直な動作。それすらも制御しきれないで躓き転ぶ乱雑な型。

「うーん、躓いて転がり回ってるから体術だよ……多分？」「だけど……技が失くなってるよ……全部……」「何でよ！　あんなに頑張ってたのに……誰より頑張ってるのになんで……」

だけど、転がり回り泥まみれになったって誰一人嘲ったりなんてしない。みんなが涙を堪《こら》え唇を噛《か》み締めて見詰める。その繰り返される、たった半歩足を出したたった5つの型だけを繰り返す遥くんの姿を瞳に焼き付ける見つめる。

「型は……5つだけ？　そんなんじゃ……」「本当だ。あれしか……できないんだ」

そしてスライムさんと代わってもらい順番に訓練をお手伝い。それが見苦しいほど必死な愚かな姿だって、絶対に笑ったりなんてしない。うん、だって全員ボコられたの!?

「「「なんで!?」」」「あ……あれっ？」

ただ型をなぞるだけの動作。それも、たった5つだけ。しかも酷《ひど》くぎこちない動きなのに……一瞬でボコられちゃった？

「動き《SpE》は遅いのに？」「うん、無駄な動きだって多い、全然洗練もされていないただの型……だよね？」

それなのに当たらない。完全に反応で上回られて、そして動きで速度差が覆される！

「「「きゃ――っ！　乙女を転がさないで優しくしてー（泣!?）」」」

みんな本気で挑み、ボコられて怒ってるけど嬉《うれ》しそう。だって、その顔はみんな笑ってる。あんなにも襤褸襤褸《ぼろぼろ》で満足に動けず、日常生活すら覚束《おぼつか》ないのに……それでも遥くんは強かった。そう、だって私達なんて転がされちゃうくらい強かったから。

「いったーい！　乙女をふっ飛ばしちゃ駄目なのよー（泣!!）」

ただ繰り返される、たった5つの型が読みきれない。その瞬間の速度に対応しきれず、速攻で先手を取っても追い付かれて追い抜かれる目も眩《くら》む刹那の速さ。

無様で格好悪くって、与太《よた》つき躓きそうな無様な型。でも、何でもないような顔をしながら真剣な目で戦う遥くんは、ちゃんと遥くんだった。

そう、私達の心配なんて笑ってふっとばす遥くんだったの。たとえ、それが私達を安心させるために無理していたって、いつものように嘘《うそ》で騙《だま》してたって――ちゃんと強い遥くんだったからみんな泣き笑いで怒っている。

「「「ボコられたー！」」」「うん、何であれに勝てないの!?」

休憩は終わり馬車は進む。馬車の中でみんなが嬉しそうに愚痴る女子会《はんせいかい》。

「全く難しそうな事はしていなかったよね？」「なんかたった5つの型を繰り返すだけ？」

「うん、激しい動きもなく、ただ攻撃に合わせて……」「「「ただ、半歩と拳を出すだけの技にしてやられちゃったよね？」」」

そう、それは狐《きつね》に抓《つま》まれたような、怪訝《けげん》な怪奇現象みたいな技だった。

「あれは五行拳ですね。形意拳の基本にして奥義で、たった5つの型に拳法の全ての技を集約させたと言われる「時に斧《おの》、時には槍《やり》にして、錐《きり》のように突きあげ火矢の如《ごと》く放ち半月を描き薙《な》ぐ」の5つの技だけの武術です」「「「……？」」」

動きはぎこちなく、技は継《つ》ぎ接《は》ぎでお世辞にも綺麗《きれい》とは言い難い姿だった。

「まともに身体は動かないから、たった5つだけ。ただ、その5つの型は拳の真髄を集約した五行。それだけを身に付けようとしているんですね……莫迦《ばか》みたいに必死で」

愚直にも巫山戯《ふざけ》てるようにも見えて、思ってたより凄《すご》いものだった。そして不格好に見えるのも当然な超高難度の技術を目指していた。

「内家拳最強と言われる形意拳の基本にして奥義。肉体から生み出される筋力で技を打ち出していく外家拳に対して、内家拳は筋力に関係なく身体の内部から発せられる気功や内功や呼吸法に技の起点を求める拳法です。そして、なによりも身体が制御できないから、5つの型だけを身に付けて唯一使える気功や仙術と言った内功を最も有意義に活用できる技術を最優先に会得する気なんですよ」

「ううぅ……絶対勝てそうな気がしたのに？」「だよね！　途中から本気だしたのにボコられたよ!?」

華麗さはない、距離《リーチ》もなく身を晒《さら》すように踏み込み打ち振るうだけの徒手空拳。なのに突き飛ばされて、剣ごと叩《たた》き落とされて転がされた。斬りつける剣の腹をそっと押されて逸《そ》らされると、その瞬間に肘や肩を押されてコロコロと転がっていたの？

「あれが五行の相性で、こちらの攻撃に対してより強い相性の技を当てているんです。だから崩されるし、戦いにくいんですよ。華麗さも優雅さもない替わりに、最速攻撃で押し通されるんですから見た目より凄《すさ》まじく怖い技ですよ」「「「うん、でもそれは転がされる前に教えてよ（泣!!）」」」

太極拳と同じ内家拳なのに、手数が少なく歩法も半身での前後進だけだった。その見た目は愚直ですらあり至極単純だから、見切ったつもりだったし見切れていたはずなのに……全然対処も全く攻略も何もできなかったの？　そうして小休止。休憩時間に次々に馬車から飛び出していく、狙いは新技！　そして3時の菓子《おやつ》！

「ちょ、習ってくる！」「えっ、だったらチャイナはミニとロングどっち!?」「歩法がないからロングで行けそうかも？」「うん、蹴りも使っていませんでした」「は、裸功夫《カンフー》服（上着のみ）とか!?」「「「て、天才現る!?」」」「動きやすさなら体操服かブルマ？」「女教師プレイはかなり効果的だったとの報告が？」「だったら……女子高生プレイ!?」「「「プレイじゃないの！　現役です!!」」」

　プリンだった。食後の五行拳講座は見ていたのと全然違う一撃一撃の重さで、全身の疲労感でプリンが美味しい。その破壊力と合理的でありながら複雑で論理的な身体の使用方法、そしてチャイナのスリットがひらめき華麗な刺繍《ししゅう》の布地の隙間《スリット》さんからにょっきりと生足さんが飛び出し大地を踏みつける。うん、遥くんの目が泳いでる！

（実はロングに弱い!?）（チラリが弱点？）（そう言われれば修道服も……）（ええ、今なら勝てそうです。あれは全く集中できていません！）（拳から迫力がなくなってます）（全部好きです……全部、弱点！）（甲冑《かっちゅう》とローブ以外、だいたい弱点、です！）（（性王さんって弱点だらけ!?））

　本当はもっとゆっくり、もっとのんびりとみんなでワイワイしながら帰りたかったな。少しだけでも、遥くんを休ませたかった。だけど、獣人さん達は早く故郷へ戻りたいだろう。祖国に辿《たど》り着くまで心からの安心なんてもうできないのだろう。

　幸い獣人姉妹のお母さんは獣人の間でも超有名人らしくて、みんなを纏めてくれている。だから、みんな落ち着いてくれているけれど……それでも人族である私達には寄ってきたがらない。それは、もう心の奥底で人族に怯《おび》えて警戒し……そして憎んでる。

それは良いの。そして私達は良い。でも、遥くんにそんな警戒した目を向けて、人族への敵意は向けないでね？　気持ちはわかる、だけど獣人さん達をみんな助けるために襤褸襤褸になっていた遥くんを睨《にら》んだりしたら……それがどのくらい襤褸襤褸だったのか思いっきり思い知らせるからね？　全身の筋肉が裂かれ続けて、骨を砕かれ尽くし磨《す》り潰される痛みに脳髄を焼き尽くされるのをちょっと体験してみる？　それでも生温《なまぬる》いかな？

「「「委員長だめ！　獣人さん達、怖がってるよ!!」」」

怒られた。だって悔しい。だって誰よりも獣人さん達を一生懸命に必死に救《たす》けたのは遥くんなのに、それが人族だからって憎まれるなんて……人族かどうかも怪しいのに？

「うん、気持ちはわかるけど我慢して！」

そして教国の国境から旧要塞を抜けて、森へ入る。要塞跡には未《ま》だ扉だけが虚《むな》しく残っていて、そしてそれすらも遥くんが落ちてたって拾ってるから……もう跡形もない。跡には瓦礫《がれき》のみ。獣人さん達が怯え憎んでいた要塞の痕跡は消え失《う》せ、忌まわしき過去の象徴は石塊になって散乱している。うん、それすら良い岩だって拾ってるの？

教国の人に会わない道を抜けて、ようやく森に入ると獣人さん達も落ち着きを取り戻したみたいでサーシャちゃんとネーシャちゃん姉妹が戻ってきた……兎人《とじん》のお母さんは遥くんを避けてるけど、理由《なぜか》がよく理解《わか》るから触れないであげよう。うん、人妻さんだしね？

「あれは、性王にでも噛まれたと思って忘れるしかないのにね？」「まあ、かなり心に深く刻まれちゃって忘れるのがとっても難しそうだけどね？」「「お母さん（泣）」」

そして大森林を抜けて、獣人国の長城が見えて……きた？

「あ、あれが？」「あれが……あの、長城の成れの果て!?」

遥くんが全力を以《も》って獣人国を守るために築き上げたはずの長城。そこを小田《おだ》くん達が守り、多くの獣人の戦士達が駐屯していたはずの強大な長城は……もう、無惨に、出て行く時の面影も残さず見る影もない。

そして大量の人集《ひとだか》りが押し寄せ、開け放たれた大門から我先に侵入して征《い》く。人族の群衆が……そう、獣人国へと。

オタ莫迦の回収が遅すぎて手遅れ感満載な終末的な様相だった。

117日目　夜　獣人国ガメレーン共和国

群衆が押し寄せ長蛇の列を為《な》し、獣人国を取り囲む。雄大な長城「太郎芋城」は、その長大な城壁は無惨に萌《も》え萌《も》えな獣人っ娘《こ》の巨大なイラストが連々と描《えが》かれていた。

「あ、あれが？」「あれが……あの、長城の成れの果て!?」

そう、いつの間にか観光名所になり、遠方からも目を引く巨大な岩山が削られ彫刻《モールド》された壮大な規模《スケール》の獣人っ娘像に変わり、萌え萌えに聳《そび》え立ち、それに心惹《ひ》かれ誰もが眺めにやって来ては萌えて入って来るらしい。

そうして獣人っ娘の萌え絵や巨像《フィギュア》に魂を惹かれた人達《たち》が獣人国に訪れると、止《とど》めのケモミミメイド喫茶で魂まで堕《お》ちる。その罪深き萌えの深淵《しんえん》の闇の渦に飲み込まれる虚無《オタ》と化すと謂《い》う。

「「「なんて事してるのよ!?」」」

あっという間に獣人族への差別は消えて行っているそうだ。その代わりに別の巨大で根深い問題が発生中らしいの?

「「「敵国オタク化計画!?」」」「で、でも警戒してた獣人国への侵攻は……どうしてこうなった?」「最強とは敵と友達になることらしいけど……」「「「オタにされちゃったんだ!?」」」

遥《はるか》くんは言った、「オタ大増殖《パンデミック》!」と。それは異世界にオタク文化が芽生えた日だった。ある意味異世界の終焉《おわり》だった。異世界は文化と美術の歴史が花開き、芸術が勃興する前に終焉《しゅうえん》の萌え文化が顕現してしまったの。

「「「うわー、めちゃ喜んでる?」」」「異世界って……娯楽がないもんね?」

その圧倒的なオタ大増殖《パンデミック》の勢いに飲まれ、亜人差別は一気に消えて行っているらしい。商国や王国はもちろん、宗教を超えて教義なんて踏み潰して教国人まで獣人っ娘さん達に萌え萌えキュンしているらしいの?

「「「恐るべき、ケモミミメイド喫茶!!」」」「でもあの衣装は、あざと可愛《かわい》い!!」

小田《おだ》くん達に釘《くぎ》を刺しておいたから、既にケモミミメイド喫茶は全店「性王お断り」の表示済みで獣人っ娘さん達は守られた。ただ、ケモミミメイド喫茶の店の前でイジけてた遥くんが小田くん達を焼こうと、新たなる破壊兵器の開発に着手したらしい。

そうして太郎芋城の魔改造について小田くん達が説明《はんにんじはく》する。遥くんは聞く前から予測して頭を押さえてるけどね？

「いや、敵を威嚇しようかと思って？」「そうそう、あと偽迷宮の真似《まね》して視覚トリック で騙《だま》そうかと？」「あとは弓矢や魔法の遠距離攻撃用の対策に囮人形《ダミー》を配置？」「それに若干の趣味を少々？」「「「そしたら……こうなったんですよ？」」」

らしいの？

「こうなったんじゃねえよー！ いや、確かにあの愛らしい有名絵師さん達の名作の数々な壁画は攻撃できないだろうし、壁上の等身大萌え人形《フィギュア》に攻撃を仕掛けるなんて暴挙はできないだろうし、巨大萌え獣人像も神だな！ でも、あのラブリーな城塞の何処《どこ》に威圧や威嚇や視覚トリックがあるんだよ!? めちゃ観光名所じゃん!! 超大賑《おおにぎ》わいじゃん!! 観光立国で萌え文化発祥の地になって……いつしか、闇の深淵よりも業が深いと言うか腐海と言う腐女子と貴腐人達が乙女《もじょ》ロードを作ってしまうんだろうか？ うん、異世界はもう駄目かも知れないな？」「「「い、異世界にまでBL汚染が!!」」」

聞いてみたら私達まで頭が痛かった。だって元々は戦闘用の城塞を目指していたら趣味で暴走しただけだった。しかも小田くん達はずっと以前から、まだ見ぬケモミミっ娘達の為《ため》にと問題ありな服の数々を遥くんに注文し続けてたのは知ってた。知ってはいたけど、まさかここまでとは……街中が萌え萌えしてるの？　うん、いったい何百着注文してたの!?
「って言うか、何でフェルメールの『真珠の耳飾りの少女』を萌え風《あれ》で描いちゃったの！」「あー、あれ本当にあるんですよ？」「って言うか原作《フェルメール》知らないんでこっちが普通？」「このシリーズ、ゴッホの『ひまわり』とかムンクの『叫び』まで……」「ちょ、マジなの？異世界より元の世界《あっち》の方がヤバいな!?」

　敵を寄せ付けない、威圧し圧倒する長城の威圧感溢《あふ》れる外観はまるっと消え去り。萌え萌え《フレンドリー》感の溢れる観光名所になっちゃってるけど……遥くん的には問題ないみたい。普通なら徹底的に虐《いじ》めるから、これはこれで案外と気に入っているのかもしれない。

　だって、意義がある。残念なことに偉業と言ってもいい。これから教会の教義が変わり亜人平等の教えを広めても、永い永い時間《とき》がかかると思われていた獣人さん達の差別問題が——萌文化で一瞬で瓦解を始めているの？

「普通じゃできないことをやり遂げてはいるけど？」「「「うん、偉業なのかな……これって!?」」」

　強固に洗脳のように教え込まれて歴史と共に、絶対的になった差別思想が萌え萌えケモミミメイド喫茶の前に呆気《あっけ》なく崩れ去っていた。そう、差別し軽蔑し見下していたはずの人族がメロメロで、ケモミミメイドさんが超大人気で大行列の大入り満員なの！

「でも宗教による洗脳支配を完全破壊しちゃってるよ、萌え萌えで？」「文化汚染《オタク》……これは異世界の歴史に取り返しのつかない負荷《バイアス》が！」「だけど……みんな笑ってるねー、萌え萌えじゃんけんで？」「って『美味《おい》しくなーれニャン♥』って、猫人族の人ニャンとか語尾についてなかったよね？」「「「あざとい！　獣人あざとい！」」」

国家と教会が一丸となり、長い年月を費やし教え導き戦おうとしていた獣人差別の問題は根刮《ねこそ》ぎ蹂躙《じゆうりん》され尽くして、獣人っ娘《ケモアイドル》のステージに屑魔石粉《サイリウム》発光棒の光の渦が波のように揺れている……そこではボカロの神曲のオンパレード！　うん、踊り《ダンス》も妙にあざといの!!

「獣人族《ケモリン》の歌を聞けー♪」「「「「うをおおぉ――――っ!!」」」」「っていうか、さっきまでこんなパルテノン神殿みたいなコンサート会場なかったよね？」

笑顔が溢れ、喜びが満ち、其処《そこ》にはもう宗教なんて差別や偏見が入り込む余地もない大盛況。

「うん、造ったのは絶対に屑魔石粉《サイリウム》発光棒や獣人っ娘《ケモアイドル》グッズを大量販売して大儲《おおもう》けしてるあのお大尽様だね！」「あぁー、あのきっと建築費のことなんて何も考えずに、グッズ販売で得た大量の小金に儲かったとドヤ顔してる人が犯人なんだ！」

だからもう何処にも差別なんてない。実際に出会って、一緒に笑いあって人族と獣人族の区別はあってもみんな同じなんだって実感したから。魔物でも獣でもない、同じように笑い優しく親切な獣人を見てまだ差別する人がいるなら……その人はもうどうしようもないのだろう。それなら私達は、その人こそを蔑み差別する。

「誰にもできなかったことを成し遂げ、異世界の常識と偏見を一瞬で覆しちゃった？」

「これが小田くん達の全く空気を読まない力!?」「差別なんて全くしてないからこその、純粋な獣人萌えが異世界の常識を変《か》えちゃったんだ?」「「「つまり全く空気を読まずに、趣味全開で異世界の空気を汚染しちゃったんだね!!」」」

王国からも教国からも商国からまで人が集まり、萌えてデレデレで喜びながら嬉《うれ》しそうにぼったくられていく。そして何気に増えていくグッズ販売! そう言えば異世界で団扇《うちわ》って見なかったけど、萌え絵団扇が爆売れしてるの!

「「「差別って……こんなにも脆《もろ》かったんだ?」」」

そして、あっちで遥くんと小田くん達が何かしてると思ったら、浴衣姿の色とりどりの獣人っ娘ちゃんとミニ浴衣の獣人っ娘ちゃん達。

「うわー、狐人族《こじんぞく》さんの花魁道中《おいらんどうちゅう》まで始まって観光客に大人気!!」「さり気に萌え浴衣も販売されてる?」「「「ほ、欲しい!!」」」

綺麗《きれい》だな――お祭りとテーマパークが混じり合った不思議な世界で、誰もが笑って楽しんでいる。だって差別なんて誰も笑えないし、何も楽しくないから消し去られた。

だって楽しく笑う方が良いに決まってる。心配そうに警戒する獣人のお父さん達は胃に穴が空きそうな顔をしてるけど、それでも獣人の子供達が笑い、誰からも差別されず可愛いと褒められるのを眺めて涙目なの。

たったこれだけのことが、普通に笑って暮らすって言うただそれだけのことを獣人さん達はどれほど夢見ていたんだろう。だからこそ知っている、普通に笑って暮らすって言うことの本当の素晴らしさと大切さを。

「お姉ちゃん。これは夢なのかな……って言うか私達の村はどこ!?」

夢のような光景の片隅で、MP茸《きのこ》を齧《かじ》りながら裏方さんの内職屋さんがMP枯渇にふらふらしながら頑張っている夢の世界《ワンダーランド》。その創り出された幸せに、誰もが感動して泣きながら喜ぶ夢の国。あっ、倒れた？

「村はここだけど……夢になっちゃったみたいですね？　あっ、みんなが手を振ってますよ！」

今際《いまわ》の際《きわ》の言葉は「ぼったくったぞー」と嬉しそうな顔で気絶したから、ちゃんと女子達《スタッフ》が美味し……救護してます。

「良かったね？」「うん、思ってたのとは違うし原型も留《とど》めてないけどね？」

それは綺麗に着飾った兎人族《とじんぞく》さん達のマーチング。歓声を浴びながらウサ耳が揺れる太鼓と金物《シンバル》の鼓笛隊の行進が、手を振る姉妹を見つけ嬉しそうに手を振り返している。櫓《やぐら》の上では泣いてる獣王さんの背中をメロトーサム様がポンポンしている。

「「うん、この解決《かんがえ》はなかったね!?」」

通り過ぎる人族の親子。その子供が「私、大きくなったら獣人さんになって、ここで暮らすー」って言うと、お父さんとお母さんが笑って「「パパとママも一緒に獣人さんになりたいなー」」と答えて笑いあっている。ただ、それだけの他愛のない会話。たったそれだけの幸せの証明。その心からの言葉に獣人さん達は目を潤ませる。

そして売れに売れるケモミミカチューシャと着け尻尾。私達も装備して販売で、ボッタクリ店を営業中。そして獣人さん達がまた泣いている。ずっと「獣だ」「魔物だ」と蔑まれ、獣人の誇りであるケモミミや尻尾を侮蔑されてきた永き迫害に傷付いていなかった訳がない。それが人族が「可愛い」「格好良い」と褒め称《たた》えて獣人の真似をする。もう街は獣人も人族もなく、ケモミミだらけで差別も区別もあったもんじゃない。

そして私達は前から持っていたと知って泣き、ずっと獣人族は好かれていたと信じることができたのか、嬉しそうに幸せそうに街ゆくケモミミを着けた人族を見やる。もう、どこもかしこもケモミミだらけの幸せな街。

「喜んでるね？」「「「うん、深夜の使用方法は教えない方が良いみたいだね!!」」」

その街を見て獣人さん達がまた泣く。みんなが笑い合う街を見て涙を流す。だからもう碌《ろく》でもないしとんでもないけど、これは偉業で良い。だって、こんな未来は誰も想像していなかったんだから。

「宗教とか法律とかを変えたって、本当に変えられなかったのは空気だったんだね？」

そして、みんなが幸せなんだから偉業で良い。だって、こんなの他の誰にもできないし、遥くんを吃驚《びっくり》させて呆《あき》れさせるって割と物凄く偉業で良いと思うの？　うん、あの顔は超レアだったもんね？

そして最も人族への嫌悪が強硬な軍部でさえも、人族への憎しみが消えてるらしい。って言うか、柿崎《かきざき》くん達がある意味崇拝されているらしい。

それというのも、残って森林《ジャングル》戦演習で教官をしてから、獣人から尊敬されて崇拝されて絶賛されているそうだ。そもそも柿崎くん達にも差別意識なんて欠片《かけら》もない。遥くんが言うには「莫迦《ばか》だから敵と味方しかわからない、それすら危うい」のだそうだ。

そして、その純粋な悪意のないただの暴力《ちから》を獣人が認め、「獣人族以上の獣《ビースト》」と賞賛されてるそうだ。遥くんは「獣人族と動物並以下《ケモリン》で気が合うだろう」と言っていたけど、気が合い過ぎて人族と思われてないのかもしれない？　今も森林で模擬戦して指導中《あそんでる》らしい。純粋な暴力の前に垣根は消え去り、人と獣人が仲良く遊んでるんだ。

「なんで遥くんが小田くん達を警戒してたのか、やっとわかったよ」「うん『あいつらは碌な事しないから』って、『オマいう！』って思ってたけど……」「凄《すご》いよね～、一瞬だけ遥くんが常識人に見えちゃったよ～」「柿崎くん達も相変わらずだし？」「うん、あれは差別も何も、獣人と人族の区別も怪しいし？」「「「あれで男子って、みんなお互いに自分達だけが常識人だって思ってるところが凄いよね？」」」

空気読まないから、差別なんていう空気も全く読まずに消し去った小田くん達。そして、脳筋だから差別どころか種族とか考えもせず筋肉と暴力で語り合い意気投合し尊敬を勝ち得た柿崎くん達。

遥くんは教国の布告文の草案を苦心しながら書き上げていた。獣人と人族の協調を強調して大司教のお爺《じい》さん、ステカテル様と共著していたの。それすら無意味になるほどの光景、そして即座にノッちゃう遥くん。そうして、あれよあれよとテーマパーク化していく獣人国には、もう差別や悲しい顔なんてない。だって、もう人にも獣人にも笑顔しかないから。

「こんなに簡単なことだったんですね」「「「いや、普通は無理だからね？・」」」

みんなが楽しんでいる。たったそれだけで人も獣人も関係なく笑い合い、お互いに何も変わらないって知った。たったそれだけの事だけど、それこそが本当に大事なことだった。解決策なんてない縺《もつ》れ絡まった悲劇の歴史を終わらせて、これだけの偉業《こと》をケモミミメイド喫茶の為だけに……オタク恐るべし！

サーシャさんとネーシャさんの獣人っ娘コンビは、ウサ耳のアンジェリカさんと狼耳《おおかみみみ》のネフェルティリさんを見て感動して抱きついている。きっとそれが深夜に何に使われていたのかは知らないほうが良いのだろう。感動が吹っ飛ぶ凄い行為《プレイ》は中学生にはまだ早いし、深夜の動物っ娘ペロペロ楽園《ランド》は内緒にしておこうね？　まあ、ある意味で獣人が物凄く好かれていることがとってもよくわかるんだけど、好かれ方がR15では足りないの？うん、既にファレリアさんまで猫耳装備だね！

大騒ぎで笑い合い賑わう街の片隅で、襤褸襤褸《ぼろぼろ》の身体《からだ》のままありったけのMPを使い果たし引っ繰り返ってる遥くん。きっと、まだ息するだけで苦しい重症の身体で、頭が割れるほどの大量の魔力を放出し続けて豪華アトラクションからお土産の獣人饅頭《まんじゆう》に猫耳ペナントまで造り上げたんだから。だから売り子を頑張ろう。獣人饅頭も美味しいし！

「みんな笑ってるね」「……はい」

これで全部が解決する訳ではない、だけど大きな道程《きっかけ》はできた。そして獣人差別主義者は遊びに来れない異世界初の豪華アトラクションの数々——その意味は、獣人差別主義者こそが差別されて、遊びに来る事のできない巨大遊園地《ドリームランド》。

悩んでも解決の糸口すら摑《つか》めなかった根深い確執。だけど、きっかけさえできれば案外と簡単なのかもしれない。だって、この街に溢れる笑顔が本物だから、きっとここから始まるんだろう。だから倒れるまで頑張った遥くんを、みんなで順番に膝枕で看病してる。寝顔は可愛いんだけどなー……そう、起きると性王なのが問題なの？

どうも獣人こそがケモミミの恐るべき破壊力を過小評価しているようだ？

117日目　夜　獣人国

夢の国は閉園し、ようやく辺りは落ち着きを取り戻す。教国から連れ帰った獣人さん達《たち》は一族《なかま》を見つけ抱き合って涙を流し合う。心の傷は癒えないけど、未来は戻ってきた。憎しみの連鎖を断つための小さな小さな一歩。後日アリアンナさんが正式に謝罪の使者として来るって言ってたけど、憎しみや恨みが消えるまでは永い永い時が掛かる。

「「「つかれたー！」」」「人ってあんなに変わるものなんだね？」

だけど、幸せな未来は必ず来る。それは小田《おだ》くん達がやらかして、遥《はるか》くんまで悪乗りした異世界初で唯一の巨大娯楽施設《アミューズメントパーク》に溢《あふ》れる笑顔が証明していた。

　そこには人と獣人が笑い合う世界がちゃんとあったの。後は捻《ね》じ曲げられた偽りの歴史を明らかにして正し、新しい未来に繋《つな》げるしかない。だけど、負の連鎖を断つためには獣人国の憎しみも終わらせないと……多分それこそが難しい。

「あっ、獣王さんだ？」「まだ泣いてるね～？」「「「うん、トラウマかな？」」」

　こっちに気が付いた獣王様達が深々と最敬礼でお辞儀している。あの時はちょっとムカッとしてやっちゃったけど、この暴力による序列関係もなんとかしないとね！　あっ、遥くんを見て怯《おび》えてる？

「あれだけは、心の深い所に刻みつけられちゃったから……きっともう治療は不可能だね？」「「「うん、あれはまじでトラウマ決定だったもんね!!」」」

　やっぱり遥くんを睨《にら》んだり嫌悪したり怯える獣人さん達には、怒鳴りたくなるし叫びたくなる。確かに私達が想像もできないくらい辛《つら》く苦しい絶望的で屈辱的な思いをしてきたのだろう、だから私達にするなら仕方がないとも思うし納得はできる。

　だけど遥くんにされると怒鳴りたくなるの。あなた達より辛く苦しく絶望的な戦いをずっとしてきて、痛くて痛くて耐えられないような思いをしてまで救った遥くんが憎いなら同じ痛みを味わってみろって。あなた達は腕が捥《も》げ、肺も潰され、脚が千切られて骨という骨が砕かれるまで戦ったのかって。

　理解できたって悔しいものは悔しい。誰より苦しんで戦って守って救ったのに、誰も知らないから。そして有名になるのは「黒髪の軍師」の巫山戯《ふざけ》た道化話だけ。それが悔しい、悔しくって悔しくって仕方がない。

「委員長」「わかってるよ」「「「いや、ムカつくけどね」」」

今回も全ては教国の王女の功績。つまりアリアンナさんの奴隷解放と、旧《ふる》き偽りの教会との聖戦として語られることが決まった。決まったっていうか、本人《はるかくん》は既に台本を書いて劇団に売る気満々なの？　そしてまた上演されて大人気になればなるほど、遥くんが悪く言われ指を差して嘲笑《あざわら》われる。

主人公達《アリアンナさん》の偉業をより際立たさせるための道化師《ピエロ》、それは国家のために正しく人々の安心と未来への希望になるんだけど……すっごく納得出来ないんだけど、本人だけはすっごく儲《もう》かるとノリノリで執筆中なのが余計に腹立つの！

「えっと、こちらが建設費用の分割で、利益のパーセンテージに応じて配当をお支払しますので年に数度保全と新設備の増設をお願いしたく……」「良いけど、これで人件費でるの？　ここと滅茶《めちゃ》人手が必要だし、ここも繋ぐけど採算取れるの？　こっちとか？」

なんで真っ先に建設魔法に力を入れるのかと思ったら、あの丸パクリの聖家族教会《サグラダ・ファミリア》が本命じゃなくってこっちが本命!?

「はい、こちらに商業区を伸ばして、宿泊客需要をですねー……このような感じで？」

「甘い、甘すぎるんだよー？　ほら、ここ行き止まりは駄目だって。人の流れは循環させないと……それに、これ何？　推すなら安さじゃなくって高級感と特別感だって!!　うん、金持ちからぼったくるのが正義なんだよ？　金持ちって『特別ですよー』って言ってぼったくると滅茶喜ぶんだよ？　うん、マジなんだよ？」

　黒山羊族の摂政さんだ。権力を持ち侮り見下していた人達ほど遜《へりくだ》り、権力者ゆえに知識を持ち恐ろしさを知る。そして、真実を知って感謝の念で頭を下げる。だから偉い人達ほど頭を下げ、知らない人ほど馬鹿にして嘲る矛盾した虚像。

「これをやると24時間営業でこっちのカジノまで回転させられるけど、問題は交代制勤務なんだよ？」「それはご心配に及びません。我ら獣人族には夜行性の者も多く、夜働けるならば喜ぶ者も多いのです」

　そして知識ある者はその知識を尊び、武力ある者はその武力を敬う。そして、心ある人達はその心根に微笑《ほほえ》んでくれる。だから辺境に帰ろう。虚像や噂《うわさ》や作られた物語ではなく、本当の遥くんを見て誰もが微笑みかける場所へ。

　何も言わなくたって誰もが理解してくれて、悲劇を知るからこそ優しく温かく、そして他人の言葉ではなく自分の目を信じる人達がいる始まりの場所へ。

「いや、マジ儲かるんだよ？　マジマジで絶対だって！　この馬鹿みたいな値段設定でも安いくらいだよ？　うん、ケモミミメイド喫茶は高いのが正義なんだって！　値段より可愛《かわい》さで、見えそうで見えなくってボッタクリが浪漫《ろまん》なんだよ！　いや、行ったことないんだけど？　多分？って言うか、なんで俺は出入り禁止なの!?」

「たしかに誰も文句を言いませんね……寧《むし》ろ喜んで帰られておりますが、これその辺で十分の一以下の価格で買えますが？」

ケモミミメイド喫茶全店には、『性王、立入禁止！』の看板を小田くん達に出させたところ、遥くんはケモミミメイド喫茶の前で膝を抱えてイジケていたらしいけど……性王のモフモフは危険過ぎるからね？　そう、獣っ娘《こ》のサーシャちゃん達の目を見ればわかる。あのモフモフとヨシヨシこそが性王の恐怖で乙女の脅威なの！

「付加価値だよ付加価値！　ケモミミメイド代と、『お帰りなさいませ、ご主人様♡』サービスは価格無効《プライスレス》なんだよ？　うん、大体獣人国の料理は間違いなく美味《おい》しいんだから、食べ物推しのボッタクリ価格で良いんだよ？　そう、絶対ここが最先端で、これ推さないで何を推すの！　ケモミミと料理が正義でアトラクションなんておまけなんだよ？」

「我等《われら》虐げられし獣人の嘲られた耳が!?」「それに、先祖代々受け継がれるも、人族には見向きもされなんだ味噌《みそ》や醤油《しょうゆ》がですか!!」「どちらも獣人族にとっては大切な種族の誇りなのです。それが、それが人族に認められ褒められるような日がこようとは。よもや、この目でそれを現実に見られるとは……」

泣く黒山羊さんと煽《あお》る遥くん。周りの文官さん達まで貰《もら》い泣きで、獣王様達は更に深く頭を下げる。だって、全く獣人族に対する差別の欠片《かけら》すらもない言葉だから、その裏表のない真剣な言葉から心からの想《おも》いを汲《く》み取り涙している。

でも、遥くんは種族差別が全くないだけで、熱烈にして絶対的なおっさん差別主義者なんだけど……みんなボコられたよね？

そして――獣王様が前に進み出ると、皆に見えるように深々と頭を下げる。

「遥殿、教国から獣人の同胞をお救い頂いたことお礼を申し上げます。そして教国が教義を正し我等を人と認めるのならば、友好も和平も帰依も受け入れましょう。過去の禍根はすぐに消えませぬ、家族や仲間を失いし者に強要などは決してできませぬ。ですが、この光景を見れば獣人族と人族の友好の未来を信じてみたくなりました。教会を敵にしてまで我等を同胞とお呼びくだされたディオレール王家がなくば和解の道はなかったでしょう。我等獣人族は生涯王国の恩義は忘れませぬ、故に人族を信じられるのです。シャリセレス王女にも最上の感謝を」

そして高官さん達も一斉に頭を下げる。そう、それは約束の儀式《セレモニー》。

「獣王陛下頭をお上げ下さい。我等ディオレールは、共に辺境で戦いし獣人族の祖先の皆様への恩義を忘れることはありません。共に魔と戦いし同胞であり戦友なのですから、頭など下げられては祖先に叱られまする。如何《いか》なる時も我等王国は、獣人族の誇り高さと勇敢さを終生語り続け友であるのは当然の事です」

両王家の感動的な同盟の証《あかし》を語り合う。そう、行き掛けはシャリセレスさんも一緒になって獣王様達をボコってたんだけどなかった事になったらしい？　うん、高度な政治的判断なんだね？　だから隣で良い話だって感じを出して獣王様の肩を叩《たた》くメロトーサム様も、一緒になってボコっていたけどなかった事になったのだろう。

「政治って言葉による権謀術数《けんぼうじゅつすう》が張り巡らされた。譎詐《けつさ》百端《ひゃくたん》の欺瞞《ぎまん》の迷宮らしいけど？」

「「「うん、でも迷宮殺しがいっぱいいると暴力で政治も解決できちゃうみたいだね？」」」

そう、遥くんに聞いたのが間違いだったたと思うけど、つい聞いちゃった時に「戦争とは流血を伴う外交で、外交とは血を流さない戦争」と言う言葉があるそうなの？　問題は遥くんがそれを「外交は喋《しゃべ》りながらボコって、戦争はボコりながら交渉するんだよ？」って解釈しているところで……うん、ボコる気しかないの？　そして大体の問題は暴力《ボコ》で解決して、ボコボコと問題《かなしみ》を破壊し、ボッコボコに問題《くるしみ》を殲滅《せんめつ》して回り、ありとあらゆる問題《ひげき》を暴力《ボコ》で惨殺し解決していった。

それで上手《うま》くいくかどうかは関係がない。だって、上手く行けばそれで良いし、上手く行かなければ上手くいくまでボコる。そんな暴力的な脅威《ボコ》が平和な状況を無理やり生み出し作り出し続けている。

「見事に全部なかったことにして良い話に!?」「「「うん、政治って怖いね？」」」「いや、皆さん実行犯で暴行犯な犯人でしたよね!?」

悪はなくならない。一時的に押さえ込んでも、決してなくなる事はない。だから悪を見つけてはボコって恐怖させ、出てきても出てきてもボコって悪に恐怖を教え込む。そう、もう出て来たくなくなるように、もう悪なんて嫌だって泣くまでボコるの？

「だって遥くんが暴力《ボコ》は交渉の一形態で、高度に発達した暴力は政治と見分けが付かないって？」「「「それ、絶対ひと目でわかりますよね!?」」」

そうして、怯えながら死ぬまで善のふりをする。死ぬまで善のふりをした悪は、それはもう善と何ら変わらない。極悪な悪の脅迫者さんが怖いから、悪がみんな善のふりをし続ける暴力的な脅迫による恐怖政治って……平和らしいの？

「でも……なんか解決しちゃってるよ？」「「「うん、不思議だねー？」」」「しかも当事者で犯人な遥くんに至っては……全然話聞いてないね？」

一部の冷たい視線なんかにお構いなしにアトラクションを建設し、プールにウォータースライダーと流れるプールが拡張されて、更には豪華なホテルと和風なお宿が混在していく。ＭＰ茸《きのこ》を噛《かじ》りながら道を広げて遊歩道に変えていく光景。それは獣人国の未来を映し出す夢のようで……その大魔法がどれほど痛くて苦しいかなんて誰も知らずに、ただ夢のような光景に見惚《みと》れている。

「あっ、倒れた？」「う～ん、もう完全に魔力も枯渇して気絶してるね～？」「でも……全部できちゃったんだ？」「うん、更に凄《すご》くなってるよ!!」「だけど、これだけ豪華なら獣人国の財政だってすぐに立ち直るよ」「もう、また無理しちゃって」「でも……幸せそう？」「まあ、これでまた莫大《ばくだい》な利権が？」「これで三国分の国家予算が……あっても貧乏そうなのはなんでなんだろう!?」「もう、既に大量買い付けしをしていましたよ」「味噌醬油工場も新設したそうですね？」「「もう、使っちゃったんだ!!」」

国家の経済循環を個人で回す怒濤《どとう》のお財布事情で、いつもお金が足りていない個人破綻型の拡大経済。それを強引に推し進めてるから限界点に辿《たど》り着くまでは資本回収は不可能で、なのに三国に増えちゃって拡大規模《エリア》が増加した分だけ全流通貨幣《マネタリーベース》は増大の一途を辿り……ずっと発展の終わりなんて見えない未曽有の好景気。つまり……ずっと無一文で、額面だけの大金持ちさんまっしぐら？

「まあ、味噌と醤油は大事だよ！」「「「うん、しょうがないね!!」」」

王国でも好景気に貨幣の生産が間に合わず通貨不足傾向《インフレ》で、人件費も上昇で物価が上がり貨幣の増産は間に合わないからって……内職屋さんが商品大増産で個人でデフレってて大混乱らしいの？　それに獣人国と教国が続き、経済圏が作られちゃうと発展は止まらない。

「経済成長が安定するまで貧乏な御大尽様《おだいじんさま》って……ずっと貧しそうだね？」「うん、だって遥くんが思い描く充分なんて途方もなく広い範囲で、途轍《とてつ》もない高いレベルだよ？」「それが実現するまで、ず～っと貧乏なんだ～？」「「「うん、何がお大尽様なんだろうね？」」」「つまり、お洋服とお菓子をいっぱい買ってあげないとね！」「「「良いねー♪」」」「確かに、遥くんの持ってる現金って……いっつも私達から稼いだ分だけだもんね？」「うん、御飯代が減少しちゃったら間違いなく財政破綻《びんぼう》の危機だし、いっぱい食べてあげないと♪」「「「おお――っ、イイハナシダナー♪」」」

だから辺境に帰って、いっぱい稼いで、いっぱい買ってあげよう。きっと、それが遥くんが思い描くみんなの幸せで、お洋服とお菓子は私達の幸せなんだから。そして、みんなでちゃんと幸せだよって、いっぱい笑ってあげよう。

男子高校生的に忙しくてやっとステータスが確認できると思ったらやっぱり男子高校生がご多忙だった。

117日目　夜　獣人国

異世界は、かくも謎多き奇々怪々な現象に悩まされるのが日々の常。

「なんだけど、どうして意識が途切れて目覚める度に服が変わっているのかな？」

またトランクスまで変《こ》わってる気が？　そして、何故《なぜ》か艶々《つやつや》笑顔の女子さん達《たち》と、顔を真っ赤にした獣人っ娘姉妹が支度も済んで馬車に乗り込んでいる？

「えっと……なんで姉兎《うさぎ》っ娘と妹狼《おおかみ》っ娘が一緒に馬車に乗り込もうとしてるの？　うん、お家《うち》はここなんだよ？　まあ、オタ達のせいで変わり果てて見る影もないから……ボコる？　うん、オタ達ならきっとボコられても美少女獣人だったら『オタ業界ではご褒美です』って喜んでボコられると思うからボコって良いけど、ここがお家なんだよ？　居住区はあっちに造ってあるから割り当てられてるし、ボコるなら今逃げていった4人が犯人だからバールのようなものとか作ろうか？」

兎人族《とじんぞく》の村は襲撃で焼き払われ朽ち果ててしまっていた。だけど、やっと帰って来られたのだから……だから、そんな悲しいことは知らなくっていい。そう、全部オタのせいにしてボコれば良い！　うん、我ながら見事な解決編だな。

「恩は未《ま》だお返しできておりません！　お返しするどころか一族を始め獣人族の全てに大恩をもがごごがごっ……もぐもぐ♪」「生涯を尽くそうと返せぬご恩を受けました、我《われ》等《ら》姉妹は生涯この身も心もお捧《ささ》げしてお仕えをごうごうが……ごっくん♫」

そう、さっきは何故か真っ赤な顔をした兎お姉さんなお母さんが、怒濤《どとう》の如《ごと》くお礼を言って正に脱兎《だつと》の如く逃げていった。救《たす》けて治療した事のお礼の後に、娘を宜《よろ》しくって……あれって連れて行くの確定な意味だったの!?

「うん、しかし兎お姉さんなお母さんは、なんか獣王のおっさん達が全員で負《ボコ》け《られ》たって聞いて説教して鍛え直すって言ってたから、それならって兎お姉さんなお母さん専用武器装備を造って渡しておいたんだけど……獣王のおっさん達は生き延びられるのかな？　うん、でもあの兎耳《ウサミミ》保護は最重要なんだよ！」

付いて来るらしい。獣人国からも辺境に迷宮攻略軍を出してくれるらしいから、その先遣部隊なのかも？

「えっ、お父さんが獣人師団長って、それって前に委員長様にボコボコにお仕置きされて尻尾ブンブン振ってた狼の剣士のおっさんだよね……って、大丈夫なの獣人国？」「お父さん!?」「尻尾をブンブンって……」

そう、年頃の娘さんとは難しいようで、ＪＫにボコられて尻尾を振ってると家族問題が勃発のようだ？　うん、モーニングスターでも渡しておこう？

「くっ、と言う事はあの狼のおっさんが、兎耳ナイスバディなお姉さんと姉兎っ娘と妹狼っ娘が生まれるようなあんな事やこんな事をした羨ましいおっさん！　ちょ、用事思い出したよ！　たとえ自壊したって、世界樹の杖《バールのようなもの》が必要な大事で最重要な用事なんだよ？　だからちょっと逝ってくる……って、な、何をするー!!」「「「馬車《House》!!」」」「うん、話が長くて進まないでしょ！」「「「逃げないし、狼お父さんの殺害計画を立てないの!!」」」「うん、一体何枚計画書を書いてるの!!」

縛られて馬車に放り込まれた？　でも、これ家《House》じゃないんだよ？　だが、嘗《かつ》てないほどに精密に逃げ場のない見事な押《お》し競饅頭《くらまんじゅう》の采配。これが図書委員の『整理』の効果で恐るべし図書委員の罠《わな》。うん、だって中では甲冑《かっちゅう》委員長さん達がジャージー素材のセクシーミニワンピで、逃げるのを忘れて見入っちゃってたんだよ？　うん、身体《からだ》にぴっちりフィットなセクシーボディコン怖いな！

「むぎゅうううううううぅ！」

縛り上げられてする事もない？　そして、忙しくて確認していなかったがステータスチェックもしておかなければならない。結構変わった事だろうし、深く考察し今後の装備計画の見直しも必要なんだけど……さわさわと撫《な》でられて深く口擦《こうさつ》されていて集中しづらいな！

だけど、ステータス情報の確認は重要だ。だがしかし6本の網タイツに包まれた伸びやかな脚が絡み付き、むっちりと柔らかな太腿《ふともも》さんによる撫で撫でマッサージが始まり、しかも6本の手も騒々騒々《さわさわざわざわ》と指を這《は》わせ掌《てのひら》で揉《も》んでくる年中24時間多感な時期の男子高校生さんへの密着揉み解《ほぐ》し撫で撫で攻撃！
「ス、ス、素晴らしき異世界……じゃなくてステータスだよ！」（ちゅっちゅ♥　はむぅ
はむぅ♥　ぴちゃぴちゃぁ♥）

NAME：遥《はるか》　種族：人族　Lv28　Job：--
HP：679　MP：797
ViT：559　PoW：575　SpE：771　DeX：678　MiN：706　InT：797
LuK：MaX（限界突破）
SP：339
武技：「杖極《じょうきょく》 Lv4」「魔纏《まてん》 LvMaX」「虚実 LvMaX」「乱撃 Lv8」「限界突破 Lv6」
「武仙術 Lv3」
魔法：「止壊 Lv3」「転移 Lv9」「重力 Lv9」「掌握 Lv9」「空間魔法 Lv7」「仙術 Lv7」
スキル：「敏感 LvMaX」「使役 Lv9」「無心 Lv9」「軽気功 Lv1」
「内丹術 Lv1」「空歩 Lv8」「羅神眼 Lv9」「悦技 Lv1」「房中術 Lv7」
称号：「ひきこもり Lv8」「にーと Lv8」「ぼっち Lv8」「大賢者 Lv4」「剣王 Lv4」
「錬金術師 Lv9」「性皇 Lv1」
Unknown：「智慧《ちえ》 Lv8」「器用貧乏 Lv9」「術理 Lv1」
装備：「世界樹《ユグドラシル》の杖《つえ》」「影王剣《レプリカント・グレートソード》」「布の服？」「皮のグローブ？」

「皮のブーツ？」「マント？」「羅神眼」「窮魂の指輪」「アイテム袋」

「獣魔王の腕輪　PoW+84%　SpE+79%　ViT+77%」

「魔術師のブレスレット」「黒帽子」「英知の頭冠」「万薬のアンクレット」

「禍福のイヤーカフ」「護神《イージス》の肩連盾剣《ファンネル》」「魔術師のブレスレット」「魔吹矢《ブロウガン》」


Ｌｖは28と2アップしていたらしい？　俺もあっぷあっぷで、男子高校生さんも何か凄い事《ちゃぷちゃぷ》されてるんだよ？

「こ、これは三方向から舌先が！って、それは置いといて、2アップって大聖堂で上がってたのか、大迷宮で上がっていたのか、舌が這うように上がって男子高校生的な最先端……ぐはっ！」

ふう――……次の壁はＬｖ30になる。だから、またしばらくは上がらないんだろうけど……でも、Ｌｖ30になれば冒険者登録ができる。

「でもでもＬｖ30だと迷宮の入場許可が取れないから有り難みがない……ぐふぁあっ!!」

い、一瞬で賢者モードが破られただと！

「ちょ、俺って大賢者なんだけど賢者タイムが短かすぎない!?」

最大の変化は「術理」で、男子高校生さんも瞬く間に硬質化中だ。それでも身体錬成分を考えるなら身体能力的伸びは僅かに見える？

「つまり上がったのは身体能力上のＳｐＥではない超反射とか超反応で、他もそんな感じなのか……うん、男子高校生的な意味の男子高校生さんは別に早くなってないんだよ！」

速くはなっていないけど、ずっと危機的状況下でステータスの上昇は微妙な感じではあるが良い感じで、男子高校生さんは滅茶凄《めちゃすご》い感じでステータスに集中できないんだよ!?

「ふーっ、なんとか致命傷で済んだようだ？」

男子高校生さんが屍《ぐったり》になっているけど、生き返るまでに確認を進めよう。

普通はＬｖ30前後だと1項目の上昇は2桁に届かず、チートな同級生達でも平均して10ちょっとだったはず。得意項目でも滅多に20も上がっていなかったはずだ。だから充分過ぎる数字で、地味に2回のポテン茸《きのこ》の効果はまだ効いているらしい。そして数字には出ていない身体錬成の伸び分だって上乗せされている。

「くっ、死んでいる暇すらない強制再生のぺろぺろ！　こ、これが癒やしの性女の真の実力で、あっという間に癒やされちゃって元気いっぱいだとーっ!!」（ぺろぺろ♥）

ＶｉＴ、ＰｏＷの伸びがやはり低いけど、一時期ほど酷《ひど》くはない？　だけど迷宮王と打ち合えるのはＬｖ１００以上、数値的に言っても4桁は必要だ。そう、ＨＰも未だ低いのに耐久力《ＶｉＴ》がない。どのくらい耐久力がないかというと、現在男子高校生が嬲《なぶ》Ｒｅ殺しで縮小中だ。よし、賢者モード発動で俺のターン！

「やっぱ『術理』はとんでもスキルかー……ＳＰって3，０００以上あったはずなのに、残り３３９って滅茶ギリギリだったんじゃん!?って言う事は闇を倒した経験値もあったはずなのに、残が339ってギリギリすぎじゃん！」

たしかLv26になった時にはSPは2，700以上あった。その後2Lvアップするほど SPを稼いでいたはずだから確実に最低でも3，000SPは使われている。まあ、他も怪しいけど、きっと全員で使い込んだに違いない！

「っていうか白い部屋で俺が貰《もら》ったのって、たったの50SPだけだよ？　ちなみに個人差が大きくて全員100以上のSPを貰っていて、委員長なんて500SPも貰ってすぐに強奪とか良いスキルを薦められたらしい……うん、あの神《じじい》は絶対にボコる！　スキルだけかと思ったらSPすら余りだったんだよ!!」

まあ、残り全部貰ったからSP的にはお得と言えばお得な詰め合わせだった。凄《すさ》まじく色々言いたい事は山程あるけど、多々大量の問題もあったがスキルで生き延びられた。

だって、もし普通のチートスキルだったら死んでいただろう。何とか君に手も足も出ず嬲《なぶ》り殺されていたし、大迷宮の底で為《な》す術《すべ》もなく惨殺され、王国の戦争でムリムリ城と共に殺され尽くしていた事だろう。普通のチートスキルは普通の相手に絶大な力を持つ。だけど異常な相手を無理矢理殺せない、普通では無理な事は無理なのだから。

「しかし随分とすっきりと……なくなったのが『瞳術 Lv4』に『複合魔術 Lv8』と『錬金術 Lv9』？　まあ、『健康 LvMaX』と『操身 LvMaX』は予測してたけど『歩術 Lv9』に『気配探知 Lv8』『魔力制御 LvMaX』『気配遮断 Lv9』『隠密《おんみつ》 Lv9』『隠蔽 LvMaX』ってどんだけ術理さん範囲広いの！って『物理無効 Lv7』に『淫技 Lv9』まで!?　あー『軽気功 Lv1』って『物理無効 Lv7』はこれに変わってるのかー……あとはー、『再生 LvMaX』が『内丹術 Lv1』に？　これに『魔力吸収 Lv8』が行っちゃったかー……『淫技 Lv9』は『悦技 Lv1』……あ、『性皇 Lv1』！　そして『術理 Lv1』か？」

随分と色んな意味ですっきりとしたが、ステータスは複合されたものが多いのだろう。過酷な耐久試験中な男子高校生さんはいつまでスッキリし続けるんだろう？

「えっと、複合されて上位化されたのは？」


「物理無効 Lv7」→「軽気功 Lv1」

「再生 LvMaX」→「内丹術 Lv1」

「淫技 Lv9」→「悦技 Lv1」

「性王 Lv8」→「性皇 Lv1」

「木偶《でく》の坊《ぼう》 LvMaX」→「術理 Lv1」


この5つが基本となって他を複合したのだろう。仙術系は重複的要素が多くて複合の配分がわからないし、術理もあらゆる技術形態を内包するのならば何でもありな内容だ？

「まあ、剣と魔法の世界で仙術に至ってる時点で今更方向性を悩むだけ無駄そうだな？」

内丹術は再生の上位スキルや身体錬成どころではない神体錬成の秘術で、気という天地万物の構成要素を用いて体内に内丹を生み出すという道教の極致。それは神秘の霊薬とも仙術の原泉とも謂《い》われ、身体を変容させて道《タオ》との合一を目指すという鍛錬術だったはずで……うん、犯人《心当たり》は唯《ただ》1つ！

「ちょ、やっぱ房中術さんが頑張りすぎちゃったんだよ!?　うん、滅茶心当たりはいっぱい在るんだよ？」

気功を用いた体内錬成以外は定義が難しい術だけど、それでも『再生』の上位スキルなのだから練気や魔力による肉体強化と再生のスキルなのだろう。そう、内丹術の力なのか性皇によるものなのか、今も再生しつつも頑張っているんだよ……うん、未だ襲われてるんだよ？

「人体に内在する根源的な生命力の『気』を凝集し、活性化して身心をあるべき様態に戻そうとする術なんだけど広義的には再生に近いのかな？　感じから言って魔力と錬金術も混じり合っている気もするけど、それを試すために怪我《けが》するのも嫌なんだけど……だからといって延々と男子高校生さんの試される再生力って試され過ぎだと思うんだよ!!」（（クチュクチュッ♥、ピチャピチャッ♥チャプチャプ♥））「それってお返事なの？　それとも無視なの!?」

身体能力値《ステータス》の上昇率を計算し、スキルを見比べ効果を確認する。集中できなくて滅茶時間が掛かっているけど男子高校生は元気に復活だ？

そして『房中術』は『内丹術』と『性皇』の効果も合わさり、持久力回復力も高まってサイズと形状も僅かに変化している気がするが硬度は間違いなく上がっているようだ！

「それでも敵は美女が3人で、しかも肌蹴《はだけ》て乱れたミニワンピのエロさから肢体《スタイル》の良さと長い脚を見せつける最強の衣裳《いしょう》で……更には美人さんなのにお化粧《メイク》を覚えて大人っぽいやらエロいやらでやらしいんだよ……ぐはあっ!!」

『性皇』はただ『性王』が上位化したのか、他のスキルが関係するのか、それとも3人相手なのが条件なのかはわからないけど上がっている？

「だけど『内丹術』なんかも精力まで上がりそうだし、皇帝っぽいんだよ？」

そう、大体古代の技術って皇帝さんが不老不死を求めた結果だったりする？

「っていうか、ついに『皇《エンペラー》』級のスキルか―……エロ限定だけど？　なのに皇《エンペラー》級の男子高校生が……って、相手が3人全員迷宮皇級だった！　ぐはあっ!!」

うん、皇《エンペラー》係数が高すぎなんだよ！　甲冑委員長さんの真紅《クリムゾンレッド》の麗しい唇と、踊りっ娘さんの朱色《スカーレット》の艶やかな唇。そして眠りっ娘さんの桃色《チェリーピンク》の妖しい唇が色取り取りに口紅を塗りつけ、口唇から唾液が糸を引く淫靡《いんび》なのに美しい絶景。それは、きっと桃源郷でも天上の饗宴の館《ヴァルハラ》でも楽園国家《ユートピア》でも見劣りするだろう美と艶の狂宴。人は美しすぎるものを見ると感動を覚えるが、見た目は美の極致でも笑顔の御奉仕《やってること》がエロすぎて感動している暇がない……ごおふっ！

「「御奉仕は永遠です♥」」「何か良い話風だけど、それっていくら再生しても無意味ってことじゃん!!」

錬成され続け壊れては治る体中の破壊が癒やされていく。もしかすると、ただ単に激痛を超える快楽の上書き効果《オーバーライド》なのかも知れないけど、確かに房中術の回復が上回り数日で身体が安定し始めている？　まあ、代わりに男子高校生の情熱《エナジー》が枯渇しっ放しだけど!!

「全く術理なんて名乗るなら、この柔肉密着《むにゅんむにゅん》な拘束からの脱出術くらい会得して欲しいものだ……あっ、抜けた？（ニヤリ）」

揺れない馬車の中で、涙を浮かべ目を白黒させ怯《おび》えた表情で三人が抱き合いながら慄《ふる》えている。いやいやと首を振りながら、身を竦《すく》めて馬車の端に固まって座り込み悲しげな瞳を見開く。

「そっか、指輪に『呼び寄せの指輪《ゆびわ》　DeX40%アップ　武器召喚操作　引き寄せ　誘引』を複合した話はしていなかったし、実地で装備の『引き寄せ』を見るのは初めてかー？」「「（ガクガクブルブル!?）」」

いやー、うっかりうっかり（テヘペロ♪）

「よし、完全武装。いやー、『永久《とわ》の三連指輪《トリニティ》　状態維持（特大）不壊《ふえ》効果（特大）延命　修復　復元　再生　永遠と永久と恒久を司《つかさど》る指輪』で強化されてもギリギリだったんだよ？　うん、新装備なんだよ？　あと、『性皇』に上位進化して淫技さんも悦技さんに進化して大変にお悦《よろこ》びな悦楽の恐悦にご満悦で感悦に喜悦に悦喜して貰おうかな？　うん、悦ばしい限りに復讐《ふくしゅう》だーっ！」「「「ひぃいいいっ！」」」

淫技は弱いところを撫で擦《さす》るだけで劇的な効果があったが、悦技はそれ以上に効果が増していくようだ。

そこへ次々と重ねられていく感度上昇と催淫の相乗付与で、高まり続ける悦技の侵食に逃げ場のない狭い馬車の中で繰り広げられる絶叫と嬌声《きょうせい》に悶《もだ》え回る美しい肉体が絡んで縺《もつ》れて跳ねて反り返って悶え震える狂乱の狂喜に狂おしい愉悦をお楽しみ中のようだ？

「いや、でも婬技《いんぎ》や悦技が技術であり、房中術が術ならば——術理さんの補正効果だってあるはずだ！　うん、綿密《ねっとり》に微細《ずっぽり》に丁寧《しっぽり》な確認が必要で、効果が確実《ぐちゅぐちょ》に認識《びっしょり》されて確定的《びくんびくん》に認定《あんあん》されるまで確認作業が必要だろう！　よし、3人もいるし、反復確認と比較対象もバッチリだ！　頑張ろう!!」「「「きゃあああっ……あっあっ！　ああっあっっ♥」」」

そして王都まで馬車は揺れる……大激震男子高校生《エターナル・クエイク》！

桃の木より桃尻の方が三度だって朝飯前なのだから山椒の木は伐採だ？

118日目　朝　王国　路上

空を舞う。宙を蹴り、蒼天《そうてん》に舞い上がって碧空《へきくう》を斬り裂く。『黒魔の刃翼』の漆黒の刃翼を広げて、錐揉み降下《スパイラル・フォール》。うん、地面に激突《ダイブ》？（ドッカーン！）

「うん、軽気功は使えてるな……って言うか、使えてなかったら墜落死亡事故だったよ！」

（プルプル）

軽気功は、己の重さを無に近付ける術理。だから飛行と相性が良いかなと思ったら、むしろ墜落時の衝撃低減に非常に良かったようだ？

「うん、でもこれなら激突寸前に風魔法が発動できたら着陸も可能かも？」

　そう、異世界で飛行と言うか空中移動をすぐ覚えたのに、100日以上経《た》っても未《いま》だに着地は覚えられないんだよ？

「普通、飛行スキルは着陸と一緒《セット》に発現しようよ！　うん、超加速も急停止が未《ま》だ難しいし、異世界スキルって後の事が全く考慮されていないんだよ！　後の事だから後で発現するのかな？」「お帰りなさい……って言うか、どうして体が自由に動かないのに『そうだ、とりま飛んでみよう？』って飛んでいっちゃうの！」「えっ、大空には自由があるって言うから……大空でなら自由に動くかなーみたいな？」「その新解釈にはきっと言った人も吃驚《びっくり》してると思うよ!?」

　禅の言葉にも「行雲流水《こううんりゅうすい》」と雲が悠々と大空を行く如《ごと》く、また流れる水の如く一処《ひとところ》にとどまらずという言葉がある。この無心にして無碍自在《むげじざい》のありようが禅の表す自由だと言われているのだ。うん、自由？

「ほんと、異世界には驚きが満ち溢《あふ》れてるよねー？　おっさんだらけだったり？」「「何《ど》処《こ》に吃驚して、何を堂々と他人事《ひとごと》にしてるのよ!!」

　驚地動天に天で動いてみたら、地に突っ込んで驚いた？　うん、吃驚したな？

「私達《たち》は異世界よりも遥《はる》かくんに吃驚してるのよ!!」「突然飛んでいって、いきなり墜落して来ないで！」「いや、見上げた空があまりにも青くて、その青さが手を伸ばせば届きそうだったから……飛んでみたけど、やっぱ届かなかったんだよ？」「純文学風《なんかそれっぽく》に言っても駄目だからね？」」「「「うん、不純なんだから純文学語り禁止です！」」」「いや、大体不純《エロい》なのって純文学なんだよ？　そう名前は純文でも純粋さも純情さも関係なく、大衆小説の娯楽性に対して流行や風潮を追わずに芸術性を貫くのが純文学なんだから……寧《むし》ろ変態的《マニアック》なのってあっちなんだよ？　うん、大体が良い風に書かれた浮気者かストーカーさんの話だったし？」」「「「どんだけ偏見持ってるのよ!?」」」

　それはさておき術理の難解さ。それは凡《あら》ゆる体系の技術の習得が容易《たやす》くなり、補正も付くぶっ飛びスキル……うん、ぶっ飛んでみたんだよ？

「これ、会得した技術どうしも体系化されて、複合化されていって……つまり物凄《ものすご》いけど、自分で頑張らないと凄くならない丸投げできないスキルさんなんだよ？」「「「うん、なんで当然のように、スキルは丸投げできる対象だって思えちゃうのよ!?」」」

　それでも現在習得している術や技術は個々に上位補正が掛かり、知識があるだけの技術まで全て習得状態に変わり複合化されている。恐らく軽気功が取れたのもそれだろう。ただ太極拳はまだしも、あの怪しい通背拳までも上達していたんだけど武仙術に統合されるためスキル化はしていなかった。うん、良かったよ!?

「なのに……やっぱ、身体《からだ》が調整不足だな？」

　未だに身体に最適化された技術は五行拳だけ。その五行拳も奥が深すぎて終わりがないので、太極拳を混ぜながら連打と膝と肘の攻防を織り交ぜつつ、訓練中で昨晩の復讐《ふくしゅう》という名の訓練《ボコ》が迷宮皇3人掛かりで繰り広げられ訓練特訓《ボコボコ》の訓練漬け……で、飽きたから飛んだら怒られた？　そう、異世界には大空すらも自由なんてないらしい。

「いや、だってLv1の眠りっ娘さんとようやく互角で、後のお2人は嬉《うれ》しそうに猛特訓《フルボッコ》で現実逃避の代わりに大空逃避《スカイ・ハイ》で空中散歩が地面激突な出来事の『驚き、桃尻、三度も朝飯前です！』だったんだよ？」「「「だからって満足に走れないのに空飛ばないで！」」」「あと途中で趣味が混じってるでしょ！」「そうだよ、桃の木と山椒《さんしょ》の木はどこに行っちゃったの!?」「「「そして何より、そんなにお替りしなかったよね!!」」」「うん、朝飯前は4杯で、朝飯は3杯だったよね！」「そうそう、朝飯後を食べ過ぎちゃったけど、腹8杯だったからギリセーフだったもん！」

　そして訓練《ボコ》だった。特に約2名はもう現実版特撮功夫映画《リアルクンフー・ムービー》で手に負えず、辛うじて相手になるのが眠りっ娘さんだけどLv1から強かったのにみるみる訓練でLvを上げて互角すら厳しくなってきている。

「うん、癒やしの聖女に癒やし成分が皆無な超物理推しって、聖女感は何処にいっちゃったの!?」（フンフン！）

　その美しい挙動は優雅に見えるも、魔力と気功と威力の籠もった剛拳が唸《うな》る。って、マジで唸ってる！

「ちょ、なんか空気の擦過音が当たったら死んじゃうよってお知らせ機能付きの鉄拳の嵐で、未だ手加減とかできないから破壊力に容赦がないんだよ！」「ふうっ、ふんっ、はああぁ、です!!」

　体術や拳法をみるみる覚え、恐らくもうスキル化されているだろう鋭い拳打！　そう、あの麗しく儚《はかな》い霊《ゴースト》と化した聖女の言い伝えは誤報だったようで、そう言えば大聖堂で見つけた眠りっ娘さんの装備って一見装飾の付いた長い錫杖《しゃくじょう》に見えるんだけど……ハルバートだったんだよ？

　前に出す左腕を肘から回転させて、ハルバートの剣尖《けんせん》を横からいなして逸《そ》らせる。その伸ばした左手を追いかけ滑走するように、木の棒を持った右手から突き出される崩拳！　その攻撃をハルバートを回転させて柄で弾《はじ》いて、反撃の連撃が襲い来る！

「神聖魔法の聖女さんは暴虐の性女さんだった……だと！」

　その膨大な魔力を身体に纏《まと》い、膂力《りょりょく》と魔力の渾然一体《こんぜんいったい》となった暴力。そう、副委員長Bさんの異常な強さの秘密はこれだった!?　聖魔法による身体強化と、高い魔法防御と再生力の肉弾戦。うん、どっちも暴力的な大きさなんだよ!!

「疲れたー！　身体の制御とか考える暇もない生き延びるのに必死の訓練《ボコ》が過酷過ぎて、平和な迷宮でのくつろぎの実戦が恋しいんだよ！」（ポヨポヨ）

　あっちでは「戦場で血を流さないために訓練で汗を流せ」と言われていたが、異世界《こっち》では「戦場で血を流さないなら訓練でボコれば良いじゃないの」と誤った指導方法が普及しているらしい？　だって戦場から無事に帰ってきてからが危ないんだよ？

　休憩、というか戦闘不能《ダウン》。それでも眠りっ娘さんは身体を取り戻した歓《よろこ》びなのか、永い孤独の鬱憤晴らしなのか元気いっぱいだ。

「普通、麗しかったり儚かったりする楚々《そそ》とした癒やしの聖女さんはハルバートを振り回さないと思うんだけど、今は楽しそうに巨大な長杖《ハンマー》を持った大賢者さんと模擬戦中だけど……絶対あれは治癒師《ヒーラー》の聖女と魔法を極めし大賢者の戦いじゃないんだよ！　めちゃ肉弾戦な打撃と連撃の応酬で、ハルバートとロングハンマーが唸りを上げ空を裂き旋回しながら轟音《ごうおん》と共にぶつかり弾き合っている？　うん、相変わらず肉弾《おっぱ》……の凄い揺れだ！」

そして何故《なぜ》だかめっちゃジトられてる!?　え、未だ訓練《ボコ》なの？　見学してるんだけど……うん、肉弾《おっぱ》……？　はい、やります!!

静寂の流麗な舞い。風に流れるが如く、静かに流れる水の如く。一切の気配も、僅かな空気の揺れもない無音の舞踏。そして綺麗《きれい》な長い指が近付き、手のひらがそっと俺に触れようと添えられる……のを必死で回避する！

「うん、まるで優しく触れるように流麗な動作の通背拳って、それ触れられたら内部から破壊されて衝撃で吹き飛ばされるんだよね!?」「壁、痛かったです」「根に持ってた!!」

軽気功は拳打の風圧ですらも捉え風に舞う蒲公英《タンポポ》の綿毛のように避《よ》けるのを見切り、甲冑《かっちゅう》委員長さんは僅かな空気すら揺るがさない鋭い拳を、そして踊りっ娘さんは緩やかな手を添えるような通背拳で軽気功すら無効化してきた！

そして、眠りっ娘さんは私怨を交えて剛拳を唸らせる！　だけど本当に怖いのは気と空気の流れに反応する軽気功の本質を瞬く間に見抜き、気を体内でのみ練気させて一切漏ら

さず空気すらも揺らさず気配もなく瞬間に現れる拳の恐怖！

「ちょ、己から重さを消し去る軽気功って、通背されちゃうと滅茶《めちゃ》ふっ飛ばされるんだよ!?」

うん、そのまま飛びたくもなるよね？　だって、あまりにも空が何処までも青かったから……もう30回はふっ飛ばされてるんだよ？

そして気と魔力を正しく制御して、過剰かつ不安定に体内へと流さなければ日常生活に支障はなくなった。だが、漏れちゃうと超反応で超加速の瞬間反応が起きちゃって、制御の前に意識すらできないまま意識した時は反応と動作が同時に済んでいる？

今も軽く反って避け《スウェーバック》ようとしたら、急転直下でバク宙のようにセルフバックドロップで頭から地面に突っ込んだ？　そう、攻撃の被弾より自滅がヤバい。微調整が過敏《ピーキー》過ぎて加減が全くつかめないつまり——修行時間終了《ボコられた》？

（ヒヒン、ヒヒン♪）

王国の王城まであと少し。御者台でお馬さんとスライムさんとデモン・サイズさん達と戯れながら帰路を愉《たの》しむ。うん、車内だとお楽しみが終わらなくって大変なんだよ？

今も迷宮皇さんが3名ほどあられもない姿で駄目なお顔で痙攣中《けいれんちゅう》なのは、さっきの訓練《ボコ》の復讐は返礼《ニョロ》だから俺は悪くないんだよ？　そう、捕まっていた獣人さん達用の大型客車も切り離してあるし、ここからは高速の旅だ。加速に合わせて景色は後方に吹き飛ぶように消え、周囲は色彩へと塗り潰されていき風に煽《あお》られ髪がばさばさとなびく。

「伸びたなー……なんか髪が伸びるの速くない？　これも再生スキルなのかな？」

遠方に王都の影が見えたと思ったら、もう目の前に門があり門と門番が大きく口を開いている？

「おっさんがお口開けてても需要ないし、何にも入れてあげないんだよ？　まあ、BL希望者だったら莫迦《ばか》とかオタとか置いてくけど？　どっちが良い、両方いる？」「「「おま、BL希望者だったら勝手に置いていくな!!」」」「おっさん達は別にBL希望者じゃないし、希望者だったら尚《なお》の事《こと》置いていくな!!」

希望者じゃないらしく、ただ王城まで先触れを出し先導されて案内されていく？

「いや、王城まででって滅茶通ってたからよく知ってるし、それはもう倉庫から宝物庫までばっちりなんだよ？」「「「だから護送されてるのかも!!」」」

そして王城の門が開くと、チャラ王とレロレロのおっさんがちゃらちゃらされろれろとお出迎えだ。そう、異世界は何処へ言ってもおっさんばかりで……焼こうかな？

「（スパコーン！）　お前は王なんだから一人で出てくるなと言うておろう、（パッコーン！）だいたい一国の王がひょいひょい出てくるな！　（パッカーン！）」

焼く前にチャラ王はメリ父さんに叩《はた》かれていた。そう、それは新型の通背拳の原理を応用して作られたハリセン「おっさんコロリ《ボコり》　1号」で、派手な音だけで見た目は痛くなさそうなデザイン……に見せかけて実はこっそり内部に浸透ダメージを与えるという地味な破壊力を誇る逸品なのだ！

「どわっ！　ちょ、待て、メロトーサム！　なんかそれマジで痛いんだって！　なんか地味に響く、わかったから！」

うん、見た目の軽さを強調するために一撃の破壊力は低いか……だとするとデカいけどこっちかな？

「いや、おっさん漫才始められても困るんだけど、こっちが金盥《かなだらい》でこっちが薬缶《やかん》で、このハリセン『おっさんコロリ《ボコり》2号』は一見ハリセンに見せて実は板バネ式の破砕兵器なんだけどどれが良い？　うん、少しおっさんは間引いたほうが良いと思うんだよ？　だって王国でも獣人国でも教国でもおっさんだらけで、美少女1人に対しておっさんが1万匹くらい湧いてて、どう考えても比率がおかしいんだって？　うん、相討ちが良いな？」「わ、悪かったからしまってくれるかい！　それ、なんか見るからに痛そうだよね‼」

相討たないらしい。わざわざ非殺傷兵器っぽい見た目の殺傷兵器を並べてみたのに？

「このピコピコハンマー風で中身はパイルバンカーとか、マジで素敵な破壊力で超お薦めなんだけど？」

ならば、相手を変えよう。第三のおっさんだ！

「レロレロのおっさんも不審者を始末するのが職業なんだから、どう見たって王城の門で漫才を始めるおっさんは不審者なんだから始末しようよ？　魔剣買う？　呪われてるけど？」

うん、三竦みで消滅しないかな？

「はあー、何で王家に雇われてるのに王様斬っちゃう護衛がいるの？　人を無理矢理借金の形に売り飛ばして就職させといて、気軽に謀反を唆さないでくれるかな！　あと、呪われてる剣を売るなよ!!」

魔剣に呪われて3おっさんの三つ巴《みどもえ》による共倒れが理想だったのに駄目らしい。他に良さげなおっさんはっと……？

「えっと話が進みませんので失礼します。遥くんのお口を封印《バッテン》！」「「「了解《ヤー》！」」」「おおー、通訳委員長殿、忝《かたじけ》ない」「ちょ、お口を封印《バッテン》で呼吸と息の根を止めるんなら、そこのおっさん達がお薦めなみもむもがぁ……もががぁ！」「「「封印《バッテン》完了！」」」

お、お口がバッテンだと！　それって可愛《かわい》い愛玩路線で好感度が上がるのだろうか？　うん、ウサミミはどうしよう？

「父上、教国は教会上層部が一新され、かねてよりの王国に対する圧力をすべて取り消し正式に謝罪されました。こちらが教国国王陛下からの書状となります。そして旧《ふる》き教義と盟約に従い迷宮への軍の派遣を約束して下さりました。帝国と商国の動きも不明なため数は揃《そろ》えられぬも、教導騎士団を主体とした精鋭に特使としてアリーエール王女様がいらっしゃることが内定しております。そして教会からの全面的支持を、こちらが新教皇ステカテル猊下《げいか》からの講和の書状となります」

ファンシー系男子高校生さんで愛らしさアピかー……あんまりファンシーに見えない、両手の金盥《かなだらい》と薬缶《やかん》はどうしよう？

「シャリセレスよ大儀であった。我が王国と獣人国の苦境をその身に背負い、永きに渡る宗教問題を抜本から解決してくれたこと王として礼を言うぞ。そして父親として誇りに思うぞ……お前は戦うしか知らぬと思うておったのに、最大の難事の外交交渉までやり遂げたのだな。立派になったものだ」

親馬鹿なようだ？　だって、その娘さんは獣王をボコり、教会の首脳部もボコって言うこと聞かせただけで戦いしかしてないんだよ？　だって交渉も何もセリフの7割は「突撃」で、残りの殆《ほとん》どは「蹂躙《じゅうりん》せよ」だったんだよ？　あとは「蹴散らせ」と「薙《な》ぎ払え」くらいだった記憶しかないんだよ？

そうして、なんか会議が始まったんで王女っ娘とメリ父さんに任せて逃げ出した。うん、だって国家間の問題なんて関係ないし興味もない。国家、それは……どうせ何処に行ってもおっさん国しかないんだよ！　しかも、ようやくやっと見つけたケモミミメイド喫茶《オアシス》すら出入り禁止だったんだよ!!

「くっ、ちゃんとステータスさえ確認していれば『性皇』になってたから『性王お断り』は回避できたのに……」

そうすればケモミミメイドさん達の愛情入り手作りオムライス《レトルト》さんだったのに、萌《も》え萌《も》えじゃんけんが……（泣）

だって友好使節団さんだったのに、結局最後まで全くさっぱりと友好《モフモフ》できなかったんだよ!?

街ぶらで街ぽよなのに街たゆんたゆんはジトられた？

118日目　昼　王国　王城

なんか急に会議が始まったんで、王女っ娘《こ》とメリ父さんに任せて逃げ出した。

「んむんむむ、んむむむむ？」

だけど、このお口の封印《バッテン》はどうやったら取れるんだろう？　散々引っ張ってから、やっと気付いて世界樹《ユグドラシル》の杖《つえ》を手に持ち『開放の杖』の拘束開放効果でバッテンを外す。そう、日々縛られては逃げ出してるのは伊達《だて》じゃない！　うん、解除っと？

「ぷはーっ、あの調子だと今日は泊まりだろうし街でもぶらつこうか？　美味《おい》しいものもあるかも？」（ポヨポヨ♪）

大通りの店には商品が増え、人通りと活気も増した王都に商店と露店が連なる。そんな膨大な中から瞬時に羅神眼で商品を見定め、的確に出物を探して歩く。

そして、小さな本屋。それは地面に敷いた布の上に、手書きの本が数冊ずつ置かれただけの本屋さんだった。

だから全種類買った。それはありきたりな幸せな暮らしを、ある日突然奪われた貴族の子弟の怨嗟《えんさ》の物語。それは現代ならばストーカー判定間違いなしの情熱的過ぎる恋愛詩集《ストーカー日記》。そして魔物の襲撃で家族と友人と恋人を一度に亡くした少女の私小説に、名もない貴族の夢想する無意味な政治論。そして一番の売れ線は『辺境の歩き方』って言う辺境ガイドブックだった。

「後は、お芝居の丸写しの王国の新たな伝説ばっかりかー？」（プルプル）

本も内容も薄っぺらで、短くて読み入るような大したものはなかった。だけど異世界で初めて見つけた本屋さんだった。

「製紙工場の生産が軌道に乗ったのかー……これで識字率も上がるだろうし、次は活版印刷？　まあ、そっちはオタ知識に任せてるんだけど、彼奴等《あいつら》に任せると間違った薄い本が……まあ、印刷機は作らせずに、活版印刷の説明だけさせればいけるはず？」（ポムポム）

発展と平和はセットだ。だから平和が続けば、きっと街も商店も本屋さんも大きくなっていく。だから良い武器を探そう、この発展が止まらないように……うん、獣人国はもう駄目なんだよ？　萌え絵《あれ》は汚染されすぎてたから手遅れで、あそこではきっと違う薄い本が生まれるのだろう。時々寄ろうかな？

「ちょ、おっちゃんこれいくら？」「んっ？　ああー、それはイヤーカフという耳飾りでね。ちょっとばかり高価だが材質も良いし彼女にあげると……ヒィイイイッ！　えっと……いないの？　ああー、自分用の……アクセサリー……うん、1，000エレでいいよ。いや、良いって。頑張れよ、応援してるからな！　挫《くじ》けるなよ!!」

何故《なぜ》か装備品を超格安で買えたんだけど心が挫かれたよ！　あの可哀想《かわいそう》なものを見る目が……いや、安くなったんだ。トボトボと歩き振り返ると可哀想な目をしたおっちゃんが未《ま》だ手を振っている。気晴らしに買い物に出たら気分にとどめを刺されたよ!

「うん、人も増えて……カップルが多いな(泣)」(ぽよぽよ)

途中ちょっと良さげな首飾りと短剣も売っていたが絶対買わない。値段も聞かない!

だって「カップルは10%オフ」って何っ! 獣人の差別は消えても、異世界から差別が消えることはなさそうだ。なんて極悪非道な……んっ!?

「おや、彼女に指輪かい。2人で買いに来たら10%おまけ(ギロッ!)ヒイィィッ! な、何でもありません! はい、7,500エレになります」「だったらスライムさんとカップルな2人でお買い物だから6,750エレで良いんだよね? ねっ?」(ポヨポヨ♪)

この店でだけは絶対に買うまいと思っていたのになんたる屈辱。だって、周りはカップルだらけでイチャイチャしてやがるリア充専門店。しかもカップル割引って許すまじ!

「えっと……カップルなの?」(プルプル♪)「うん、1,000エレでいいよ(涙声)」

「ちょ!?」「いや、皆まで言うな。持ってけ(号泣)」

滅茶々々値引きされた!

「「「頑張るんだぞ(泣)」」」「ああ、強く生きるんだぞ!」「そうだ、明けない夜はないんだからな!」「「「頑張ってね」」」

そして周囲のカップルさん達《たち》からの、可哀想な目の励ましの言葉が痛い!! 何、この商店街はぼっちを殺す罠《わな》かなんかなの!?

「うん、武器屋の方に行こう! とにかく、この危険地帯《アクセサリーエリア》からの撤退が最優先だよ!!」

（プルプル♪）

そう、ここはぼっちな男子高校生さんには大迷宮より危険過ぎるようだ！

「欲しいのは帽子とグローブとブーツに……あとはマントかな？」

複合装備候補を探しつつ、低Ｌｖでも装備可能なアイテムを探す。今あるのは肩当だけで、胸当てに腰当てに肘当てとか膝当てはまだ着けていない。金属の甲冑《かっちゅう》や鎧《よろい》はＬｖ制限で装備はできても装備スキルが使えない、だから無駄だし除外すると良い物がないな？

「う――ん？」

現在の布の服とマントに使える装備を最優先で、後はできるだけ防御系の出物はないかと探してるんだけど低Ｌｖ帯の装備には効果付《スキル》は先《ま》ずつかない。もしあったらあったで、金持ちが買うらしいから案外と低Ｌｖ用の装備は需要が高いらしい？

「動きの邪魔になるから避けていたんだけど、動きが怪しい現状では攻撃を受けても耐えられる装備が欲しいんだよ？　でも、重いし高価《たか》いし性能微妙？」（プルプル）

前回もそう思って肩盾を用意して装備したのに……護《まも》らず飛んでいってしまった。なので今一防御装備とは言い難い？

「うん、どうも異世界は盾は防御装備なんだよっていう概念が理解できないようだし、どうなんだろうねー？」（ポヨポヨ）

自分で作るにも、やはり見本くらいは欲しい。だけど、どうせお金を払って買うなら使えるものが良いなと思ってしまうと中々買えない？

「だって、これなんて『牛殺しの膝当《ニーパッド》　対牛専用　Pow50%アップ必殺（牛のみ）＋ATT』って、どんだけ牛と戦う気満々なの！　大体、牛の魔物なんて大迷宮の99階層のミノタウルスしか見たことないけど、あれ低Lvの冒険者が特殊装備したくらいじゃ絶対に勝てないよね!!」（プルプル）

他の商品も微妙だったり、用法が限定的すぎたり？

「これなんて『剣刃《ブレイド》の肘当《ひじあて》　斬撃　＋ATT』って、テーブルに肘を付くと行儀が悪い以前にテーブルが斬れちゃうよ！　肘に刃物ってエルボーの時しかいらないし、普段が危ないよ!?」

あちこち覗《のぞ》き素見《ひやか》すが出物は少ない。せめて辺境で売れそうな物とか、女子さん達の装備に使えそうなものをと鑑定して回り……おっ！

「怪しい！　だって『魔物革の胸当？』って「？《不明》」装備で、素材まで鑑定してみても素材『牛革？』って……」

そう、？《不明》が出るものは当たりが多い。だから大量のMPを要するけど、羅神眼の慧眼《けいがん》でより高度な鑑定を試みてみたら『魔物革《ミノタウルス》の胸当て　StR30%アップ　耐物理魔法（特大）耐斬撃貫通（極大）＋DEF（3つ入る）』!!

「って膝当ての牛殺しさんは、マジでミノタウルスを倒しちゃってたの!?」

これは当たりだ。そして普通の鑑定スキルでは判《わか》らないはず。

「おっさん、これいくら？」「そいつか、それなら格安だがな……もうちょっとマシなもん買わんと死ぬぞ。何かもわからん魔物の革だし、厚いだけで鉄板すら補強されてないんだから気休め程度だぞ」

　辺境でも見掛けない最強種なミノタウルスさんの革。そして付与効果も全部が大当たりだ。

「いや、これで良いんだよ？　うん、いくらなの？」「良いのか。わかったよ、売れ残り品だし2，000エレでいい。だから早くちゃんとした装備を揃《そろ》えろよ」

　良いおっさんだった。何故か値切る前から格安販売で、お得感満載な吃驚《びっくり》プライスなのにおっさんと冒険者達の憐《あわ》れみの眼《め》に心のダメージが満載だった!?

「あっ、村人装備で買い物に来て、買うのが超格安の見切り品を購入って……完全に憐まれる定番展開だったよ!!」

　また新たなダメージが……でもアクセサリーの店で既に致命傷だったからまあ良いか？　ぶらぶら。賑《にぎ》わう街をあっちにこっちに彷徨《うろつ》き、あの店この店と彷徨《さまよ》うお買い物。途中の屋台で焼き鳥を買ってスライムさんと食べ、ついでに立ち並んだ露店を見て回る。

「うわー……これは買って帰ったら特定の誰かにめっちゃ高く売れそうだ!!」

だけど、『鉄甲蟲《てつこうちゆう》の胸鎧《アーマー》　物理無効（大）　全身防御（中）　硬化変形　＋DEF』は攻撃を受けた時だけ巨大化して攻撃を反らし身を守るらしい。つまり攻撃を受けないと大きくならない胸当てだ。

「副委員長Aさんは全身甲冑だから着けられないけど、小狸《こだぬき》の副委員長Cさんは軽鎧《けいがい》だから丁度良いし、性能はとっても良いんだけど……これ装備させたら、わざと胸にばっか攻撃を受けようとする危険性を滅茶感じるんだよ？　うん、防備なのに却《かえ》って危険そうなんだよ!?」

やめておこう。そして、こっちは護符の髪留で使い捨てだけど、その分だけ効果は大きい。1回だけ攻撃を凌《しの》げるならその効果は充分だけど、1回で壊れちゃうから後が危険だ。そもそも1個しか売っていない。

「費用対効果《コスパ》は悪いけど確かに安全だし、買って帰ってパクって大量生産できれば……よし、ちょい高価いけど買おう」

そう、デザインさえ良くすれば売れるだろう。しかも消耗品ならずっと儲《もう》かる！

「マント留用のピンもあるんだー……って、イヤリング装備もあるんだ！」（ポムポム）

旧《ふる》き因習が撤廃され、世に隠れていた錬金術師が表に出始めたのだろう。そして王国に集まり始めているから、見慣れない装備品や効果付き装備と各種薬品《ポーション》が増えている。全く無駄な教会の無意味な抑圧のせいで、異世界の発展に不可欠な有能な錬金術師と驚異的身体能力の獣人達が貶《おとし》められ埋もれていた。

そう、ただただ無駄で無能で勿体《もったい》ない。戦力が足りず魔に蝕《むしば》まれていると言うのに、人族がその力を自ら削り、欲得のままに自滅の道を直走《ひたはし》っていた。先人が命を捨てて守り抜いた世界の価値もわからずに、目先の金と欲に転び滅びようとしていた。

そうして未来すら売り渡した欲望塗《まみ》れの悲惨な末路《BadEnd》が、ようやく回避され始めた。異世界に来ても、素晴らしい世界なんてきっと何処《どこ》にもないらしい。

「全く、お金なんて欲しいものが好きなだけ買えて、自由に好きな所に住んで、好きな物を食べて暮らせたら充分なのにねー？」（ポヨポヨ）

「「「充分すぎるわよ！　そして、何で街の大通りで可哀想なものを見る目で注目を集めちゃってるのよ!!」」」

ビッチーズだ。それはピチピチＪＫでありながらもビチビチビッチーズなビッチーズ。見慣れない服をスタイリッシュに着こなし衆目を集める、お人形さんのような見た目の5人組。そして、それは姿態《スタイル》の良さもあるけど、その見事な着こなしが野暮ったい異世界の街でひときわ異彩を放つ圧倒的なファッションセンス。

「あっ、ビ」「「「ビッチじゃないのよ！　そもそもビで始まる名前ですらないのよ!!」」」

読者モデルからモデル事務所に誘われても、服飾関係の仕事がしたいがために学校とは別に専門学校で服飾の受講をしてたらしい。そんなデザイナーやスタイリストの卵さん達だけあって着こなしが格段に違う。だから目立ち、街往《ゆ》く人達がめっちゃ見てる？

「あれ、その服って新作なの？　うん、サイジングは甘いけどオーダーメイドだよね……この縫製は手芸部っ娘で、このパターンの癖は服飾部っ娘？　でも、ここもうちょっと立体的に詰めたほうが良くない？」「完全に詳しくなっちゃったのねー」「普通これでも充分過ぎるレベルなのに」「それも、ひと目で……もう、あんた高級既製服《プレタポルテ》でメゾン開けるわよ？」「高級注文服《オートクチュール》も神業だし、仕立て屋《サルトル》でも行けるわね」「まだ手芸部っ娘ちゃんも服飾部っ娘ちゃんも立体裁断が苦手なのよ……って、普通、高校生にはできないのよ！」

成程、既製服《プレタポルテ》は万人向けの甘さが不可欠。その癖で、たった一人のための仕立て服《オートクチュール》を作る時に無難さが垣間見《かいまみ》える。だからこそオンリーワンの最適を求める大胆さが足りていない。特にこの4人は顔が小さくて手脚が長いお人形体型だから、癖が強すぎて遠慮が出てしまい裁断や縫製が甘いんだろう？

「言ったら人台造《トルソ》ったのに？　ボディー別に？」「そんな他にはない完璧な人台《トルソ》で併せてたら練習にならないでしょ」「あと、ボディーを精密に作られると恥ずかしいから止《や》めて!!」

だから、この5人だって『魔樹の実』は欲しかっただろう。なのに、5個全部を何も言わずに文化部に譲ったらしい。だから委員長が教えてくれた。放課後に専門学校にまで通い本気で頑張っていたのだと……それって、また俺が5個も探すの？

魔樹の実狙いだと霊体系の迷宮最優先かー……だけどドロップってLuKが関係するようで俺が一番引きが良い。そして大通りの先には見慣れた光景。

「って言うか何でいっつも食べてんの！　そんな事だからツイン電柱なんて心ない誹謗《ひぼう》中傷《ちゅうしょう》を受けて精神的外傷が更なるお菓子を求めて無限循環の電柱円環で脚のお肉がたくましく育ってわんぱくな……ぐうはあぁっ!!」「ツイン電柱なんて心ない誹謗中傷をして精神的外傷《トラウマ》にしようとしてるのは遥《はるか》くんだけなのよ！」「騒いで広めないで、定着しちゃったらどうするの!!」

運動部っ娘達は買い食いらしい。って言う事は、この辺りからスライムさんのお待ちかねの食べ物屋さんエリア。あっちでは姉兎《うさぎ》っ娘と妹狼《おおかみ》っ娘と子狸っ娘が綿飴《わたあめ》を食べてはしゃいでいる。うん、子狸さんは社交性が高いのか、変怪《へんげ》が得意なのか直《す》ぐに馴染《なじ》むな？　その後ろでは副Bさんがたゆんたゆんと……はっ、殺気《さっき》!?　このジトな感じは委員長と副Aさんが背後でモーニングスターの準備をしているジトだ！

「ちょ！　なんで禁断の『制裁の鉄球』を持ってるの!?　えっ、マジ？　甲冑委員長さんと踊りっ娘さんが、みんなで共有《シェア》しようって？　うん、仲良しだね……でも、モーニングスターのシェアって仲良し女子の会話としては何かがおかしいなーって言う疑問をどうして誰も感じないんだろうね？　はい、違います。綿飴がたゆんたゆんしてスライムさんがぽよんぽよんしてたのを見てただけなんだよ？って、そもそも何で副Bさんの服はディアンドルなの！　あれって襟の深いスクエアーのブラウスで胴衣《ボディス》で危険物を持ち上げると危険物取扱責任者さんが不在だと爆発物並みに危険な物《ブツ》が大変なことに……がはあっ！」

「「めっちゃ見てるでしょう！　それガン見し過ぎだから！」」「あと、顔がエロいから有罪《ギルティ》!!」

　いや、副Bさんディアンドルの組み合わせは危険過ぎなんだって！　ほら、道行くカップルの男共が強大な危険物をガン見しちゃって、彼女さんにボコられて次々に破局の連鎖が巻き起こって悲劇的で悲惨な状況なんだよ……良いぞ、もっとやれ？

「出店はいっぱいだけど、何か出物はあったの？」「いいお店はあった？」「お饅頭屋《まんじゅうや》さ

んとかなかった!?」「戻ったところの黄色い三角テントの出店で、護符が付与されたアクセサリーを出してるんだよ？」

新製品情報に飢えているようだ。お腹《なか》は飢えずにいっぱいだろう。手に買い食い用の戦利品を抱えているし……うん、女子がアクセサリー街を無視して、真っ先に迷いなく真っ直ぐに屋台街に直行って女子力って実は消化力なの!?

「「「アクセ！　可愛《かわい》いの!?」」」「装飾《デザイン》は微妙だったけど、護符は単機能な分だけ効果は高かったんだよ？　でも、護符《デザイン》はパクって量産するけど、アクセサリー自体は手が込んでたし見てくれれば？　うん、付与は後からでもするよ？」「「「行ってくる！　予約もするからお願いね!!」」」

女が3人寄らば姦《かしま》しいと言うが、30人もいると強《あなが》ち間違いなさそうだけど……強《あなが》ち姦しいと言うと犯罪臭が漂うんだよ？　まあ、あの集団を襲うには軍隊でも駄目だろう？　だって迷宮皇さんまで姦しく3人混じってる時点で、加害者になることはあっても被害者になることは絶対になさそうだよね？

ぶらぶらぶらぶら。これは造花の花冠か……って、えええっ!!

「ちょ、これって造花の一枚一枚が護符だよ。これは画期的だな？」

性能面には問題がないので買い占める。唯一の問題は花冠を着けた女子高生にきゃっきゃうふふと惨殺される魔物さん達の不憫感《ふびんかん》が半端ないんだけど、護符一枚一枚の性能もずば抜けてよく、しかも安い！

「おっちゃん、これってまた入荷するの？ 在庫とか在る？」「いい目をしとるなー。だが、それを作る錬金術師は辺境のズァカーリャ商会に引き抜かれちまってな、それが最後だ。惜しいがそいつが本当に必要なのは辺境《あそこ》だからな。悪いがそれで全部だ」

辺境の雑貨屋さん商会と言うと、つまりあの雑貨屋のお姉さんのところだ？ だって、他に見たことないし？ つまりここで買い占めなくとも辺境に在る。だけど折角だから買っておこう、きっと辺境ではいくら作ったって足りないんだから。

「そっかー、奥様達《おばちゃん》が頭に花冠を付け、手には棍棒《こんぼう》を握り振り回して無双しているのかー……怖いな!?」

まだ辺境に魔物さんは生き残ってるかな？

脳内お花畑と頭冠がお花は男子高校生には受け入れがたいようだ？

118日目　夕方　王国　王城

矛盾。身体《からだ》の自壊を防ぐには制御するしかなく、超反応を制御するには高速思考《アクセラレーション》しかない。

だけれど超反応に対応できるような高速思考《アクセラレーション》なんて、MPが一瞬で枯渇して即座に行動不能に陥る。それでも自壊すれば結局は動けなくなるし、戦闘中に動けないと死しか待っていない？

「こう、もうちょっと中間的な良いとこ取りなのが良いのに、これって地味に地道に調整しながら智慧《ちえ》さんが制御を覚えてくれるのに期待をかけるしかないのかな？」

だが、装備で補えば早く解決する可能性だってある。それが自壊の原因じゃんと言うのを無視すれば、最短で最高に簡単な解決方法だ。うん、その為《ため》に街に出たんだし？

「そう、これは制御系とInTに身体強化系とV:iTの上げ底で、強制的に均衡《バランス》を保ち続ける彌次郎兵衛《やじろべえ》作戦！　その名も『智慧さんに丸投げできないなら、装備に丸投げすればいいじゃないの』大作戦！　うん、頑張れ？」

そして何故《なぜ》だか妙に気になったのは、露店で売られていた指輪『操り人形《マリオネット》の指輪　DeX30％アップ　操作制御系効果補助（大）』。それは本来は操り人形《マリオネット》用のニッチな指輪だったんだけど、効果を見ると超丁度良いし美味《おい》しいので買ってみた？

「うん、駄目でも操り人形《マリオネット》が上手《うま》くなるんだから孤児っ子が喜ぶし、触手さんの操作にだって効果があるからしれないから有意義なんだよ？」

そして何とイヤーカフがあった。それ自体は全く使い道の思いつかない『増減の耳飾《イヤーカフ》　集音　音量調整　（5つ入る）』と、老後の難聴に良さそうな補聴器のようなイヤーカフだったが「5つ入る」。ミスリル化すれば7つも狙えそうだけど、今は『禍福のイヤーカフ　LuKに応じ禍福を微《かす》かに変動させるお守り《アミュレット》＋LuK』の1個だけだから、未《ま》だミスリル化は必要ないだろう……って言うかどっちも能力が微妙なんだよ？

「そして本日の最大の出物は『魔物革《ミノタウルス》の胸当て　StR30％アップ　耐物理魔法（特大）耐斬撃貫通（極大）＋DEF　（3つ入る）』！　うん、これは間違いのない掘り出し物で、現状ではStRアップは自壊か制御の複雑化か最悪崩壊とかを招きかねないのが問題だけど……うん、地味に高級牛革感の重厚な作りが貧相な村人装備にラグジュアリー感を齎《もたら》してくれるかもしれない期待の新装備さんなんだよ！　うん、なんか憐《あわ》れまれてたけど出物なんだよ!!」

ただ、まだ下手にミスリル化すると余計に危ないだろう。でも、せっかく買ったのに……で、着けてみた？

「胸当てって言いながら肩も覆うからお買い得品？　まあ、胸部って刺されると危ないからねー？」（ポヨポヨ）

もしかすると心臓は再生するかもしれないし、ちょっとくらいなら心臓がなくても気功と魔法で血液の循環だってできるのかもしれない。だが、肺は致命傷。2つあるとは言え肺が潰されると呼吸法が止められて、練気を始め気功術が壊滅状態に陥った。その所為《せい》で治癒力も再生速度も激減し、身体能力と魔法制御すら襤褸《ぼろ》襤褸《ぼろ》の状態だったんだよ？

だからこそ胸当ては最優先。もう、胸当てならなんでも良いから買おうと思っていたら、胸が大きくなる胸当てだったり碌《ろく》でもなかった。まあ、でもこうして大当たりがあったのだから自壊や制御不能の事は後でどうしようもなくなってから考えれば良いだろう。

「うん、防御の最優先は肺と頭部なんだけど、男子高校生がメルヘンに頭に花飾りのついたラブリーな冠を付けて戦闘を始めたらメルヘンじゃなくてメンヘラだと思われる気がしてならないんだよ？　うん、似合うかな？」（ポ……ヨポヨ……）
　うん、スライムさんが見た事のない動揺《ぽよぽよ》だから止《や》めたほうが良さそうだ!?　しかし、顔もない球形の粘体でどうして悲痛な顔ができるんだろう？　うん、その表情こそが思いの外に精神的ダメージが大きかったんだよ!!
「えっと、『護符《タリスマン》の花冠　護符《タリスマン》効果　＋ＤＥＦ』だから、本体は＋ＤＥＦだけで効果は全部護符任せっていう割り切り方が良いよねー？　うん、この使い捨て思想はなかったんだよ？」（プルプル）
　ただし、魔石粉の含まれたインクで書かれた護符《タリスマン》自体の効果は微小。一番良いので大きな造花の『ＨＰ30相当の被害《ダメージ》無効（1回限定）』とか『状態異常回復（1回限定）』が3個ずつ飾られて、その周りを小さ目の造花が覆う形状で『耐火炎（小）（1回限定）』とか『耐斬撃（小）（1回限定）』なんかがちりばめられているゴージャスな造花の冠。ただ、このままだと多分女子さん達《たち》も兜《かぶと》の中には着けられないから、もっと簡素《シンプル》バージョンなのも必要そうだ？　うん、だって兜の上に御《お》花飾《はなかざ》りな全身甲冑《かっちゅう》の集団って、それはそれで何か怖そうなんだよ？
「って言う事は全身お花畑装備もありなのかな？　ちょ、オタ莫迦《ばか》達に菊人形風に造ってやって焼いてみようかな？　うん、よく燃えそうなんだよ！」（ポムポム）
　そう、火に弱いし水にも弱い。そして護符《タリスマン》の発動も魔石粉で補えないＭＰは、結局が本人分が必要なのだから自動発動がメリットなだけで大量装備は現実的ではない。だから使い所が難しいけど、上手く使えれば技術革新だ。

「俺は魔法陣しか書けないから、これって分解《バラ》して研究が必要そうだな？」

だからヴィジュアル以外は問題がない。そして3つしか複合できなかった『知識の頭冠』は、ミスリル化で『英知の頭冠　ＩｎＴ、ＭｉＮ40％アップ　制御（特大）魔導（特大）　5つ入る』になっている。多分、追加で高級魔石とミスリルを増量すれば7つ入るまでいけそうだ？

1『鋼鉄の兜　ＶｉＴ20％アップ　＋ＤＥＦ』

2『魔導の冠　ＩｎＴ50％アップ　魔導術補正（特大）魔術札作成　魔法陣作成　魔導技師』

3『紅玉《カーバンクル》の宝冠　ＭＰ、ＩｎＴ50％アップ　緋盾《ひじゅん》　緋装　緋眼　特殊系統「緋色魔法」使用可』

そして今は未だ複合してるのも3つだけ。だから——

4『護符《タリスマン》の花冠　護符《タリスマン》効果　＋ＤＥＦ』

5『護符《タリスマン》の花冠　護符《タリスマン》効果　＋ＤＥＦ』

よし、満タンだ。

「ただ兜系はＶｉＴ強化の装備が多いから早めに梃入《てこい》れした方が良さそうだな？」

うん、２つの花冠でＨＰが３００近く温存できるし、実質ＨＰが４桁近い被害《ダメージ》に耐えうるのは凄《すさ》まじいメリットだ。だけど消耗品だし自壊には効果がない。

「うん、まあ攻撃ってあんまり受けずに、大体自壊の自損で事故多発なんだけどな？」

そう、防げるのは敵からの攻撃被害《ダメージ》のみだった。

「次は胸当てに複合できる装備を優先的に探そうかな？」

ただし胸当ては低Ｌｖ用装備が主流なだけに出物が少ない。だから現状ミスリル化は後回しで、余裕があれば先に『英知の頭冠』だろう。

そうして新装備の兼ね合いを見てみようと、練兵場に行くと女子さん達が訓練中だった。

平均Ｌｖ帯は１３０の集団戦、それは王城の兵士達が怯《おび》える大迫力。全てのステータスが４桁に届く驚異的身体能力に、チート技やチート補正満載の勇者達の軍勢の騒乱に大地が揺れる！　うん、Ｌｖや身体能力に負けずに体重も成長されて……はっ、殺気!!

「ちょ、違うって！って言うかなんで演習中に急に標的が俺になっちゃって、しかもみんなで一斉にジト目で殺害予告《ロックオン》なの!?って、脂肪が減って筋肉が付くのはスタイルにも良いんだけど、ただ脂肪よりも筋肉の方が比重的に圧倒的に重いから痩せてても体重が増えるのは仕方ない自然の摂理……ぎゃあああーっ！　モ、モーニングスターでの抜刀術ってどうやってるの!!　怖いな!?」

超反応だから躱《かわ》せたモーニングスターによる居合抜き！　しかも、マントの『収納』からの抜き撃ちの一閃《いっせん》は、脅威の速度と凶悪な攻撃能力の凶行だった！

「「「疾《チッ》！」」」「ちょ、今のってわざわざ態《わざ》と技っぽく言いながら、普通に舌打ちしていなかった!?　うん、舌打ちとか滅多打ちとかお行儀が悪いんだよ！」

舌打ちは不快感を示して相手にも不快感を与えるのでよろしくないとされるが、アフリカの諸語では数種の舌打ちに近い音が子音として用いられ日常語に含まれている。そして印度なんかでは相槌《あいづち》代わりに使われていて、国や文化によってこの動作の意味は大きく異なるので実は異世界でお行儀が悪いかどうかはわからなかったりする？

「「「……ちゅっ♥」」」「な、何で投げキッス！って、何この脈絡のない受け答え!?」

もう良い、無視だ！　冗談でも投げキッスとかされると恥ずかしいんだよ！　まったく。集中し直して、また五行拳の型をゆっくりと繰り返す。繰り返し、更にゆっくりと太極拳の型も反復する。

やはり足捌《あしさば》きが問題だ。陸の船とまで揶揄《やゆ》される太極拳の動きですら覚束《おぼつか》ない。原因は『術理』、その一つの能力《スキル》に集約された「操身 LvMaX」や「歩術 Lv9」、そして前回『武仙術』に複合された「躱避《たひ》 Lv9」「瞬身 LvMaX」「浮身 Lv9」「金剛拳 Lv8」と魔法「疾駆 Lv8」「瞬速 Lv9」の移動系や体術系が複合して上位化されて制御しきれていないのに、更に『術理』が相乗効果を載せて悪さしている。そう、一歩の幅と速度が全部違って、それで痛いっ！

そして『軽気功』の裏に『重力』魔法がいて、『術理』の裏には『転移』魔法がいる……のではないだろうか？　うん、動きが不自然すぎるし、解析に時間が掛かり過ぎている。でも——そろそろ試すか？

「ふっ！」

斬る、その壱之型《いちのかた》は「一つの太刀」。卜伝《ぼくでん》流から派生し多種多様な型を生み出すも、失伝された本来の幻の型。その派生された全ての型に共通点はなく、されど目指すものは同じという謎だらけの技。

「先《さき》んずれば先《せん》の先《せん》、先《さき》んじられれば後の先《せん》？」

その一刀の型であらゆる攻防を制し、敵を断つ一太刀。ってオタ達が言っていたけど怪しいものだ？

「うん、だってオタ達って剣術も習ってないし、そもそも学術的にも未《いま》だに解明されてないのにオタ達が知ってる訳がないんだよ！」

なのに『智慧』さんが納得している。どうも『智慧』さんってオタ達に騙《だま》されてる気がするんだよ……主に通背拳とか、他にも通背拳とか、あと通背拳とか？　うん、あの通背拳は絶対に見た事がないものだよ！

「先《せん》で線を取るなら、先は入身で、後は斬り落とし……なら、型は一緒で一つの型？」

そう、型ではなく理路。剣線を外し剣線に斬り込む。それなら伝わった全部の型が違っていても、技はたった1つ。

だが絶対にそれじゃない感しかない通背拳を、眠りっ娘《こ》さんが踊りっ娘さんから習っている。魔力と気功で身体を練り上げ、柔らかくしなやかに鞭《むち》のように振り出しながら直線上に螺旋《らせん》を描きながら突く。すると絶対違うのに空気が震え、空間が歪《ゆが》むように豪打の余波が駆け抜けて遠くの壁を打ち付ける？　うん、離れた所にある分厚い石壁が抉《えぐ》れるって、それってもう伝説の気功術の遠当てなんだよ！

そう、絶対違うのに、甲冑委員長さんと踊りっ娘さんは当然のようにウンウンしている。つまり、一之太刀だって漫画やアニメで考え尽くされた理路が真実に至っているのかも？　恐るべしオタ理論!?

「うん、でも何で『眠りっ娘は儂《わし》が育てた』的なポジションになってるの!?」

あれだけ魔力と気を練り込み、渾身《こんしん》の一撃で石の壁が抉れた程度だから効率は悪く脅威度は低い。だが、その技術が体系化されていくと距離が無効化されかねない、1ミリを鬩《せめ》ぎ合い0・1ミリを削り合う戦いで距離を殺す技はズル《チート》だ。あれが迷宮皇、人に成せざる技を成し遂げる上位存在……の割には俗っぽくハイタッチしてるけど、凄《すご》いんだよ？　うん、特に肢体《スタイル》とか凄いんだよ？

だからオタ理論の一之太刀も正しいのかもしれない。まあ、きっと絶対に間違ってるんだけど、あの間違ってるはずの通背拳のように理には適《かな》っているから間違った正解なのかも？

「う――ん？」

実は超反射と瞬間動作を制御する方法はある。だって遅くすればいいだけだ。問題はその深さで、加速する思考速度と反応速度が調和して同一になるまで時間を遅延させ続ければ……流れる時間は奈落の底へ、時間《とき》の深淵《しんえん》まで深く沈んでいく。それが時間の深潭《しんたん》。千尋の行く末。そんな停止して、世界が凍りついた時間の中で甲冑委員長さんと目と目が合う。この静止した時間軸こそが迷宮皇の世界、時間遅延《スローモーション》の極限の世界の果て《ワールズ・》の静かなる場所《エンド・ガーデン》。そこで見つめ合う？

「本当に軽くだよ？　でも、気をつけてね？　特に俺の安否にも気をつけようね？　じゃあ行くよ」

　空気が蒼《あお》く滲《にじ》み、世界が鮮やかさを失っていく。刹那ですら遅く虚空《こくう》を超えて、阿頼耶《あらや》を、阿摩羅《あまら》を求めて那由多《なゆた》ですら足りず、不可思議《ふかしぎ》すら届かない無量大数《むりょうたいすう》に時間《とき》を分解する。その涅槃寂静《ねはんじゃくじょう》こそが迷宮皇が至る時間という概念の有と無の狭間《はざま》。

　微笑《ほほえ》む。その残像だけを残して、停止したかのように錯覚するほどに鈍い時の流れごと斬り裂く。演舞のように、剣舞のようにゆるりと振られる互いの剣が、互いの剣閃《けんせん》を斬り落とし空を斬る。流れを紡ぐように流線を描くように舞い、2刀目も弾《はじ》き合って宙に斬線を刻む。楕円《だえん》を描き螺旋を操り斬り返す絶対の3刀目が瞬間に交差して弾き合う。そして……ぶっ倒れる？　うん、これ無理だよ!?

「ぜえー、ぜえー、ぜえーっ……息が出来ないよ、これ？　しかも、たった三刀で限界越えちゃってMPが枯渇ってどんだけ……あれ？　MPがない？　ううぇえぇっ？」

　おそらくコンマ1秒すら経《た》っていない瞬間の中で、たった3撃で力尽きた……そして惨劇が始まる！　美の女神のような秀麗な顔が微笑み、三者三様でありながら極致へと至る絶世の美女の3つの赤い舌先がその美麗な口唇を舐《な》める!?

「えっと……優しくしてね？　みたいな？」（イヤイヤ、ブンブン、フルフル）

駄目らしい。3人揃《そろ》って嬉《うれ》しそうな笑顔で首を横に振っている。その顔だけ見れば天真《てんしん》爛漫《らんまん》なのだが、舌舐めずりだけでR18級の破壊力!!

「いや、永遠の17才が3人も揃ってR18は数字上の矛盾を秘めているから、もうちょっと悪い笑顔も秘めようよ？」（イヤイヤ、ブンブン、フルフル♪）

引き摺《ず》られてお部屋に直行かと思ったら、お風呂も貸し切りらしいけど何でエアーマットが用意されてるんだろう？　そう、これは装備の試験だったはずなのに、その装備が手早く外されていく。そして急激なＭＰの枯渇と、軽い自壊で身体も動かないまま泡々な泡《あわ》沫《あわ》であわあわしたまま哀哀《あわあわ》と無抵抗に為《な》すが儘《まま》な泡沫天獄に男子高校生がバブルで大崩壊!?　ぐはっ……（ポテンッ？）

◆ぎょぎょぎょな朝の訓練は朝飯前で朝ごはんがお刺身の危機だった。◆

119日目　朝　王国　王城

朝の爽やかな空気を胸いっぱいに吸い込む、遠くで巨大鳥もアンギャーアンギャーと爽やかに鳴いている。うん、朝アンギャー？

「って言うかあの鳥って放置しててていいものなの!?　魔物じゃないの？」

そしてお布団の中から恨みがましい6つの瞳《ジト》。うん、良い目覚めだ。

「おはよう？って、あれは報復権は俺にあったんだから復讐するは我にあり《Vengeance Is Mine》だから俺は悪くないんだよ？　うん、『操り人形《マリオネット》の指輪』はいい買い物だったな！」

そう、昨日街で屈辱に耐えながら半泣きで買った「操り人形《マリオネット》の指輪　DeX30%アップ操作制御系効果補助（大）」は、恥辱に耐え忍ぶる価値はあったのだった！　うん、スライムさんとカップル割引だったんだよ？

「「「ううううぅ……！」」」

その効果は絶大で、絶妙にして微細な触手さんの制御で一挙に4倍の12本が滲《にじ》み1つない肌理細《きめこま》やかな艶肌を貪るように這《は》い回り、狭い隙間まで入り込んで極限《ハイ》になるまでニョロニョロ×12同時制御の蹂躙戦《じゅうりんせん》だった。そして力尽きた麗しき美体を、操り人形《マリオネット》であんな《M字》ポーズやこんな《ハッピーベイビー》ポーズで心ゆくまで愉《たの》しみ堪能し慈しみながら超頑張ったんだよ！　うん、素敵装備さんだったのだが、どのポーズがまずかったのだろう……滅茶《めちゃ》ジト目だ？　Y字が不味《まず》かったのかな？

「いや、朝の目覚めがジト目な今日この頃の爽やかな一日の始め良ければ事はなしな万事解決で、わかりやすく言うと俺は悪くないんだよ？」（（ジトー……））

動けなかった3人が復活して、そのジト目には挨拶とは違う抹殺の文字が瞳に浮かび上がっている。そうだ、お説教が始まる前に逃げよう！　だって、あのジトは結構オコのジトだ！　逃げよう、故事にも「君子危うきに近寄らず、でも妖しいのには飛び込んじゃうんだよ？」とも云《い》われているから凄《すご》くベッドに飛び込みたいのだが、もう朝だ!!

　ラジオ体操から五行拳、そして太極拳まで一巡をこなし刀を抜く。かつて鬼を斬った伝説の名刀『童子切安綱《どうじきりやすつな》』の模倣品《レプリカ》の迷刀『中年親父斬《おっさんきり》、やっひゃひゃーっ？』は『奥様《おに》が怖いなら、奥様《おに》にボコられるおっさんを斬れば良いじゃないの』と名付けられし迷刀なのだが毎回名前が違う気がしなくもない。うん、思い出せなくて毎回改良する度にその場で適当に名付けてるから覚えられないんだよ？

「ふっ！　ふっ？　ふうぅ」

　超至近距離に踏み込み、斬撃ごと斬り落とす『虚実』。そのイメージに最も近いのが『一之《ひとつの》太刀《たち》』の、一刀の下に退《ひ》かば押し斬り押さば引き斬る幻の太刀。

　それは伝説の剣豪な塚原卜伝《つかはらぼくでん》さんの代名詞的な技なのに、その実態は謎。そのあらゆる武芸に通じ、いかなる武器を相手にしても臨機応変に相対して真剣の試合19度、戦場の働き37度、その一度も不覚をとらずに矢傷6ヶ所以外は傷1つ受けずに、立会い敵を討ち取ること212人と言う凄《すさ》まじい実戦の実績を残している。だけど、その伝説の真の幕開けは後に『一之太刀』の秘剣を成してからだという。

「およそ一箇の太刀の内、三段の差別あり。第一、一つの位とて天の時なり。第二は一つの太刀とて地の利なり？　是《これ》にて天地両儀を合比し、第三、一つの太刀とて人和の巧夫に結要とす。当道心理の決徳なりなり？」

その元となった鹿島古流の一つの太刀は、太刀を後ろに引くように持ってもよく、振りかぶってもよい。太刀で体を防ぐ事なく体を敵に向かい無防備の状態にして誘い敵の太刀先が我が身より一寸《3センチ》以上離れていれば見捨て《OK》、五分《1・5センチ》以内だったら踏み込んで相手を斬る。これを一寸の外れ五分の外れというらしい？

「見切りっていうか、移動線の方向《ベクトル》と角度《アングル》を折るか外した平行線？」

そして反射的に身を引こうとする瞬間に、反対に踏み込んで密着するつもりで斬る。この技を一つの太刀というのであると記されていて、甲陽軍鑑には一つの太刀を「一つの位、一つの太刀、一つ太刀、かくのごとき太刀一つを三段に見分け候」と伝わる謎多き剣？

「でもたしかにこれって型だと思わずに、剣の理《ことわり》ならば繋《つな》がるんだよ？　ただオタ理論が信用できないし、あいつらの理論って基本ゲームか漫画かアニメかラノベだよね!?」

だけど、そこに真実がないとは言えない。だから試す、スキルの融合爆発に頼る虚実を体現に近付けるために。それだけが、もう体が耐えきれなくなっている限界の先だから。

「敵の太刀先を五分だけはずして、必ず敵を両断できる間合いから全身の気力を一刀に込める……天の時、地の利、我が身の技能の三段について見極めた上で一撃で敵を倒す剣？　うん、そんなのできるならスキルもいらないし、異世界である必要もないよ!!　寧《むし》ろト伝さんを転移させたら魔法入らずで全部解決で、普通科高校生を呼ばないでくれるかな!?」

だって、それができるなら紛《まご》うことなき化物だ。なのにそれができちゃって83才まで長生きして延々と伝説を量産しちゃっているのだから剣聖と呼ばれるのも必然。うん、どう考えたって異世界向きの人材だ！　卜伝さん召喚したら全部解決で、魔法でも魔王でも速攻で斬り捨ててくれそうだよ！　だって、それって絶対に当たらないと同時に、絶対に斬れる。だって、それって……ズレてるんだから。

　再現できるようなものではない、真似《まね》ることすら無理難題。だけど突き詰めれば剣術はそこに至る。まあ、でも杖《つえ》だから到《いた》れないかも？

「う——ん？　うりゃ？　みたいな……感じ？　的な？」

間合いと呼吸の隙間に踏み込み、斬撃の間隙の狭間《はざま》を斬るイメージ。ただ相手がいないと成立しない、だけど甲冑《かっちゅう》委員長さんだと一之太刀すら斬っちゃいそうだ？　うん、やっぱ卜伝さん逃げて!!

　そんな訳で、でも流石《さすが》に危ないので相手はぎょぎょっ娘《こ》。女子さんの中でも最強の正統派であり、剣王の称号を持つおさかな君夫妻の愛娘《まなむすめ》。故にぎょぎょっ娘也《なり》！

「違うって言ってますよね！　お父さんとお母さんをおさかな君にしないでー！　そして福貫《ふくぬき》ちゃんもウンウンしないでよ!?」

　最低限の距離を見切って躱《かわ》す、微《かす》かに触れ合う程度にだけ刀を当てて剣を逸《そ》らす。一歩を踏み込む為《ため》の間合いと時期と呼吸を測る……うん、鰓《エラ》呼吸ではないようだな。

　一度はぎょぎょっ娘の剣の高みまで届いたけど、その全ての技はもう失われてしまった。そして、また1から元通りの技を取り戻すような悠長な時間なんてない。だったら五行拳なら5つだけ覚えればいい、一つの太刀なら一刀だけを極めればいい。どっちも究極だけど、身体《からだ》の制御ができないなら真理だけに絞って極める。だって、複雑な技を覚え直すには時間が掛かり過ぎるし、1回やったからもう飽きた！

そして、とにかく時間がない。急いで辺境に戻って迷宮を潰さないと、思っていたよりも状況は深刻だった。だから、すぐさま迷宮と戦う力が必要だ！　うん……もう、お金が尽きてた!?

だから一刀だけでいい。掠《かす》める剣尖《けんせん》を追うように身体を寄せ、交錯しそうな線を交差させて一歩を踏み込む。位置と方向と角度、後の1つは呼吸って……重心……推力！

「ふっ！」

返しの一刀ごと、一息に一挙に斬る。

「くっ……惜しい!?」「なに今の!?　怖い！　近い！　疾《はや》い！　なんですか今のって!?」

未《ま》だ無駄だらけで形にすらならない。だけど、こっちの斬り落としを斬り落としで返され、離れ際の一刀も二振りの斬線が交わると呆気《あっけ》なく太刀筋が弾《はじ》かれ逸らされた。

まあ、本当に斬れたらヤバいからぎょぎょっ娘に頼んでるんだけど、間合いを開かれると何もできないのが難点だな？　うん、これは超至近距離でしか戦う術《すべ》がない、半歩の間合いなら斬れるが技。

「いや、合気柔術の頂点だった塩田《しおだ》剛三《ごうぞう》さんも『水槽に入れたギョギョっ娘とギョギョっ娘は決してぶつからない！　ぎょぎょぎょ!!』って、体捌《たいさば》きの極みを見出《みいだ》したらしいんだよ？」

　まあ、そうすると当然その距離に入らせて貰《もら》えない。

「私、水槽に入れられた覚えもなければ、もう一人のギョギョっ娘は誰っ!?って、私ギョギョっ娘じゃないんですよー（泣！）」「当たらないかー？　うん、流石はおさかな君の一子相伝の秘奥義「新鮮ピチピチ鮮魚剣」で新撰組《しんせんぐみ》にも劣らぬ鮮度と活《い》きの良さが売りと謂《い》われる必殺剣だけはあるな！」「だから勝手に変な剣を相伝させないでー！　おさかな君の一子じゃないんです！　あと、福貫ちゃんもいちいち信じて「な、なんだってー」ってしないでー!!」

　活きの良い剣尖が跳ね回り、新鮮な斬線が縦横無尽に宙を泳ぐ。剣尖が魚群のように群がり煌《きら》めく。

「あれ、一子じゃないって言うと……兄弟がいたの？　ま、まさか四兄弟の末っ娘で『俺の名前を言ってみるぎょぎょっ？』って、それもう自己紹介だよねって言う感じ？　お魚四兄妹かー『お前はもう釣られている』とか決《き》め台詞《ぜりふ》が」「先《ま》ず『言ってみるぎょぎょっ？』とか言わないし、ぎょぎょっは名前じゃないんですよー！　それに一人っ子だから勝手に兄弟を三人も増やさないでー!!」

　煌めく銀の剣が閃《ひらめ》き、火花を散らして流線の渦となり視界を埋め尽くす。身体制御が誰よりも最も優れているギョギョっ娘の動きは、全ての動きに意味があり連動していて一分の隙も無駄もない。

そう、こっちが四苦八苦な試行錯誤で必死で身体を制御して刀を操るのに対し、まるで淡水魚《マーメイド》のように流麗に、ただ淡々と成すべきことを自然に行う流れる剣技。だから、「一つの太刀」の間合いにすら持ち込めず、五行の型を繋ぎ合わせて剣を弾く。

「淡水魚でもないけど、だからって海水魚でもギョギョっ娘でもないんだってばー(泣!)」

やはり高速思考も超反射もなく、身体を制御しうる限りの剣技ではギョギョっ娘の剣や鰭《ひれ》には遠く及ばない。だから無様に不細工に不体裁な型で格好悪く必死に刀を振るい、無骨に愚直に一歩ずつ足を前に出し剣戟《けんげき》の嵐に打たれるままに弾きながら前へ進む。

「えっ……きゃああああああっ!?」

刹那に身体が反応するが儘《まま》に、斬撃と共に踏み込む。無意識にも思えるし、必然にも感じる一刀。だがこれヤバくない？　ギョギョっ娘の剣閃《けんせん》に被《かぶ》せるように放たれた一刀が、剣の軌道に入り込み流して逸らせながら吸い込まれるようにギョギョっ娘へ一直線に斬線……があああああっ!

「危なー、今のはヤバかったー!!　ふぅーっ……ありがとう甲冑委員長さん、止められるかどうかギリだったんだよ？　うん、踊りっ娘さんもありがとう。ああー、急停止で腕折れちゃったかー、これ筋肉も駄目だね？　あっ、眠りっ娘さん治癒してくれるの。ありがとう」

低Lv用の刀である『中年親父斬《おっさんきっちゃう》？』ではギョギョっ娘が身に着ける女子高生《JK》専用甲冑

は斬れない。それだけ装備としての格《Lv》が全く違う。なのにヤバかった。だから甲冑委員長さんが一閃《いっせん》で割って入り、一刀を跳ね除《の》けてくれた。つまり、斬るところだった。うん、踊りっ娘さんまで腕を鎖で止めてくれたんだけどマジでギリだったようだ？

「手が……遥《はるか》くんの腕が……ごめんなさい。私が、避《よ》けられなかったから……」

急停止しようと、制御を超えて無理矢理に腕を反作用で跳ね上げたら骨が粉砕された。それでも止めきれなかった。そして肘から手まで筋肉も千切れてぐちゃぐちゃ。そう、まったく想定外の行動に、全然身体が付いてこられていなかった。

しかし、ヤバかった。想定外どころじゃない、在り得ない出来事だった……一瞬の偶然が幾重にも重なり合い、『術理』の求める魔と気と呼吸が奇蹟《きせきてき》的に一致して……至極自然《マージン》に、無我のままに一刀が放たれていた。それが安全を充分過ぎる程に取っていた余裕を容易《たやす》く超えそうになって、あれは危険だった。

「ああー、痛ってー!?って、ギョギョっ娘大丈夫！　刺し身になってない!?　活き造りになってるとかじゃないよね、無事？　魚体満足？」「五体満足です！って、何で魚体に満足しちゃうんですか!!っていうか、斬られても刺し身にはならないんですよー!!」

無事らしい。どうやら、ピチピチ生女子高生を開きにしてピチピチ生刺し身な事件は回避できたようだ。

「いや、開眼っていうか閃きで急に術理が開闢《かいびゃく》されて、背中にまで刃を通して正中線を斬り下ろして開く調理法な腹開きで、魚体の大小や加工品の種類によって分けられるんだけど食習慣の違いによっても背開きと腹開きが分けられる場合もあるんだよな、開きの危機？」

智慧《ちえ》さんが今の現象を理解し、今の技に緊急封印《ロック》を掛けた。つまり、まだ解析されていないから再現は不可能だけど、抑制だけなら覚えた。そう、甲冑委員長さんの一閃に近い、スキルではないスキル以上の技。まあ、それが横から遅れても止められたのだから、未《いま》だに天と地以上の差があるんだけど……確かに訓練の時は封印《ロック》できないと危なすぎる技だな？

「まあ、これって奇蹟的な条件が揃《そろ》わないと発現しない、滅茶偶発的に偶然が重なり合った事故だったんだけど……絶対ないとは言い切れないし、斬れたら開き？」「間違って斬ってもいいから、開かないでー！　私の身体は魚体じゃないの、女体なの（泣！）」

そして、こんなの制御ができる訳がない。まあ、時間もあれだしここまでにしておこう。腕も痛いし？　さて、辺境に帰る準備は済んでるけど、朝御飯の後にチャラ王がチャラい話があるらしい？　ウザいな？　うん、だって話し合う余地もない。うん、辺境以外のことなんて無関係極まりないんだよ？

「いや、見たそうにしても、あんなのもうできないし痛そうにしてるところだから労《いたわ》ろうよ!?」

大聖堂の書庫に落ちていた古書を片っ端から拾って読んでみたが、紆余《うよ》曲折《きょくせつ》はあっても結局全ては辺境に繋がる。原理も仕組みも理論もわからないが、魔素も魔物も辺境を目指す。西の海洋国家群には殆《ほとん》ど魔物なんて出ないし、出ても魔物は東へ向かう。東の最果ての王国の更に東の絶壁の山々に囲まれた吹《ふ》き溜《だ》まりの最果ての地が辺境、大陸の魔素が全て集まる最終地点。

「いや、でも今なら……三枚開きを極めてるかも！　うん、朝御飯はお魚さんにしてみようかな？」

但し、辺境は大陸の水源地で在り、川も地下水も辺境から大陸中に広がっている。だとすると、その地下水脈を通じて大陸中に迷宮が出来ているのではないかと分析されていた。実際に過去に発見された迷宮は殆どが地下水脈上に出現していたらしいけど、現在では誰も調査すらしていない。そうして迷宮が生まれ、派生した魔素はまた辺境を目指す循環。それで西は安全だから豊かで、東に向かうほどに危険になる悪循環。なのに辺境は見捨てられ、富まで奪われ宝具も独占されていたって……よく滅びずに保ってたよね？　うん、普通滅びてるよ！

「だから、お魚のメニューを考えるのに、どうして私を見てるのー（泣）」

そして歴史では、限界まで危機的な状況になると幾多の勇者や英雄が立ち上がり辺境を目指す。その中でも戦火を平定し、数々の迷宮を潰し東へ辿《たど》り着き伝説となった者が6聖女と呼ばれ歴史に名を残していた。それ以外にも歴史に名も残さず戦った英雄の数なんて、きっと数え切れないほどだったんだろう。なのに権力者や富豪は西で平和を享受し、勇者や英雄は東で死に続けながら大陸は護《まも》られていた歪《ゆが》みきった異世界の歴史。

「いや、親族関係とか大丈夫かなって？」

だから帝国は放置だ。牽制《けんせい》してきてるし、東の力を弱めようと謀略を仕掛けているけど帝国が戦火を押し広げているのは北と西。特に豊かさと平和を享受しながら、兵も金も出さずに富を独占し繁栄する西。そして略奪経済の北の国家群を平定して回っているけど、基本は拡大。なら好きにやらせておけば良い。東を見捨て迷宮とも戦わないで平和に暮らしていたのだから、自分達《たち》の戦争は自分達で好きにすれば良い。

「異世界のお魚さんに親戚なんていないし、そもそも親戚にお魚さんは居ないの——（泣!!）」

かつて一時は魔と戦わんと1つの大帝国だった大陸は、東西の貧富の差で分裂し、群雄割拠の内乱に突入して帝国は潰《つい》えた。そこから一丸となって辺境で戦う仕組みがなくなり、大陸の破滅が始まった。自国優先の自分勝手な理由をつけて魔物の脅威を東に押し付け、自分達だけが平和と豊かさを享受して発展だと自画自賛して自己満足したのなら……その結末は自業自得の自己責任だ。帝国制の方がこの大陸にはあっている、統一できるならした方がいい。そう、新たな帝国が東以外を統一しても全く問題がない。統一後に、どうするかが問題なだけだ。

「「「ぎょ……千佳ちゃんを虐めないの!!」」」

「今の、ぎょは何なの（泣!?）」

図書委員は無駄に兵力《リソース》が潰し合い不合理だと言っていたが、その兵力《リソース》が東に使われない以上は兵力《リソース》ではなく兵力《エネミー》。潰し合いが減ってくれた方がありがたい事はあっても、困り損することは何もない。うん、寧ろ魔物と戦わなければならない東の兵力《リソース》を割いて、西の兵力《エネミー》を救《たす》けるほうがよっぽど非合理的なんだよ？

「戦争かー……面倒《めんど》いな？」

だからほっといて辺境に帰る。滅びたい者は勝手に滅ぼしあえばいい。ただ東だって商国の動向は不透明だし、エルフの国も気にはなる。あっちもこっちも忙しいけど、結局最優先は辺境だ。

まったく教国で拾った聖遺物の調査だって済んでないのに忙しい。ご多忙なのだが帰りの馬車の中はもっとご多忙なことだろう。うん、朝のあの目は復讐者《ふくしゅうしゃ》の目《ジト》だったんだよ！　ヤバイな？

投げつけると角が立つので優しく柔らかく丸っと投げるのがコツなのだ！

119日目　昼前　王国　王城

チャラ王に呼ばれて会議中。なんでも教国からお礼をしたいと書状に書かれていたらしい？　そう、お礼というと男子高校生的な見地から言って、卒業式に体育館の裏に教師《おっさん》を呼んで感謝の思いを叩《たた》きつけるあれなんだろうか？　うん、身に覚えがない。教国からお礼を貰《もら》う筋あいはないし、教会からは『厳選ナイスバディーシスター分布マップ（旅情編）』をチラ見な爺《じい》ちゃんから既にお礼として貰っている？　ついでにセクシーバディー付きの御霊《ねむりつこさん》も貰ってきたし？

「いや、報奨も褒美もいらないって殊勲者だよね？　単身で教国軍を無力化して、聖都解放までの道筋を開いたと娘《シャリセレス》からも聞いたんだけど？」

「何度何回幾度幾回、あれは潜入だって言えばわかるのかな？　うん、こっそりと偵察に行ったんだよ？　あと、落とし物は返さないよ！　拾ったんだから俺のなんだよ？　うん、教国にも偵察の潜入だって言うのに物分かりの悪い門番だらけで苦労したのに、ここでもわからないって何でおっさんってこう物分かりが悪くて呆《ぼ》けも始まってて人の言う事聞かないのかな？　各個撃破じゃなくて偵察なの！　お忍びなんだから内緒なんだよ!!」

何をどう聞いたら、こそこそ潜入な偵察なお忍び男子高校生さんが電撃戦による教国軍撃破に聞こえるんだろう？　耳が悪いのか、理解能力が乏しいのか、おっさんだから……始まっちゃったのか？　ちゃんと自分の名前覚えてる？　いや、言われても知らないんだけど？

「うちの娘《メリエール》も要塞と化していた大聖堂を陥落させたと言っておったのだけれど……大聖堂をぶっ壊したりした覚えないかな？」

「ちょ、偵察してきてって言うから、こっそり偵察したら敵がいなくなったから『敵いないんだよ』ってちゃんと報告までしたのに、何で俺のせいになってるの!?　大聖堂は老朽化してたからだし、チラ見な大司教の爺ちゃんがチラ見な教皇になったからエロシスター服とセットで売りつけて解決してるから俺は悪くないんだよ？」

何故《なぜ》にあらゆる事柄を、いっさい身に覚えのない清廉潔白で毎晩すっきりな俺の仕業にしようという悪辣な陰謀が忙忙な俺に押し付けられるのだろう？　うん、偵察に行って、お手紙配って、内職してただけなのに何故に此処《ここ》まで話が嚙《か》み合わないのか異世界言語の不可思議な所以《ゆえん》だな？

「教国の国王陛下からも救われた恩を津々と書かれた書状を頂いちゃってるんだけど、行かなかったかい？　お礼を改めてしたいとも書かれていたけど、『誰かすらも名を名乗られず』って書かれてたけど……その『みたいな？』を連呼していたという黒髪の少年は誰っ!?」

「いや、行ってお手紙は届けたけど、お礼は焼肉としゃぶしゃぶのお礼だと思うんだよ？　うん、話すらしてないし？　あと手紙はちゃんと読まずに食べたりせずに読んでから食べてたけど、手紙じゃなくてしゃぶしゃぶだからお手紙よりも美味《おい》しいんだよ？　胡麻《ごま》ダレだったし、まあ、ポン酢風と大根おろしの連携《コンビ》も侮れないさっぱり感だったけど、あそこは一応胡麻ダレを押したかったのに喋《しゃべ》れなかったからダレって言われても何ダレで食べたかは俺に聞かれてもわからないんだよ？」

うん、用意はしたけど食べるところは見てないから何ダレが需要があるかは未《ま》だ不明だった。そう、山葵《わさび》が見つけられれば山葵醬《じょうゆ》油も捨てがたいが、大蒜《にんにく》漬けの醬油も在りだろうか？

　しかし、何でみんなで天井を見上げながらため息をついてるのだろう。天井に何かあるの？　上を向いて歩くと危ないんだよという前方不注意に対する教訓もあるように、ちゃんと前を見ないと駄目なんだよ？

「「「はあああ――っ」」」

　教会軍と戦争をし街々を解放して聖都まで解放したのはシスターっ娘《こ》と女子さん達《たち》だ。俺は偵察してたら落とし物で大忙しだったたし、オタ達は萌《も》え絵を書いてただけだし、莫迦《ばか》達は森で遊んでた？　それが、一体全体どこで話が拗《こじ》れているんだろう？

「うん、元々は教皇をボコろうかなって、こっそり行ったんだけど途中で素敵な超弩級姿態《デンジャラスバディー》な死体なしたいなーって言う裸体を拾ったから慌てて中身《ゴースト》も拾いに地下に行っただけで、教会とか教国とかに関係した覚えがないんだよ？」

「そんな理由で誰にも破壊できず、だから教会が絶対的な力を持ち支配を広げた根源だった大聖堂が……大性堂に!?」

「うん、覚えてないかいって超弩級姿態《デンジャラスバディー》はしっかり覚えてるし、じっくり堪能し尽したし、今も毎晩熾烈《しれつ》に脳裏に焼き付けられ中だけど、あれは俺に丸投げして逝った長老衆のおっさんや大賢者のおっさんにならお礼《おれい》されるのも当然だし、聖遺物はしっかり拾ってきたんだけど、結局落とし物の回収が忙しくて最後は大迷宮の最下層まで落とし物を魂《たましい》を拾いに行く羽目になって上がってきたら解決してた？　うん、俺は悪くないんだよ？」

うん、やはり理解力が乏しく、俺の噛んで含め過ぎて噛み砕いて吐き捨てると称された理路騒然な説明でも理解《わか》らないらしい？

「わかりやすく噛み砕いて親切丁寧に懇切徹底して説明すると、教国に偵察に行ったら敵はいなくなってて、大聖堂まで偵察してたら大聖堂が崩壊してて、大迷宮に頼まれものの用事があったから最下層まで行って上がってきたら終わってたんだよ？　簡単だよね、わかった？」

一体全体、俺の隠密《おんみつ》でこっそりな偵察活動を何だと思っているのだろう？　そう、神父服で変装までして、こっそり忍び込んでた俺の苦労を何だと思っているのだろう？　うん、こっそりしてたんだから俺はなにも悪くないんだよ！

「…………すみません、通訳をお願いします！」

「いや、ちょ！　わっ、な、なにをするー……って、うんバッテン自前で持ってるんだよ？　そうそう昨日のやつだよ。兎耳《ウサミミ》カチューシャもあるんだよ……ってなんでジト！もがごがぁぐごぉ！」

兎耳《ウサミミ》はいらないらしい？　かの、ディック・ブルーナさんの『うさこちゃん＝ミッフィー』シリーズでも兎以外はバッテンではないので、バッテン＝ウサミミで正解のはずなのだが要らないらしい？

「うん、『うさこちゃんとどうぶつえん』は兎が動物園に行くという、ある意味でシュールなお話もあるんだよ？　ちなみに『うさこちゃんとうみ』ではトップレスなのは内緒だ！　まあ、うさぎだし？　でも、下はビキニなんだよ？」

　そして俺の含蓄ある蘊蓄《うんちく》は有無を言わせぬバッテンでスルーされ、何か話しては何か答えて何とかが何とかだと何だかんだと話し合い、ただでさえ知らない名前続出の意味不明の話し合いにシスターっ娘の名前まで出てきて王女だとあり得るのにシスターだとあり得ないのでややこしくて珍紛漢紛《ちんぷんかんぷん》で頓珍漢のちちんぷいぷいは御世《みよ》の御宝だよねというご意見も無視される無意味な会議。うん、お口バッテンにされるのに何で呼ばれたんだろう？

　だって、甲冑《かっちゅう》委員長さんや踊りっ娘さんを裏切り貶《おとし》め罵った報いは受けさせたかったけど、行ってみたら敵討ちには時が経《た》ち過ぎ、復讐《ふくしゅう》と言うには無意味な八つ当たりでしかなかった。うん、一応やっといた？

　だから、もう用はないし、聖遺物も調べたかったけど異世界転移に関するものは結局見つけられなかった。それでも眠りっ娘さんを救い出せたのなら、それだけでも意味はあった。それこそが踊りっ娘さんがずっと気に病んでいた事で、だったら救《たす》けるのなんて使役者の当然の務めだったのだから別に他は何もしていない？　しかしまだ終わらない？

「では……遥《はるか》くんが書き記した『通商条約的な交渉とかより物流と流通の流れに身を任せ考えるな、感じるんだ！って言う感じの通称通商？　みたいな？』の通りに、獣人国と教国との通商は進めて問題はなさそうだね？　うん、何で書面はあんなに理路整然とわかりやすいんだろうね、タイトルは謎なのに？」

「両国の王の認可済みの案件ですから、即時実行しても大枠での問題はございません。細かな交渉は2国間ごとに取り決められた方が柔軟に対処できますので、条約の発効後に個々に行われる方が宜《よろ》しいかと」

整理――論理的思考とは、正しい形で正しい順序に情報と知識を並べる能力だ。無駄に知識を溜《た》め込み蘊蓄《うんちく》を語るだけの知恵者ではなく、正しく理解し助言しうる整理能力を持った相談役《コンサルタント》。専門家は詳しいが故に視野《しや》狭窄《きょうさく》を起こしやすく、知識者は往々にして知ることと憶《おぼ》えることに本末が転倒するが、正しく「整理」し俯瞰《ふかん》し見比べることで助言や指導出来る能力《コンサルティング》こそが導き手だ。

「うむ、それならば、こちらに是非はないが」

「それでは締結で」

異世界でスキルと判断されるだけの整理能力を持っていた図書委員が、効果《スキル》として『整理』を発現させた……うん、丸投げで良さそうだ？　知らないことは知ってる人に聞けばいいし、出来ないことは専門家に任せればいい。無能な働き者こそが寧《むし》ろ危険で、しかも俺は働き者なのに無職さんなんだけど大体丸投げしてると何でもなんとかなるものなんだよ？

そして『にーと』さんなんだから当然の全力投球での一球入魂の丸投げだ。俺はいつでもどんな事でも一生懸命一心不乱に全力投球《まるなげ》の男子高校生さんなのだ！　うん、会議は終わった？

結局チャラ王とメリ父さんがため息をつきながら話し合いを続けているが、何で呼ばれたかは遂《つい》に解明されなかったが終わったんならさっさと帰ろう。

商店街ももう1回見に行きたかったけど、思いの外に獣人っ娘姉妹が緊張を強いられたようでバテていたし辺境に帰ろう。やはり馴《な》れない大量の人族の中で神経がすり減ったのだろう。そのわりには、にこにこと買い食いしていたから……わんもあせっとも近いな？

馬車は列車にせずに分離して出発する。広大な草原の草を薙《な》ぎ払い、お馬さんが疾走する。そう、俺達はちょっと寄り道で、お馬さんなら遅れても追い付けるし女子さん達は少しゆっくりさせたい。うん、戦争で被害はなかったが、精神《こころ》は別だろ。ちょっとくらい休息があってもいいはずだ。

って言うか謂《いわ》れのない裁判が開かれそうで、だから逃亡中で時効成立待ち《ほとぼりをさましてる》。そう、てっきりギョギョっ娘に危ない事をしたって言うから、剣技の話かと思ってたら何でだか裸族っ娘の話で「ギョギョっ娘のお刺し身女体盛りの嫌疑」になっていたんだよ？　うん、どうしてそうなったの!?

だからこそ、在らぬ誤解を招かないよう明解明瞭で明快平明に、「ギョギョっ娘が生々しく開かれちゃって、新鮮ぴちぴちなお刺し身の危機は女体盛りじゃなくて、ギョギョっ娘の魚体盛りだから活《い》け造《づく》りなんだよ？」と明らかなる完璧な証明で女体盛り疑惑を払拭したのに怒られた？

でも、お魚の上に刺し身は活け造りで間違いないんだよ？　ぴちぴちだよ？　まあ、辺境外の迷宮も調べたかったしちょうどいい。よし、冤罪《オコ》が晴れるまで平和で安全な迷宮に引き籠もろう！

シュレディンガーさんは猫パンチの可能性が考慮されていないが故に、箱の中はシュレディンガーなんじゃね説が考慮されていないようだ？

119日目　昼前　王国　迷宮前

謎の魚体盛りは活造《いけづく》り問題発生で、そうして女子高校生集団オコからの逃亡《なう》中？　と言うか小銭稼ぎ兼準備訓練《アルバイト&ウォーミングアップ》の王国の迷宮拝見ツアー中？

「多分、下層程度の迷宮だと思うけど冒険者ギルドは中層級じゃないかって予測してるみたいなんだよ？　規模の割に冒険者や軍の被害が大きいらしくて、魔物の数も多かったみたいで、発見されてからまだ若いって言ってるけど、それはそれで見つけるのが遅かった可能性だってあるし、まあ手古摺《てこず》ってるんなら潰しておく価値はあるよね。うん、宿代がないし？　お小遣い制の危機なんだよ!?」（ウンウン、コクコク、ウムウム、ポヨポヨ）

委員長は1人に1日5万エレしかお小遣いをくれない。お金がなくなって借金やツケを払って貰《もら》うと、また資産を没収されて貧乏生活に陥りお大尽様ができなくなる。だから、お小遣いに響くと聞いて全員の目がやる気に変わる。迷宮皇さんでも女の子ならばお買い物は絶対正義なのだ！　そして眠りっ娘《こ》さんの初めての辺境だし、まずは稼いでおかないと絶対に足りない！

「でも……あんまり儲《もう》かりそうにないな？」（ウンウン）

それに、王国軍が辺境に軍を集中させた弊害こそが辺境外の迷宮攻略の遅れだ。まして王国は、先の戦争で大貴族まで入れ替わり各領地が大改革の最中で、当然まだ地方の軍備は整ってもいない。のんびり帰るつもりだったけど寄り道も旅の醍醐《だいご》味《み》だし、帰り着くまでに宿代稼がないと委員長にバレたら大惨事《小遣い没収》なんだよ！

「だって、魔物しょぼそうな雰囲気？」（コクコク）

情報収集と交易を兼ねて、近隣の村々に立ち寄り迷宮を目指す。どの領地からも遠く辺《へん》鄙《ぴ》な場所だが、だからこそ後手後手に回ったようで、平原にポツリと岩が突き出し、迷宮への入り口を開いている……やっぱ中層かな？

「って言うか浅そうなんだけど？」（ウムウム？）

ただ妙に軍や冒険者が手古摺っている迷宮に限って魔物の癖が強く、出物にも当たりが多い気がしていたりする。辺境外の迷宮では期待はできないが、潰しておくに越したことはない。

「うん、眠りっ娘さんも居眠り暴行には注意してね？」（ウムウム！）

迷宮に入ると狭い迷路型の1階層。先頭は俺と眠りっ娘さんだ。俺の調整《リハビリ》もあるけど、眠りっ娘さんのLv上げも兼ねているので先頭で戦闘。なので上層では甲冑《かっちゅう》委員長さん達《たち》はお目付け役兼護衛役だ。

「っていうか『腐』って、そもそもはぷよぷよしたものを指す言葉なんだよ?」(ポヨポヨ!?)

　眠りっ娘さんは専用装備に甲冑も持っていたのでミスリル化してあるし、低階層では危険はないだろう。踊りっ娘さんも付いてるし、あっちは良い。って言うより人の心配が出来る状況じゃない。我が身優先で、せめて足を引っ張らないレベルまでは最適化《アジャスト》させておきたい。

「って、喋《しゃべ》ろうよ!!　うん、限りなく独り言に近い会話すぎて、ちょっと魔物さんからの視線に哀れみすら感じてるんだよ!?」

　準備運動のように、ゆっくりとゆったりと世界樹《ユグドラシル》の杖《つえ》を振る。ただ正確に、ただただ的確に最低限の動きで速やかに屠《ほふ》る。Lv1のグール相手なら魔纏《まてん》すら必要はなく、自壊も暴走もなく柔軟体操のように大きく無駄なく最短《コンパクト》に動作を調整し最適化しながら杖で穿《うが》ち、舞うようには程遠い振り回しで薙《な》ぎ払う。

「うん、腐ってやがる、腐人《グール》すぎたんだ?」

　上層では肩慣らしにもならないが、時間を掛けずに身体制御は数を熟《こな》し実戦で身に付けるしかない。装備に慣れつつ、身体操作の精度を高め、情報の蓄積を測る。狙いは自壊しないギリギリラインのちょびっと痛いくらいだ!

「弱い　無駄　もっと下に行く、です」

歩きながら斬り、踏み込んで払い、階段を目指して一歩一歩斬り散らす。階層を下りては戦い、進んでは叩《たた》き潰す。魔纏なしなら5割でも問題なく制御できている。そして魔纏を使ってないＬｖ28が5割の力で、楽勝に17階層を世界樹の杖《バールのようなもの》を振り回しながら歩けている。装備の能力があるとは言え基礎戦闘能力が格段に上がって、反射と反応の速度が上がるっていうのは存外な反則技《チート》なようだ。そして、この深くもなさそうな迷宮の攻略が進まなかった理由が判明した。

「うん、ウザいんだよ！」（ウンウン、コクコク、フムフム、ポヨポヨ！）

硬い。ただそれだけの何の変哲もない甲殻の巨大な蟻《あり》。だけど、階層を埋め尽くすような数の猛威と、その硬さがあれば数の力で圧殺できる。それで軍も冒険者達も手古摺っていたのだろう。圧倒的に強ければ数が多いだけの蟻なんだけど、戦いが僅かでも拮抗《きっこう》すれば数と圧力で飲み込まれ押し潰される魔物部屋《モンスター・ハウス》だった。

「36階層で攻略が止まってたっぽいし、此処《ここ》が原因だったんだよ……うん、多分みんな途中で飽きちゃったんだよ？」

世界樹の杖《バールのようなもの》で蹴散らし、吹き散らす。隣では聖杖《せいじょう》だと言い張るハルバートが、斬撃の旋風で群がる蟻を斬り裂いて千切飛ばしていく。そう、癒やしの聖女さんがどうやって大迷宮の最下層まで踊りっ娘さんを救けに行ったのかが歴史上の謎だったのだが、何も謎はなかったようだ。うん、力押しだったよ！

ハルバートが旋風と化して、烈火の火花を撒《ま》き散らす。鉄の剣ですら弾《はじ》く装甲を持った蟻が十数匹まとめて斬り裂かれ、群がる端からダース単位で薙ぎ払われる。階層を埋め尽くす「アーマード・アント　Lv36」の大群が押し包み、押し込みながらも触れる事すら叶《かな》わぬ斬撃の暴風雨。うん、お触りは禁止らしい！

群がる魔物は斬り散らかされて、吹き散らされるが儘《まま》に軀《むくろ》に変わって積み上げられていく。迷宮皇に常識を求める方が間違っているが、あのLv10の不条理な暴力を見ると物理法則すら通用するか怪しいものなんだよ？

「しかし多いなー、ちゃんと減ってるの？」

蟻々と在り在りに在るが儘に、在り居り侍《はべ》り在《いま》そかりな蟻を叩き斬る。潰し吹き飛ばし叩きつけてもわらわらと蟻が「有ら有り有り有る有れ有れ」なラ行変格活用のように現れる古文の補習授業のような過酷な戦いだ！

「ふっ、だけど伝説の睡眠魔法を極めし古文教師に比べれば、硬いだけの蟻など敵ではないんだよ！　うん、授業はあったはずなのに、古文教師を見た記憶が全くないんだよ!?」

硬くても繋目《つなぎめ》は弱い。だけど隙間なく群がっててウザい！　ただ、それでも無限湧きは魔石がいっぱい。うん、頑張ろう!!

「お疲れー、この蟻の無限地獄に冒険者さん達は引っ掛かって進めなかったみたいだね？でも、蟻の無限地獄なら蟻地獄さんでも放せば解決だったのに、でも薄羽蜻蛉《うすばかげろう》の魔物っているんだろうか……まあ、いなかったら薄馬鹿《オタバカ》下郎でも放流したら良いか？　でも棲《す》み着いて薄馬鹿《オタバカ》下郎地獄になったら酷《むご》そうだな？」

魔物は汚い！　迷宮が反則だった！　無限湧きかと思ったら隠し部屋に女王蟻の「アーマード・クイーンアント　Lv36」が隠れていた。

「うん、冒険者が苦労するはずだよ……女王蟻が隠れて産卵して無限湧きってズルいよね？」

まあ、見付けたんだけど、女王蟻さんは頑《かたく》なに隠し部屋から出てこないので『紅玉《カーバンクル》の宝冠　MP、InT50%アップ　緋盾《ひじゅん》　緋装　緋眼　特殊系統【緋色魔法】使用可』の実験で蟻の体液でも操作できるのか試してみたら……非常に使いづらいが操作はできた。ただ、せっかくなので緋弾ごっこをしてたらMPはごっそりとなくなるし、時間もかかって怒られた？

「うん、緋弾ごっこは紫色の体液では青成分が多すぎて緋弾感が皆無な緋色魔法だったんだよ？」（プルプル！）

オコだ。出番のない3名がご機嫌斜めなんだけど、自由行動にすると魔物さんが絶滅してしまう。だって、今の俺ではもう疾《はし》走る速度に付いて行くことすらできない……から、滑ってみた？　超加速！

「うん、中々しっかりして肌理細《きめこま》やかな壁だね、何とも言えない無骨さの中にしっとり感のある迷宮らしい壁なんだよ？　うん、痛かったな!!」

そう、滑ってみたら曲がり切れずにぶつかった。よく考えると滑走の方が歩行よりも難易度が高いらしい。うん、自由自在に摩擦抵抗が変えられる『鋲打ち《スパイク》ブーツ　PoW、S pE、DeX30％アップ　加速30％アップ　急加速　急停止　吸着　壁面天井歩行』は便利だけど、制御が煩雑で滑るのは良いが急に止まろうとすると地面に食いつき脚は折れるし顔は床にぶつけるし、慌てて解除したら転がって壁に叩きつけられ1人で大騒ぎの元気な男子高校生が満身創痍《まんしんそうい》だった。

「うをっ！　うわっ!?　ををを？」

空歩と『鋲打ちブーツ《スパイク》』の組み合わせに『黒魔の刃翼』を纏《まと》い、颯爽《さつそう》と空を舞えていた新装備だったけど、もうそれも今では使いこなせず見る影もない為体《ていたらく》。

「弱体化がどうしようもない場合は装備を減らして、みんなに分配も考えてたんだけど……現状では同級生達でも使いこなせないし、自壊の危険があって危ないよね？」

それでも、凄《すご》く有用な装備であることは間違いない。ただ『智慧《ちえ》』の制御がないとLv100超えでも扱えない物が殆《ほと》んどで、練習すれば扱える可能性もあるが強い武器は反動も強いのだから危険は変わらない。

「装備、まだ早いです。身体《からだ》の制御が先、まだ迷宮は早い、です」「強さが扱えない　弱いより、危ない、です！」「今は、治す時、です。戦い、いりません。私、がんばります。強く、なります。もう、壊れなくていい……」（ポムポム）

うーん、今回は反対派が多いな？　2回の身体錬成で感覚制御系の扱いが壊滅状態だが、基礎能力《スペック》自体は格段に上がっているのに御不満のようだ？

「いや、さっきの蟻だって何発か掠《かす》ってたけど、ギリ致命傷にはならなかったんだよ？」

自壊を抑えているから身体制御重視で戦ってはいるけど、強制的に外部から操作する『木偶《でく》の坊《ぼう》』は融合されて『術理』に上位進化してる。それに今朝も素敵に素晴らしく大活躍だった、『操り人形《マリオネット》の指輪　DeX30％アップ　操作制御系効果補助（大）』で外部操作の精度は更に上昇しているはずだ？　まあ、身体が耐えられるかどうかがかなり微妙だけど、再生できるんだし、いざとなれば何とかなると思うんだけど心配顔だ？

「無理しない程度の慣らしと、ちょっとだけ調査的な訓練を兼ねて色々実験してるだけだから大丈夫なんだよ？　うん、自慢じゃないけど今まで1回も死んだことがないのが自慢なんだよって言う、自信満々で自意識過剰に自分大好きな男子高校生さんだから心配いらないよ？　うん、運《LuK》だけ滅茶《めちゃ》良いからどうにかなるんじゃない？　みたいな？」

　なのに、どうしてなのか俺の論理的安全性の説明にヤレヤレなのだろう？　そう、死亡率0％と言う凄《すさ》まじい安心の実績が全く信用されていない。

「うん、生存率100％なんだよ？　つまり理論上100万回全てを生きていたシュレディンガーの猫《ぬこ》さんは、それはもうきっと青酸ガスでは死なないかアルファ粒子かガイガーカウンターを猫パンチで破壊していると解釈されて思考実験的に言えば矛盾なく箱の中では猫《ぬこ》さんは不死身なんだよ？　うん、寧《むし》ろ猫がオコでシュレディンガーさんの生命がヤバそうだな!?」

　うん、教国の大迷宮だって生と死《ゴースト》が同時に存在し、死んでも生きてて死せる聖女と生ける聖女が同時に存在していたから無理矢理合体させたら、開けて吃驚《びっくり》の生《なま》性女だったよ？

「うん、蓋を開けてみるまでわからないなんて量子世界じゃなくてもよくあることで、異世界では生きていると同時に死んでもいる猫とか聖女さんが存在することなんて驚くこともないいんだよ？」

ミクロな世界ではマクロな世界では考えられない現象が起きることが二重スリット実験で解明されていたが、異世界《こっち》でだってエロシスター服の素敵なスリットが考えられないほど悩殺的で凄かったんだよ！

「そして、死亡率０％は結果論では蓋を開ければ『生』だけが無限に重なり合った状態で、もしかしたら稀《まれ》に『性』とかも混在しているかもしれないけど、『死』はないいんだよ？」

大体、それ以前の問題として、猫《ぬこ》さんだって男子高校生さんだって、青酸ガスの発生しそうな箱に入れられる前におっさん《シュレディンガー》をボコって箱に詰めるから死ぬ可能性ってないんだよ？

うん、ボコるに決まってるじゃん？

亀を全滅させると乙姫様は竜宮城してくれないようだ？

１１９日目　昼　王国　迷宮　37Ｆ
オタ莫迦《ばか》軍団は暴走馬車に乗って別の迷宮に向かい、女子さん達《たち》にはのんびり辺境へ帰るように言っておいた。だけど、迷宮の地図を見てたから寄り道している可能性もあるし、待たせても悪いしサクサク終わらせて追い付こう。

「って言ってるのにウザいんだよ！　何でいちいち1匹ずつ出てくんの！　ああ〜、面倒臭い!!」

塗壁って言うか、ぬりかべ。ただし妖怪ではなく、「ミミック・ウォール　Lv37」。そう、普通ミミックというと宝箱のイメージだが壁だった？　だから、どう見ても妖怪ぬりかべさんなのに、頑《かたく》なにミミックなんだそうだ？

「いや、ミミック《Mimic》って擬態者を表す擬態《Mimicry》の名詞で、『擬態する』以外に『〜に似る』とか『真似《まね》る、真似して馬鹿にする』とか言う意味もあるんだけど、頑なに馬鹿正直に壁のフリをしているから……世界樹の杖《バールのようなもの》で破砕して進む？」

それは絶対に解けない迷路《メイズ》、何故なら壁が動き正解に辿り着けない動く迷宮《ムーヴィングウォール》。

「だから、羅心眼で見えてるから、いちいち壁のフリせずに一斉に出てきてくれると早いんだよ？」

だがミミックは壁のふりをしてじっと待ってる。入り組んだ迷路で、この「ミミック・ウォール」に気付かないと道を塞がれて迷子になるし、気が付いた時には周囲を包囲されたまま押し潰される恐ろしい魔物さんなのだろう。

「うん、でも見えちゃってると延々と壁を破壊して回る解体工事現場の作業員さんの気分なんだよ？　うん、飽きたんだけど……できるかな？」

壁に手を付いて、掌握魔法を浸透させながら壁面を包み込んでいく。そして呼吸と気を練り、血流と経絡に魔力が魔法陣を描き出す。渾然一体《こんぜんいったい》化した気と魔力を送り込んで、その波で階層に瞬間的な揺れを起こす。力はいらない、別に地震で破壊する訳じゃないから僅かで微《かす》かな揺れでいい。そう、送り込むのは今朝も鍛錬に練磨を重ね、甲冑《かっちゅう》委員長さん達のWピースな笑顔で称《たた》えられ磨き抜かれた『振動魔法』だ！

（（グヲヲヲオオオオオオオオオオオッ!!））

そう、お眠な眠りっ娘《こ》さんまで瞳を見開いて、感嘆の声を大絶叫で嬌態《きょうたい》が狂態で艶《なま》かしく大好評だった大人気で毎晩絶賛振動中の振動波が階層中を満たし行き渡っていく。体術と魔法が一体と化し、気功術が融合しスキルが複合化された魔術。その魔の波動が振動波として伝導し、魔力を内包する「ミミック・ウォール」に反響して一網打尽に一切合財の一部始終を振動破砕で砕く塗壁崩落！

「うん、あらゆる物体には固有振動数があって、外部から振動が与えられると振動が固有振動数に近づくにつれ物体の振幅が急激に増大するんだけど、この現象が『共鳴』や『共振』って呼ばれるもので、固有振動数と同じ振動を与え続けると振動って延々と増大していって物質の破壊に至る共振現象は理論上はどんな物質でも破壊することができるんだよ？　うん、特に頭に『通背』って付けると壁には効果的なんだよ？」「「「な、なんだって、です!?」」」

実際はこんなに簡単ではなく、振動破砕は距離の2乗で弱体化するから広範囲は難しい。だけど掌握してしまえば魔力と気功の波動は通りが良いし、擬態していても魔力は共振するから揺らしやすいんだよ？
　うん、魔法制御の方が身体制御よりも上手《うま》くいっている。これは後衛に移動する手も通常ならばあるのだが、このメンバーで後ろにいると出番がないまま魔物さん絶滅現象を見ているだけになるのは間違いない？　うん、だって今も振動破壊したらジトで睨《にら》んでる……どうやら通背拳で遊んでいるところだったのに邪魔されちゃったらしい。うん、ごめん？
　そして、滅茶《めちゃ》警戒されている。うん、魔物さんじゃなくて味方に警戒されてるんだよ？　もう一回試してみたくもあるけど、ジトが怖いから1体ずつ壊す。振動魔法と世界樹の杖《バールのようなもの》は相性抜群で、超振動世界樹の杖《バールのようなもの》がブルブルと高速振動するのを甲冑委員長さん達が怖怖の瞳で見ている？
「いや、ちゃんと1体ずつだよ、横取りしてないいんだよ？」（（ジトー……））
　そして、ちょっと試しに練習中の土行の横拳で土魔術発動を試してみたら、その瞬間に『分解』が発動されて塗壁さんは粉砕されてしまった!?
「これは五行拳と魔術に親和性が在って、効果を増幅しつつ魔法拳に至るというとんでもオタ説が正しかったのかな？　それとも智慧《ちえ》さんが、またオタ達に騙《だま》されて真に受けちゃってとんでも五行拳を開発しちゃってるのかはわからないんだけど……なんか、できちゃった？」（（ジトー……））
　って言う事は、この五行拳で魔法を打ち消したり強化ができる可能性が出てきた。しかも武技と魔法が一体化するなら、術式の構築は身体操作だけで済む。術理や魔纏《まてん》自体が武技を内包した魔術式になっているのかはわからないけど、どうやら土木作業は技術革新を迎えたようだ？

　そして40階層はゴーレム……うん、なら塗壁もゴーレムで良かったじゃん!!

「うーーん、便利だけど、叩《たた》くだけで壊せるちゃうし、あとずっと横拳は飽きるんだよ？」

　土の相生は火。火が燃えると灰、すなわち土となる火生土《かしょうど》。だから火属性の魔力で火行の砲拳を撃ち、土魔法を放つと瞬間に灰化し土塊が吹き散る！　威力は高いけど制御が難しく無駄が多くて反動もヤバい？

「うん、一瞬相生《そうせい》の火生土《かしょうど》と、相剋《そうこく》の土剋水《どこくすい》が混乱しちゃって、相関図を暗記して練習しとかないと迷うよね？」

　まあ、五行拳しかできないのだから、繰り返し身体《からだ》と意識に刷り込み反復しながら調整して型に変えていく。そう、今はそれだけでいい。うん、これ以上はジト目が厳しそうなんだよ！

「だって、まだ一之《いちの》太刀《たち》はできないし、あれができちゃうと絶対身体が壊れそうだし、挙げ句に女体盛り疑惑まで発生するから手に負えそうにないんだよ？　うん、嘗《かつ》て剣技を究めんとし鍛錬を積んだら、女体盛りが極められたなんて話は聞いたこともないんだけど、何で一之太刀は女体盛りの技になってしまったんだろう……剣の道って深くて不確定に不可解なようだな？」

ミミックさんだけど塗壁で、それもうゴーレムさんと何が違うのかわからないままなのにゴーレムとの戦闘。そう、わからないんだけど絶対に土属性だから、相剋の木剋土《もっこくど》も試す。

「木は根を地中に張って土を締め付け、養分を吸い取って土地を痩せさせるのが木剋土で、五行拳の木行は崩拳。世界樹の杖《バールのようなもの》で叩くと、木属性に引っ張られたのか瞬間だけ僅かだが『宿り木《ミスティルテイン》』が発動して見渡す限りのものが吹っ飛んだ……うわー、ジトられてる!?

「いや、奪う気はなかったんだって？って言うかＭＰ奪われて怠《だる》いから、これも封印かー……まあ、こんなの女子さん達だと避《よ》けきれずに巻き込まれて大惨事になりかねないしね？　うん、怪我《けが》はない？　いや、完全回避で華麗に躱《かわ》してたけど掠《かす》ったりしてない……よねー？　うん、狙っても当たらないんだし？　まあ、それでもごめんなさい？」

長い直線通路上のゴーレムが纏《まと》めて倒壊し、韜晦《とうかい》する事もなく壊滅している。うん、これは五行拳がどうのこうのより、『宿り木《ミスティルテイン》』が原因だろう。ＭＰを全て喰《く》らい、暴走するような事はなかったけど威力は圧倒的だった。

「いや、通路が長いなーって思ったら、迷宮に穴が空いて直通の洞窟になってる？　うん、まあ通りやすそうだな？」（ウンウン、コクコク、ウムウム、ポヨポヨ）

魔法と気功が体術と一体になった相乗効果で、より強く、速く、省エネになった弊害で発動条件が緩んでいる？　きっと『術理』が絡んでいるのだろう？

「うん、ギョギョっ娘女体盛りぴちぴち活造《いけづく》り事件で突然に放たれた一之太刀と言い、この突然の五行な『宿り木《ミステイルテイン》』といい、普通狙っても発動できないのに……緩んでるのかな？」

　そうして41階層に下りても戦えているけど、五行拳の型が決まると一撃で甲羅が砕け、型が乱れると全く効いていない？

「劈拳《へきけん》！　劈拳《へきけん》！　劈拳《へけけん》？　劈拳《へくこん》！　劈拳《へつくしょん》？　まあ、劈拳《ボコ》!!」

　五行の金行、斧《おの》を模した劈拳は掌打で敵の顔を打ち付ける斧の動き。だけど相手が亀さんだと、世界樹の杖《バールのようなもの》で殴るだけの簡単な肉体労働に見えつつ、延々と打ち下ろす型の全ての技術が集約されていて単純《シンプル》故に難しく、完全に至るまでの深奥《ディテール》が何処《どこ》までも深い。

「微妙だよねー、この『オイリー・タートル　Ｌｖ41』の立ち位置って？　うん、なんか強いと言えば強いし、ちょろいと言えばちょろいし、期待感ワクテカでありながらこれじゃない感満載の残念亀？　マジ、どうしたいの、これって？」

　床一面に油のような粘液を撒《ま》き、滑るように移動する強固で堅牢《けんろう》な甲羅に覆われた噛《か》み付《つ》き亀《がめ》さん。その鰐《わに》っぽい顔以外にも手脚には長い爪があり、短いけど棍棒《こんぼう》のように硬い尻尾を持ち、足元が滑る油地獄の中を泳ぐように滑走する亀さんが……ぶつけ合いっこされている？

「うん、カーリングって言うか、亀リング？」

　そう、非常に残念な事に、この面子《メンバー》では足を取られて転んじゃって男子高校生的期待大絵面《ヌルヌルネチョネチョ》な油地獄《オイルプレイ》展開は望めない。うん、転びそうなのは俺だけなんだけど、誰も男子高校生の濡《ぬ》れ濡《ぬ》れぬるねちょなねばねばシーンは望んでいないだろう！

「えい、です！」「とおー、です!!」

油の上を颯爽《さっそう》と滑走してくる亀を世界樹の杖《バールのようなもの》で叩き返し、こっちに向かってくる2匹目の亀に当てて弾《はじ》き、押し寄せる亀を3匹目と4匹目に当てて掃討する。だがその弾いた3匹目が狙われて新たな亀が激突し、左右に別れながら俺を挟み撃ちするように挟撃してくる恐ろしい階層！

「……ふっ！」

一歩踏み込み崩拳で亀を突き、半歩踏み出し横拳で亀を薙《な》ぐ。先に突いた亀を追うように薙がれた亀が油面を滑り、無数の亀達に激突し乱反射を引き起こす。そこへ新たに迫りくる亀を叩き付けて吹き散らす！　そう、乱反射で弾け回る「オイリー・タートル」達を絶妙な角度で甲冑委員長達が弾き返し、亀と亀の連なる連鎖の玉突き合戦!!　うん、亀は錯乱状態のままで、延々と反射して来るのを5人でぶつけ合う苛烈な迷宮なんだよ？

「亀　回転　弾き、です！」（プルプル♪）

元々は俺がミスったのが悲劇の始まりだった。制御しきれていない身体に対して疑念が過《よ》ぎり、油塗《あぶらまみ》れの床に半歩踏み出した歩幅が僅かに短く体重も乗せきれていなかった。そう、滑らないかという疑う心が迷いを生み出し、世界樹の杖《バールのようなもの》を突き上げる鑽拳《さんけん》の体の軸が微妙に振《ぶ》れてしまった。そのせいで武技が発動しなかったのか、亀さんは粉砕できずに油面を吹っ飛んで行って次々に衝突して階層中を反射し始めた……ら、みんなが真似を始め出しちゃったんだよ？

「何ていうか異世界初の高速乱反射中の亀によるビリヤード大会でカーリング合戦な、もしもし亀を虐《いじ》めてはいけないよってぶつけ合い《ピンボール》が始まってしまって現在に至る？　うん、みんな楽しそうだから良いんだけど、俺は結構厳しいんだよ!!」

甲冑委員長さんが通背剣で高速の亀を射出すると、踊りっ娘さんが通背鎖で薙ぎ払う。それを眠りっ娘さんも負けじと通背ハルバートで迎撃を加え、スライムさんの通背ポヨポヨと通背プルプルの巧みな使い分けで弾き飛ばすぶつけ合いっこ！

うん、「オイリー・タートル」が別の意味で脅威と化しているが、「オイリー・タートル」達は「オイリー・タートル」達で終始悲鳴絶叫で激突中で御機嫌だったんだけど……遂《つい》に亀さん達の頑強な棘々《とげとげ》甲羅は過酷な激突の連続に耐えきれず、次々と壊れ砕けて魔石になって謎のぬるぬるビリヤードカーリング合戦は終了した。

「終わったー。あっ、『これこれ亀を苛《いじ》めちゃいけないよ？』いや、倒すんだけどね？いや、お約束で男子高校生さんとしては乙姫《おとひめ》フラグだけは立てておきたかったんだよ？まあ、苛めた張本人で亀は全滅なんだけど？」（ポヨポヨ♪）

楽しかったらしい？

「まあ、異世界って遊びも娯楽も少ないから楽しめたんなら良いんだけど、あの亀さんって何気に危険だったから他人に教えちゃ駄目だよ？」（プルプル？）

「だって、Lv41で『全耐性』と『衝撃倍増』を持った亀が、高速で乱反射しながら滑ってくると普通の人には危いと思うんだよ？　嚙みつくし？」

スライムさんも残念がりながら残りの亀を食べてるから、きっとぽよぽよの威力が『衝撃倍増』している事だろう。うん、心做《こころな》しかぷるぷるが普段より多く揺れている気がする？

「はっ！　副Bさんが『衝撃倍増』を会得してしまうとポヨンポヨンとプルンプルンの縦揺れと横揺れが倍増の凄《すさ》まじい衝撃映像……って、ゲフンゲフン！」

だって、あれは質量兵器と言うにはあまりにも大きすぎた。大きく、丸く、重く、そして滅茶凄《すご》すぎた！　そう、あれは正に柔塊だったんだよ!!

「って、回想してただけで何も言ってないから、モーニングスターは出さなくて良いんだよ？　うん、眠りっ娘さんまで貰《もら》ったの!?　いや、何で女子さん達って友達になるとモーニングスターを贈り合うんだろうね？　うん、絶対にそんな風習はなかったよ！　あったら男子高校生はみんな滅んでるんだよ!!　だからメモもやめようね？　はい、すみませんでした！」

まあ、なんだか楽しかったし練習にも良かったけど、気分的には亀を虐めるとウラシマ効果で重力が超加速して時間が遅滞しちゃいそうだが、全部スキルを持ってるから冗談にならないところが異世界は恐ろしい？　うん、でも魔石だけで玉手箱は落《ドロップ》ちてないから大丈夫なんだろう？

渡らない鴉はただの鴉なのに渡り鴉だって言い張るからボコってみた。

119日目　昼過ぎ　王国　迷宮

　虎かと思ったら猫《ぬこ》さんだったが可愛《かわい》くない。猫《ぬこ》さんだが魔物猫《ぬこ》さんで、猫《ぬこ》さんに貴賤《きせん》はないが魔物さんだし可愛くない？　だって全身が鱗《うろこ》な前衛的すぎる猫ってモフれないんだよ？

「うん、だがお前は駄目だなグロ猫《ぬこ》さんは、お魚咥《くわ》えなくても鱗なんだよ!!」

　獰猛《どうもう》に飛び掛かってくる瞬速の襲撃、その対処不可能な圧倒的な速度《SpE》を超反応で突く。

　踏み込み、二刀流の世界樹の杖《バールのようなもの》で左右に割り開く開合《かいごう》の突きで受け流し、押し開くように弾《はじ》き飛ばして崩撃の如《ごと》く突く。

「全く『パンツァー・キャット　Lv42』って猫《キャット》を名乗りながら、金属の鱗に覆われて肉球すらない猫を名乗るのも烏滸《おこ》がましい猫さん達《たち》で、しかもでかいよ！」

　五行拳は二刀流に不向きな気もするけど手数が足りない。かと言って応援に蛇《ヒュド》さん鶏《コカ》さん蜥蜴《バジ》さん達を出すと俺の出番がない？

　なので、自動防衛《オート》な3匹はお休みで2本の魔手さんに迷刀『おっさん斬り斬り斬り舞いひゃっはーっ』と迷刀『おっさん斬り斬り刻みうひょひょひょ』の二刀を持たせて四刀流で薙《な》ぎ払う。

「うん、副委員長Aさんのパクリだけど、その副Aさんは既に六刀流で、更に背後にも2本増やして八刀流を目指していて……六刀流の時に愛刀の小鉄っちゃんを奪われたのに、現在は八刀流で『おっさん斬り』まで狙われていたりするんだよ？」（プルプル）

捷《はや》い！　もっとも俺が苦戦してるだけで、パンツァー・キャットさん達は絶滅危惧種まっしぐらだ。徐々にLvを上げている眠りっ娘《こ》さんが完全に戦力化され、数十匹程度では迷宮皇級の4人に逆に包囲されて密集を余儀なくされている。そんなパンツァー・キャット達も裏へ抜けようと、健気《けなげ》に包囲からの脱出を狙って跳ね跳び駆け抜けているが、間合いが広すぎて突破できない。

「だって、甲冑《かっちゅう》委員長さんの斬撃は飛ぶし、踊りっ娘さんの鎖の攻撃範囲は更に広いし、スライムさんに至っては伸びるし、いざとなると分裂できるから間合いの定義すら不可能なんだよ？」

そして、麗しく儚《はかな》い伝説の癒やしの聖女さんはハルバートの旋風で制空権を掌握して、包囲の外へ逃げようとしたパンツァー・キャット達を一斉に薙ぎ払うって……それ、三節《さんせつ》棍《こん》だったの!!

「どうして癒やしの聖女さんの戦う姿が『三国志』の英傑に見えるんだろうね？　うん、あれって『儚い聖女』さんじゃなくて『破壊の聖女』の誤字だと思うんだよ？」

細く華奢《きゃしゃ》に見える着痩せする身体《からだ》と、唸《うな》りをあげ旋風を巻き起こす三節棍ハルバートの凄《すさ》まじい違和感《ミスマッチ》が半端ないな！

せめて脚を引っ張らないように群がる猫《ぬこ》を突き上げて、叩《たた》き斬る。宙から降り注ぐパンツァー・キャットを鑽拳《さんけん》で突き上げ、劈拳《へきけん》で斬り捨て、地を駆けるパンツァー・キャットには崩拳を叩き込んで、横拳で斬り裂き、炮拳《ほうけん》で薙ぎ払う。

たった5つしかできない。だけれどそれは、全てを集約し尽くした究極のたったの5つ。だから多様性はないけど発展性は無限大な、5つの型の全てが極意。但し攻撃範囲が狭く、何より移動範囲が皆無に近いため回避力が著しく低い。だけど、それすらも補って余りあるあり得べからざる捷《はや》さと勁《つよ》さ！

「鱗の感触がキモい！　これは猫《ぬこ》じゃない、これは猫《ぬこ》じゃない、猫《ぬこ》じゃないんだよ……ミャーって鳴くな!!」（((ミャ――!?)))

パンツァー・キャットの最大の武器は硬い装甲を持ちながら、軽やかな俊敏さと野獣の膂力《りょりょく》を持ち、そして各種属性魔法を秘めた『魔爪』だった。だけど、親切に魔法の属性ごとに色分けされているので、五行拳が爪の属性を相殺し、序《ついで》に爪も切ってあげたからただの猫《ぬこ》パンチ！

「って、肉球もない鉄鱗《てつりん》に覆われた猫《ぬこ》パンチに猫《ぬこ》パンチの価値はないんだよ!!」

速度が圧倒されようと、手の届く範囲の瞬間だけの疾《はや》さは『術理』と『智慧《ちえ》』の相互反応の生み出す超反応と瞬速が上回る。そうして猫《ぬこ》に非《あら》ざる敵を全滅させて、意気揚々と階段を下る。

そして、43階層は狭かった。って言うか狭く長い通路で、そうなると当然陣形は縦列になり迷宮に出遅れるとそこは後衛だった？　うん、出番がないいんだけど、もう少し取り逃がしたりしないかな？　うん、前衛が鉄壁過ぎて後衛さんが魔法を撃つ隙すらないいんだよ……暇だな？」

「炎弾《ファイアーバレット》……は飽きたし雷弾《サンダーバレット》？　うん、

護身だけならば十分に戦える目処《めど》が立ってきたが……精密操作に難があるために、距離無効の変形変化伸縮自在の世界樹《ユグドラシル》の杖《つえ》を不用意に操作はできない。まして、空間自体を無効化する次元斬なんて以《もっ》ての外《ほか》だろう。つまり敵が襲ってくれればいいけど、来てくれないと後衛で意味のない魔法攻撃……うん、出番がないな！

それは、俺と眠りっ娘さんを甲冑委員長さん達３人が前衛《カバー》する過剰な戦力過多で過保護な陣形。それが眠りっ娘さんまでＬｖ20を超えて、戦力化して前に出てしまうと狭い！　そして割り込む隙間がないから健気に襲い掛かり頑張っている蝙蝠《こうもり》さんも後衛《こっち》にまで辿《たど》り着けない！

「ちょ、変幻自在に空宙を移動しながら、幻惑と幻影を撒《ま》き散らす蝙蝠さんは頑張ってるんだよ？　うん、それはもう幻影と本体が空を覆い尽くして賢明に頑張って……せめて、もうちょい広くて、もう少し天井が高かったら……うん、広間だったら……まあ、無理そうだな？」

近接の甲冑委員長さんと広範囲の踊りっ娘さんに、中距離の眠りっ娘さんが加わりスライムさんが遊撃に回ってしまったらどうなるか？

「うん、そんなの迷宮王が団体さんで来たって絶対超えられないよ！　大して広くも高くもない一本道の通路なんて、『イリュージョン・バット　Lv43』が頑張っても無理だから!!」

　隙間からこっそり無意味な魔弾を撃ってるけど、虚《むな》しい。だが、あの4人と並び立つには今の俺では邪魔すぎる。案外と女子さん達も後ろでこんな気分だったのかもしれない。もどかしい無力感と届かない疎外感、そして……うん、暇なんだよ!!

「それでも諦めずに、あんなに強くなったんだよねー……女子さん達は」（ウンウン、コクコク、フムフム！）

　きっと自覚はないんだろう。だけど、自覚なんてして欲しくもないけど……もう、とっくに俺よりも強い。特にＬｖ１００超えてからの強さは反則的だった。

「まあ、理不尽な強さ《チート》では最初からお話にならないくらいずっと負けてるから、ズル《チート》を如何様《チート》で騙《チート》して不正《チート》をするのがペテン師《チート》なんだけどね？」（ポヨポヨ？）

　だから、まだ女子さん達には負けられない。ずっと負けてるけど、騙《だま》してでも勝ってるふりをする。

「うん、男子高校生なんて見栄《みえ》っ張《ぱ》りで痩せ我慢で意地っ張りなのを止《や》めてしまったら、後にはもうエロいところしか残らないんだよ！」

　そう、男子高校生とは元来、既にエロスの比率が圧倒的なんだよ？　それで意地すらも張れなければ、ただの男子高校生《エロ１００％》だ。だから、どんなに格好悪くったって、格好付けていたいなら……意地を張るしかできないんだよ？　後は騙すとか、嵌《は》めるとか？

「よし、解禁だ！　ちょっとだけ試すから、こっちの塊貰《もら》うよー……って露骨に嫌そうな顔しないでよ！　ちゃんと分け合おうよ!?　きっと魔物独占禁止法にも『みんなで仲良くボコろうね？』って書いてあるんだよ。うん、さっき書いてみたけど読む？　うん、だって暇だったんだよ？」

配って、分けて貰った。そう、お願いして、お菓子を上げたからこっちは俺のだ！　これが使役者としての威厳というものなのだろう。うん、ロールケーキは結構な人気なんだよ？

「うん、まあこれって獣人っ娘姉妹のお口に突っ込む用に開発中なんだよ？」（（モグモグ♪））

そこには漆黒の影。その群がる魔物は瘴気《しょうき》の生み出す化物。人を無惨に引き裂き、激痛と死の恐怖を撒き散らす怪物達の猛烈な豪雨。だけど斬れば死ぬ。

「そう、魔石になって我がお大尽様道の礎になるが良い！」（（ガアアアアアッ!!））

魔纏《まてん》――何もないから全部集め、混ぜ合わせて集中させて、ずっと誤魔化《チート》してきた如何様《チート》だ。ゆったりと踏み込みながら待つ。魔物の群れの包囲の中心へと進んで、ただ待つ。ゆっくりと、緩々と能力《スキル》と装備の効果《スキル》が混じり合い、化合し反応し合って1つの魔となり……それを纏《まと》って一体化する。

「うん、前まではぶっ放すしかできなかったんだよ、だけど今は――ぶっ放したら俺が吹っ飛ぶ？　うん、じわじわだな？」

練気した気功で体内を満たし、体外へと覆うように循環させる。そして身体に纏う魔纏を受け入れる。内と外の境界は曖昧に変わり、渾然一体《こんぜんいったい》となって制御不能で理解不可能な暴走する驚異。それを拒絶するのではなく、体内で一体化させて自らを混ぜる。

後、ほんの僅かで触れる周囲を覆い尽くし圧殺してくる黒い槍衾《やりぶすま》、「スピア・レイブンLv44」。その黒影が降り注ぐ槍となり、黒い矢の雨となって吹き荒れる。

「いや、レイブンって渡り鳥なワタリガラスさんなのに、ずっと迷宮にいたの？　うん、渡りたくないいんだったら仕方ないけど……だったら普通の鴉《クロウ》でいいよね？」（（カ、カアアアアアッ!?:)））

恐怖心、それこそが魔纏を制御できないものとしている。強くなり過ぎた力に耐えきれない身体が破壊される事に怯《おび》え、その理解できない無限の変化を理解《わか》ろうとして暴走させていた。

「案外と学ぶ事って、女子さん達からなんだよね？」（ポヨポヨ？）

纏まり融和し、補い助け合い増え続け強くなる女子さん達。纏まれなかった何とかくん達男子は互いに殺し合い総体的には弱くなって滅んでいったのとは逆に、女子さん達はゆっくりでも何処《どこ》までも強くなっていく。それが答えで、それに負けてはいられない。

「理解不能だから操作不可能で、思考で操作ができないなら……身体で、型で合わせれば良いんだよ」

パーティー単位では最強であり、際限なく強くなり続けようとオタ達も莫迦《ばか》達も増えない。良かった、あれが増加したら異世界迷惑だ！　だから、とっくに最強は女子組。数の力なんて強いに決まっていて、それでも普通は数の力を活かし纏《い》めることこそが難しくて為《な》し得ないのに、弛《たゆ》まず協力し合い助け合い強くなりながら増え続けていく……モーニングスターとともに！　うん、だから怖いんだよ!!

「そう、なんか良い感じに最適化されるまで繰り返せばきっと……魔纏さんの方が合わせてくれるかも！　だって、5個しかないし？」

本人達は自信がない。個々の力、パーティー単位の強さに劣等感すら抱いている。30人近いチートさん達が纏まり、連携し高め合う脅威がわかっていない。全員で掛かっても掠《かす》りもしないと嘆いているけど、迷宮皇さんと訓練になっている異常さが理解できていないんだよ？　うん、本当はずっと前から、とっくに100階層の迷宮王とだって戦える。ただ危ないからと行かせないだけで、男子全員と迷宮皇組で決めて過保護にしているだけなんだよ。

結果、そのせいで焦り劣等感を抱いてるけれど、だって命を懸ける必要がない。ずっと強くなり続けて、増え続けてるのに無理するなんて無駄なんだよ？　だから絶対安全に、勝てる相手だけ確実に圧殺できればいい。

「だって、それこそが力なんだけどねー？」（プルプル）

甲冑委員長さんや踊りっ娘さんにスライムさんも戦わせたがらなかった。それはきっと昔の自分達に似ているのだろう。だけど女子さん達は1人なんかじゃない。だから笑って強くなって行けば良いんだよ。

「それに殺し合いなんて好きじゃないんだし、似合わないんだよ？　劣等感ってオタ莫迦はあれは好きでやってるんだし、あいつら異世界以外では異常者なんだから真似《まね》したら駄目だよね？」（ウンウン、コクコク、フムフム、ポヨポヨ）

だから甲冑委員長さんともスライムさんとも、踊りっ娘さんとも約束している。まだ女子さん達には追い付かせないと。俺に勝っちゃうと護《まも》ると言って自分達で危険に挑もうとする、だってそれを目指して頑張っているらしい？　だから、させない。そして、させない為《ため》にはズル《チート》を如何様《チート》で騙《チート》して不正《チート》するペテン師の技、魔纏《ズル》がいるんだよ。

「だから、出来ないじゃなく遣《や》るんでもなく、出来るか出来ないかでもなく遣れ！」

時間をバラバラに跡形なく欠片《かけら》も残さずに徹底的に分解し尽くして、微塵《みじん》も残さず塵《ちり》すらも分解された果てにある永遠に分割された無限の時間《とき》の中を歩く。気負いも気合も無駄な力は抜き、気軽に自然に在《あ》るが儘《まま》に成るように成ると加えず減じずに、絶対的な良い加減さで的確に当確な完全たる適当さで——斬る。

うん、斬る、斬ってみた？　斬ったという結果だけが残る、静止したようにただただ永遠のような静けさの世界の中で斬り終える。終《つい》だ。

「ふは——っ」

1歩進み、2歩目を出す時には全てが終《つい》えている。虚実、結局これしかできない。だからいつもの虚実に戻ってきた。うん、やっと虚実まで至ったよ……もう階層には黒い鴉《からす》の槍の残骸も消え去り、魔石しかない静やかな世界。きっと独りだったら孤独だっただろう。

「やっぱ痛いな?」(ウンウン、コクコク、ウムウム、ポヨポヨ!)

迷宮の底の永遠の孤独。時間軸の果ての静かな孤高。極めたる境地の孤影。それは何人たりとも至れない孤独な極致。だけど、みんなでいれば寂しくもないし、賑《にぎ》やかすぎるくらいだ。

「うん、追い付かせないんだよ? だって、これはズル《チート》なんだから?」

まあ、やっぱり自壊で全壊したが、行き成りだからしょうがない? うん、ジトられてるんだよ……遂《つい》に眠りっ娘さんまで極自然なジト目を極めたんだ……あざっす?

風情ある和太鼓による応援はチアリーダーには勝てないようだ。

119日目　昼過ぎ　王国　迷宮

隠し部屋にいた女王蟻《じょおうあり》の「アーマード・クイーンアント　Lv46」のドロップを鑑定してみると、『貫通の螺旋剣《らせんけん》　StR、SpD30%アップ　刺突貫通(大)武器装備破壊(大)+ATT』と辺境の深層迷宮並みの出物が出てきた? そう、問題はドリル剣だがドリルっ娘《こ》がいない。どうしよう？

「階層の魔物も結構強いし、数も多いし……やっぱり深いのかな？」

強さの感じから言うと中層と下層の間、せいぜい50階層台か60階層程度だろう？　うん、深層迷宮ほどの風情がないし佇《たたず》まいも感じない？

そして、宝箱の中身は『風天のマント　SpE、DeX30％アップ　風特性増大（大）　風鎧《ふうがい》　風刃　疾風』と、これまた出物だった。

「やっぱ、深層迷宮なのかな？　それにしては魔物だって別段特別に強い訳でもなく、深層ならばもっとスキルとかはエグいはずだしなー？　まあ、瘋癲《ふうてん》のマントじゃなくって良かったんだよ？　『にーと』と『ひきこもり』に『ぼっち』で無職なのに、瘋癲まで揃《そろ》っちゃうと社会的にヤバい気がするんだよ？」（ポヨポヨ）

まあ、魔纏《まてん》で自壊が全壊だけど刹那より僅かな虚空と阿頼耶《あらや》の狭間《はざま》でぶっ壊れた？　それは、特化できたというか、最適化してきているというか、やや悪化したというか……襤《ぼ》褸《ろ》襤褸《ぼろ》だな？

「何でボコボコにした方が襤褸襤褸になるのかが不可解で不愉快で憤懣《ふんまん》やるかたないと言うか、豊満心地よいというか交代膝枕で療養中で、確かにこの至福を味わうと毎日自主的に自壊しそうだけど、自壊中だと眼《め》の前に太腿《ふともも》さんが在っても動けないから何もできないのが御不満だな？」

全く、太腿さんに顔を埋《うず》めて、そこからが本当の本番《たたかい》だと言うのに中々回復しないから動けない？　そう、でも回復すると膝枕も終わっちゃうから悩ましいんだよ？

「怪我《けが》用に宝珠は持っといた方が良かったのかな？　でも、専用の照明《シャンデリア》さんが出てきてセットだと邪魔だったけど……癒やしと治療の効果は高かったんだよ？　でも、あれはないな？　うん、デザインも豪華絢爛《ゴージャス》過ぎだし、巨大すぎだったんだよ？」（プルプル）

眠りっ娘さんのいた大迷宮の最下層からは『慈愛の幻影灯《シャンデリア》　四宝珠の力を増幅し降り注がせる』と言う巨大シャンデリアが出てきて、「再生の宝珠《オーブ》」と『治癒の宝珠《オーブ》』と『解毒の宝珠《オーブ》』と『回復の宝珠《オーブ》』を四方に嵌《は》め、中央に『治癒を司《つかさど》る至宝』を置くと燦然《さんぜん》と輝く神秘的で幻想的な天上用照明さんだった。そして、嵩張《かさば》って邪魔そうだったから大性堂にぶら下げてきた。

「持って帰ってくれば良かった気もしなくもないけど、巨大で邪魔だったし……うん、迷宮で巨大なシャンデリアをぶら下げて休憩っていうのも意味がわからない気がするんだよ？　置いてきて良かったよ、あの妙に浪漫《ろまん》な雰囲気だと確実に間違ったご休憩が始まって、しかもご休憩と見せかけて終わらない魅惑の終日御宿泊プランな罠《わな》だったに違いないんだよ！」（プルプル!?）

そして、あれはあれで大性堂の売りになる。そもそも大性堂級の大きさじゃないと『慈愛の幻影灯《シャンデリア》』は合わないし、絢爛《けんらん》なデザインも似合わない。そして、もう大性堂には教から魔力を集める力はないから、教会のことは『慈愛の幻影灯《シャンデリア》』に頑張って貰《もら》おう。

「だって治癒効果くらいの売りがないと集客性に難がありそうで、あのセクシー修道服の深いスリットの主脚性に集客されちゃうと信仰心が全部太腿さんに集まっちゃうんだよ？　拝みたいな!?」

うん、そして稼いでもらわないと建築費はローンなんだよ？　しかし今晩までに辺境に戻る気でいたのに、俄然《がぜん》厳しくなってきた。万が一に深層迷宮だと夜まで掛かり、やっと魔石を稼いで宿代を確保したというのに宿に辿《たど》り着けない。だけど中層を超えているなら潰しておかないと何時何時《いつなんどき》に迷宮の氾濫《スタンピード》が起きるかわからないし、辺境の部隊以外では低層迷宮の踏破は無理。

「なんか、深い気がしてきたけどどうなんだろう？　ちぐはぐな感じなんだよねー?・」

「古い……17歳、です。でも、魔素は薄く、深くは、ありません」「同意　深くなる　足りてない……だけど古い、です」「はい、強く、ないです、ね」（ポムポム）

そういう事があるのか……そう言えば辺境でも急に深化した迷宮があった。あれは古くはなかったが魔素が濃かったのだろう。だとすると計算してたより辺境はヤバい。辺境軍と近衛師団《このえしだん》の半分と第一師団、後は冒険者だけでは成長を遅らせる事はできても、維持はできていないだろう。そう、やはり迷宮は成長している。

「となると、辺境にはもう深層迷宮が生まれてるかー……未《ま》だ深層はキツいんだけど、まあ迷宮王は甲冑《かっちゅう》委員長さん達《たち》がいればどうにでもなるんだから問題はないか?・」（ウンウン、コクコク、フンフン、プルプル！）

そう、問題は闇だ。まあ、まずはここを終わらせよう。もう動けるし、無理しなければ大丈夫だ。どうせ痛いし、どうせ怖い。どうせ慣れる事なんてないし、ずっといつもの事だ。

「調整できないから、全力の方が制御しやすいって言うのも皮肉だよねー？　一瞬の間しか保たなけど、どうせ身体《からだ》も一瞬しか保たないんだし？」

そう、回復に時間が掛かり過ぎる。だけど治しながら最小限の動きで最低限の自壊で済み、最大限の成果を出す丁度いい最適な点《ポイント》を探し出す。

「う――ん？」（ポヨポヨ）

歩きながら試す。五行拳の套路《とうろ》には多彩な蹴り技も跳躍技もなく、ただただ地味。だけど猛烈で迅速な、実戦で短時間に確実に相手を倒す事に重きを置いた推移。敵の攻撃の受け躱《かわ》しを最小限以下にした、前へ出る移動のみ。だから動いた時は疾風迅雷の如《ごと》く敵を打ち倒す手法と歩法と身法の迅速さ。そして強大な勁力《けいりょく》を叩《たた》き付ける攻撃自体が防御であり、攻撃を攻撃で受け、弾《はじ》いて一撃で決めに行く。千切るように吹き荒《すさ》ぶ杖《つえ》が破壊を告げ、当たる先から打ち砕く。

「ひゃっはー？」（プルプル）

まあ、緻密で繊細でどこまでも理詰めで合理的で論理的な武術の割には、「当たれば死ぬなら攻撃ごとボコれば良いじゃないの」というノリはMさんだったりする五行拳。そして結局はそれこそが真理で、攻撃も防御も全てが一撃必殺の奥義なんて言う恐ろしい武術は古今東西五行拳のみだろう。

そんな悪い冗談のような狂気を只管《ひたすら》に研鑽《けんさん》し集約した、精緻に万物を5つの型に集約して無駄を全て削り落とした技。その5つが基本にして即《すなわ》ち奥義で全てが究極。だから半歩踏み出し、ただ進みを終えるまでに薙《な》ぎ払い突き崩す。

「ちょ、でもこれって木火土金水のイメージが間に合わないんだよ!!」

あれから、ずっと5つの型を繰り返してきた。それでも未だ『智慧《ちえ》』と『術理』を以《も》ってしても、片鱗《へんりん》の影さえ摑《つか》めない無様な一撃。僅かな力と微《かす》かな魔力と、些《いささか》の気功に一息と一足だけで魔纏の全力と同等の破壊力……が出る時も極稀《ごくまれ》にある？　うん、省エネではあるんだけど間合いが狭い？

「上から下は劈《へき》で金で、下から上は鑽拳《さんけん》で水？」

瞬速の半歩を繫《つな》ぎ合わせ、左右の套路を切り替《スイッチ》えして間合いを消す。うん、『転移』による縮地か瞬歩で距離は詰められる、その加速がそのまま崩拳の威力に加算され巨大な蟹《かに》を吹き飛ばす。

「そして突き抜ける矢が崩拳で貫通型？　みたいな？」

うん、そして蟹なんだよ？　46階層は左右に忙《せわ》しなく移動する「メタル・クラブ　Lv46」で、それを出来損ないの套路で一歩一歩追い駆け回す男子高校生と反復蟹の壮絶な戦い！　だが、侮ってはならない。さっきの階は「アーマー・プラウン　Lv45」とプラウン《Prawn》さんで、つまり車海老《クルマエビ》だった！　そう、もしも俺が海老蟹アレルギーなら確実に殺《や》られているだろう、異世界迷宮の恐るべき波状攻撃だ！

「ただ、如何《いかん》せんスライムさんの大好物なんだよ？　うん、クラブ《crab》は勿論《もちろん》ロブスター《lobster》なイセエビさんもプラウン《prawn》なクルマエビさんにシュリンプ《shrimp》な小エビさんだって差別なくお召し上がりで御機嫌なんだよ？　うん、出てきたら食べられちゃうよね？」（ポヨポヨ♪）

美味《おい》しかったそうだ。次はロブスター《lobster》な伊勢海老《イセエビ》さんをご所望のようだけど、残念ながら流石《さすが》に3階層は続かなかった。

「うん、でもこの流れでデザート来たら食べられちゃうと思うんだよ？　しかも『ワイルド・ストロベリー　Lv46』って野《の》苺《いちご》じゃん！　多分野生とか野蛮な意味合いのワイルドさで植物系魔物さんなのかもしれないけど、ステータス確認するまで保たずに食べられちゃってるんだよ……あの、うにょうにょしてた蔦《つた》には才能の片鱗を感じ取れたんだけど、触手の活躍は見られなかったんだよ？」

　そう、せめて野蛮な茸《きのこ》さんならば応援したのだが、残念無念な慙愧《ざんき》の念《ねん》だった。そして47階層、48階層続けて鳥と蛾《が》。飛ばれると射撃しかできない。突っ込んでこないと届かない、世界樹《ユグドラシル》の杖を伸ばして棍《こん》にするが邪魔になりそうで手が出せない！

「せっかく感覚が摑めそうだったのに、何で飛んじゃうかなー？　空歩で空中戦出来る時なら大歓迎だったのに……いや、練習はしたいけど、空中で五行拳は向かないと思うんだよ？　絵面的にも微妙感漂わない？」（プルプル）

　飛べない男子高校生とお腹《なか》いっぱいで遠慮している空気が読めるスライムさんとで手作りの太鼓で応援団、きっと男子高校生とスライムのチアリーディングは需要がないだろう。

まあ、スライムさんにボンボンだけ持たしておこう。

「ガンガンがんばれー、みたいな？（ポヨポヨ♪）　ふぁいとー？　的な？（プルプル♪）ごおごおぅ、れっつごおー（某？）（ポムポム♪）」（ドンドコドンドコドンドンドンドコ♪）「「「うるさい、です！　気が散ります！　そして終わってます!!」」」

　怒られた。異世界初に違いない和太鼓まで作ったのに？　うん、一応チアリーディング用の衣装もあるんだよ、着る？　着たら脱がすけど？

　49階層。うん、この下の50階層で終わりみたいだ。ならば試せるのは此処《ここ》が最後。

「マントの入れ替えも、これで3つ目かー……感慨深いな？」

　惜しみながら『死線の外套《がいとう》　斬撃打撃耐性増大（大）＋DEF』を外し、さっきの『風天のマント　SpE、DeX30％アップ　風特性増大（大）風鎧　風刃　疾風』に入れ替える。斬撃打撃耐性増大（大）には未練もあるし、SpEとDeXの30％アップは制御問題の悪化も懸念なんだけど風特性増大（大）は風に靡《なび》く軽気功の命綱に成り得る。そう、当たった時のダメージ軽減よりも、当たらない為《ため》の技だ。

「もふもふ？　ああー、涎垂《よだれ》らして牙剝《む》いて唸《うな》ってるし、顔に愛らしさがないし……害獣決定だーっ！」

　三体式の構えを解いて、力を抜き背筋を伸ばす。五行拳しかできないのに、五行拳の構えを解いて前に出る。斬り裂く長い爪の風圧に押されるように煽《あお》られ、揺らめきながらそっと獣の剛腕を斬り落とす。

雄叫《おたけ》びを上げ、圧《お》し潰すように覆い被《かぶ》さって来る熊。その巨体の起こす風圧に押し飛ばされるように離れ、擦れ違いに熊の太い首を優しく斬り落とす。そして新たな咆哮《ほうこう》、左右から新手だ。だが巨体が押し寄せて巻き起こる旋風と、失踪で乱れる風に重さを失った身体を乗せて翻りながらゆらりと剣を回し刃先を舞わせる。

「よし、ひとまず合格？っぽいかな？」

回避に技術なんていらない軽気功で吹き飛ばされ、舞い散らされるがままに抗《あらが》う事なく剣を閃《ひらめ》かせる巻き込まれ系剣舞。制御できないなら、相手任せで良いじゃないのな完全に受け身の受動の技。剛力な「リッパー・グリズリ　Lv49」の暴虐の連撃の巻き起こす風に身体を舞わせて剣を振る。そう、「巧《うま》く動けないなら、吹き飛ばされればいいじゃないの（ついでに斬っちゃえ？）」作戦だ。

吹き荒ぶ拳風に舞いながら、届きそうなら剣を伸ばして斬って廻《まわ》り、駆け巡りながらも立ち、蹣跚《よろ》つく脚を動かし続ける。

浪漫装備の『貫通の螺旋剣』だって試したかったけど余裕がない。自重が消失する軽気功は、力ではなく疾《はや》さで斬り勢いで回転して薙ぐから刺突剣は向かない。だから世界樹《ユグドラシル》の杖の二刀流で、暴風雨のような爪撃に舞い飛ばされながら剣閃《けんせん》の螺旋を吹き散らせる。まあ、風に煽られるがままにくるくるしてるだけなのは内緒なんだよ？

「ちょ、全部避《よ》けたし、こけなかったし。まあ、50階層で闇が出るなんてことはないだろうけど、用心は肝要だし用意周到なら前途洋々ｄａＹｏＹｏ♪」（ＰｏＹｏＰｏＹｏ♪）

ハイタッチ！　あれ、スライムさんだけなの？　うん、ハイタッチは勿論、パイタッチも無理みたいだYo？

「いや、迷宮王がヤバかったら代わって貰うからやらせてよ？　うん、絶対無理しないよ、だって理のない事なんてした事ないんだよ？　いつだって空理空論満載の堅白同異で牽《けん》強付《きょうふ》会《かい》でばっちりなんだから、大丈夫だって？」「「「……約束、ですよ！」」」

さあ、迷宮王《やどだい》を倒して辺境に帰ろう。

忘れられし断絶されし閉じられた世界はひきこもりさんにも退屈だろう。

119日目　夕方　王国　迷宮

互い違いのちぐはぐな攻防。うん、全く噛《か》み合わない！　迷宮王「コロージョン・フォッグ　Lv50」は強いんだけど特筆するような強さではなくって、辺境の下層や深層の迷宮王より格段に落ちる。ただしコロージョン《corrosion》なら腐食の霧で近付けないし、核《コア》のない霧は倒しようがない？

音もなく瘴気《しょうき》の濃霧が押し寄せる。風も巻き起こらないから、軽気功で自重《じじゅう》を消し去っていても飛ばされない。自力で床を蹴り、慌てて飛び退《すさ》って距離が離れるとまた膠着《こうちゃく》に陥る？

（ＰｏＹｏＰｏＹｏ♪）（ドンドコドンドコドンドンドンドコ♪）

スライムさんの熱い太鼓の応援を背に戦っているが、チアリーディングによる応援は始まらないようだ。そう、ちゃんと衣装とボンボンを渡したのに、お着替えシーンはないらしい！

試しにマントから『黒魔の刃翼』の羽を広げて羽撃《はばた》くと「コロージョン・フォッグ」は風に流されていき、『風天のマント』の風特性増大の効果も乗って吹き散らされるが……また、集まる？

「斬った分だけ減ってる気はするから斬りまくってるけど、霧なんて気化物質は拡散し放題でキリがないのに霧なんだよ？」

魔法で冷やすのも加熱するのも駄目だった。なんと魔法を腐食して吸収しているから逆効果で、魔法は喰《く》われ剣の効きは悪くて近づき過ぎると『腐食』と『武器装備破壊』に今なら何と『魔力吸収』まで付いていて近接戦最悪だ！

「これはサンド・ジャイアントのパターン？　核《コア》もないし、決め手がないけど『止壊』で原子崩壊させるにも『掌握』魔法が腐食され吸収されるから捕まえきれないんだよ？」

それで、お互い噛み合わない。向こうも神剣は嫌みたいで、手と言うか霧を出し倦《あぐ》ねてじりじりじりじり滲《にじ》み寄りじわじわじわじわ削り合う。1発くらいなら『止壊』も使えそうだけど、あれは連発出来るスキルじゃないし制御できないと原子崩壊なんて笑えない。

「これ時間が掛かりそうだけど何か対策《アイデア》あるかな？って言うか交代する？って、うわあっ！　油断すると拡《ひろ》がろうとしてウザい！」

室内を霧で満たされると迷惑だ。霧は互いに繋《つな》がっていないといけないのか、霧のくせに靄々《もやもや》と拡がろうとしては神剣で刻まれる消耗戦。うん、どうしよう？

「がんばれ、です」（ポヨポヨ）「ふぁい、と！」（プルプル）「ごお、ごぉ、れっごぉ、です」（ポムポム）（ドンドコドンドコドンドンドンドコ♪）

答えは応援だった。うん、面倒そうなんで投げたな!?

「でも、応援団さんより男子高校生さんはチアリーダーの方が色々と頑張れるんだよ？」

うん、でも、ボンボン係はスライムさんみたいなんだよ？

（ポヨポヨ♪）

キリがない霧をじわじわと階層の角に追い詰め追い込める。壁にはできたのだから霧にはできないんだろうか？　掌握できないから範囲が狭そうだし、繋がっているといっても霧に通用するかはわからないが物は試し。魔纏《まてん》して魔法と気功と能力《スキル》を纏《まと》う。狙いは『止壊』と『振動』と『空間』魔法の複合魔術による空間振動破砕、だが1発で決まらないと魔力を喰われて逆転する。

「ふう――っ」

速度は必要ない。完全制御のために高速思考《アクセラレーション》で時の流れを拡散して分解する遅延した時間《スローモーション》の世界で、脚を出して大地を踏みつける。予備動作のない瞬撃の崩拳ではなく、震脚で地を揺らし全身の力と気と魔を震わせ撃ち放つ……って、甲冑《かっちゅう》委員長さん達《たち》が一斉に飛び退り、踊りっ娘《こ》さんも飛び退りながら鎖を俺の方へ伸ばして俺を捕まえて外へ引き出す気だ……つまり、これは相当やばいと判断したようだ？

「うわっ！　えっ？　ううぇえええっ!?」

空気が震え空間が軋《きし》む。視界が振《ぶ》れて歪《ゆが》み、二重三重に蜃気楼《しんきろう》のように景色が溶け始める。うん、相当ヤバいけど離れたら制御できないし、制御を手放すと何処《どこ》まで巻き込むか予想がつかない。今は室内の空間が球形に振れ震え共振し共鳴をあげている、ただし杖《つえ》の先が中心点だ！

「来ちゃ駄目だよ！」

球状に空間が破滅し崩壊を始めている。神剣の神気まで纏う魔纏ですら崩れて剥がれ出しているのだから、魔法を喰らうだけの腐食の霧なんて蒸発しながら破滅していく。耳障りな超高音の高周波と振動波の低周波が鳴り響く空間が分子振動で加熱され灼熱《しやくねつ》と化し消滅していく……辺りを暗闇が覆い音が消えていく。

もう、視界から自分の身体《からだ》さえ消え失《う》せ、無音の闇の中で叫んで泣いている甲冑委員長さんと、先の溶けた鎖を摑《つか》んだまま呆然自失《ぼうぜんじしつ》で悲痛な顔の踊りっ娘さんと、治癒を送り込むが俺が消え去っていることに絶望し絶叫する眠りっ娘さん。そして、微動だにせず静止するスライムさんの姿に、何か声をかけてあげたいがもう声も届かない虚無の中の静寂で闇に沈んでゆく………うん、危なかったよ！

「ちょ、いや、だから危ない事した訳じゃない極自然な原子振動で、ちょっといつもより多く震えたからきっと寂しかったか真実は霧の中で霧《フォッグ》が悪いんだよ？」「「「うるさい、です（泣！）」」」

泣きオコの滅《め》茶《ちゃ》ジトの怒りのお説教！　ずっと正座で、足を崩すとモーニングスターが唸《うな》りを上げてマジ怖いです。まだ、泣いてる……そう、足の痺《しび》れからいって30分は軽く超え1時間近くは正座でお説教？　その前も30分は泣きながら抱きついてくるのをよしよししてたし、夜になりそうだ。うーん、晩御飯は何にしよう？

「いや、だって眠りっ娘さんはともかく、みんなは俺が『絶界の聖杖《せいじょう》』持ってるの知ってたよね？　使うの見たことなくても、踊りっ娘さんは初めて会った時は『絶界の杖』の絶界経験者で絶賛してたんだよね!?　しかも『空間魔法』持ってるんだから、最悪自滅覚悟でもどっかに転移して逃げるんだよ？　うん、いちいち毎回死にそうになったくらいで死んでたら身が勿体《もったい》ないから死なないんだよ？」

王国に攻めてきた教国軍の大司教が持っていた聖遺物『絶界の杖』をミスリル化した『絶界の聖杖　All50％アップ　絶界　封印　魔術制御（特大）MP増加（特大）』の効果『絶界』は、困った時は絶界に引き籠もれるという全国の引き籠もりさん達の羨望のアイテム！　だがそれだけで、絶界の中は暗黒は外の世界は見えるけど自分の体も見えないし、音もないし身動きすらできない使えない魔法だ。何せ杖を運んでもらわないと移動もできない。そして非常用としては安全で完璧な隠密《おんみつ》装備だけど、入るのに滅茶MPが必要で、なのに入ると何もできない謎装備なんだよ？　うん、俺もずっと忘れてた。あの瞬間に「逃げられないなら、引き籠もれば良いじゃないの」と脳裏に閃《ひらめ》かなければ今回はヤバかった！

「「「うううううぅ！」」」

泣きながら怒ってる。まあ、まさか空間ごと消滅《バニッシング》が起きるのは想定外だったし、そもそも俺は巻き込まれる気はなかったのだから、よくある不注意から起きる不幸な空間消滅《バニッシング》なご近所事故《トラブル》だ。不運な出来事ではあったが、問題のご近所は消滅したし解決とも言えるだろう？

そんな中、不幸中の幸いは魔石とドロップが残った。うん、消滅されたら命懸けの無料《タダ》働きになるところだったから、終わり良ければ全て無罪なのにオコだ？っていうか絶界の杖の事を思い出した踊りっ娘さんだけ、あっち向いて口笛吹いてるよ？

「ちょ、そこはフォローに回ろうよ！　うん、テヘペロも頭コッツンも素晴らしいけど、今はいいから救《たす》けようよ？　えっ、無理？　かなりオコなの？　ああー、そっちから見てたら俺がじっと見つめながら、身体が霞《かす》んで消えていくように見えてビジュアルが問題だったと？　でも、それって『絶界の杖』の製造者の責任だよね!?」

怒られながらカチューシャを外して、2個入れてある『護符の花冠《タリスマン》』を確認すると造花の護符がごっそりなくなっている。その消えてる大半は『結界』と『反射』で、絶界に逃げ込む時間を稼ぎながら消え去っていったのだろう。それでも腰に挿していた『中年男性《おっさん》斬り　良いおっさんは生まれなかったおっさんだけだ！』の刀身が半分以上消え去っている。微小とは言えミスリルを化合された刀すら消失するって、普通の装備だったら間に合わず死んでたな!?

　ようやく、お説教の合間を縫って隠し部屋に行くと……これが原因だよ。

「うん『魔素吸収《マギドレイン》の坩堝《るつぼ》　InT上昇（極大）魔力変換効率上昇（極大）錬金補正（極大）魔素吸収保管　魔素錬成　魔素適応』のせいで魔素が足りなかったんだよ?」

　そう、この迷宮は領地どうしの狭間《はざま》にぽつんとあって、近くには村どころか道もない辺《へん》鄙《ぴ》な立地。それが、漏れ出す魔素も薄くて、ずっと気付かれなかったという空気な迷宮さんの原因はこれだよ。

「指輪……って言うかクラインの壺《つぼ》!　しかも捻《ひね》ってメビウスの輪って凝ってるなー……あっ、これってやっぱ、あっ、あがぁ!　があっ……ぐぅあああああーっ!!」

　ドイツの数学者フェリックス・クラインさんにより考案されたクラインの管は、境界も表裏の区別も持たない2次元曲面の一種でクラインの瓶とも呼ばれるものでクラインの壺は誤訳だったりする?

「いや、クラインの面《Fläche》が独語から英語に訳される際に瓶《Flasche》と間違えられてクラインの瓶《bottle》と訳された伝言ゲームで壺にまで至ったと言う数奇な誤字さんだから、きっと誤字は仕方ないんだよ?」

　しかも捻ってメビウス感まであるけど、何気なく嵌《は》めたら急激なMPの膨張で死にかかった……うん、全く異世界は恐ろしいものだ。そして、またお説教が再発で再開して白熱のまま熱狂すら帯びてオコ再起動完了のようで、怒濤《どとう》のオコ感で感無量？　はい、ごめんなさい？

「うーん、魔力バッテリーの高効率型にして高効率の変換器《コンバータ》機能も兼ね備え、既に莫大《ばくだい》な魔素を内包しているのだろう……って、無尽蔵の魔力バッテリーと魔力に最適化され錬成された身体じゃなかったら爆散していたよ!?」

うん、一瞬細胞から血液まで沸騰したよ！　やはり魔素を吸収して魔力《MP》として蓄えられて属性を与えられて放出されて魔法と化すのだろう。そしてこれが強過ぎたり濃過ぎたりするのが魔素病。辺境の奇病や妹エルフっ娘の患っていた病だ。

「それは、茸《きのこ》でしか治らないよねー……だって、あの茸こそが魔素で育った自然の変換器《コンバータ》で、HPやMPに肉体回復まで多種多様だけど、基本魔素を分解吸収して変換放出できる唯一の薬だったんだよ？」

異世界人が魔の森や迷宮の深い場所を苦手とするのも、原因はこれなのだろう。異世界の謎がまた1つ解き明かされたが、お説教の夜明けは来ないらしい？　うん、晩御飯にしようよ？　どうも2連続で死にかかったのがいけなかったようなんだけど、俺の知らない間に死にそうになって良いのは1日1回までとかいつの間に決まってたの!?

「だって1回目は予期せぬ事故で、2回目は予想外の事故で、人生って予定は未定で未知に満ち満ちているんだから仕方ないんだよ？　そう、同じ過ちを繰り返すのは愚かで叱るべき事だけど、俺は毎回斬新な事故を多種多様に繰り広げる実験的かつ先鋭的な未必の事故なんだから無実の事故多発で自己啓発の必要性もないんだよ？　うん、わかりやすい定義で言うならば俺は悪くないんだよ？」

そう、大体悪いのは異世界なんだから仕方ないんだよ？　どうやら1回目は消えていくホラー感で、2回目は血を吹き出すスプラッタ感で別種のアプローチだったのが映像《ビジュアル》的に好感度を下げてしまったのだろう。ずっと泣きながら怒ってるから、お菓子を口に突っ込み、頭を撫《な》でて大忙しだ。だって地味にスライムさんまで結構オコなんだよ？

（ポヨポヨ♪）

「ほら、最初のは魔法を撃ってみたらヤバかったんだけど、今度のは魔道具を嵌めたらヤバかったんだから同じ間違いは犯していなくて、どれをとっても異世界の所為《せい》で俺に責任はないんだよ？　だって、どっちも異世界でなかったら起こり得ない不幸な事故だから俺は無罪で、全く異世界にはほとほと困り果てたものなんだよ？」（（ジトー――））《モグモグ》

多分、今『魔素吸収《マギドレイン》の坩堝《るつぼ》』を嵌めると怒られる。そう、絶対に嵌めたら駄目な空気だけど、MPが枯渇したから嵌めないと魔力がない？

「うん、目の前にMP無尽蔵の指輪があるのにMP枯渇って、満漢全席に囲まれて餓死するくらい悲しげなんだけど……目が怖いな!?」

そして担架で地上まで運ばれ、そそくさと馬車へと積み込まれる。そう、身体は万全なのにMP枯渇。そして装備は全部外され、魔素満タンの指輪も取り上げられて鮮やかな赤のチアリーディングな甲冑委員長さんと白のチア衣装に身を包んだ踊りっ娘さんと黒地に黄色のラインのチアな眠りっ娘さん。

「ちょ、チアリーダーなのに、そのお顔は応援する気は皆無で常勝無敗な絶対勝利のお顔なんだよ！」

そう、それは応援する前に敵を殲滅《せんめつ》しちゃう見敵必殺タイプのチアリーダーさんで、応援を房中術による治療行為という名目の蹂躙劇《じゆうりんげき》！　そう、馬車の中は健康的な太腿《ふともも》さんがチアのミニスカートから豊満万歳《むちむち》とはち切れんばかりに伸びてきて、長く綺麗《きれい》な美脚を見せつけながら妖しく絡み合う。

「って、油断してたら魅惑の三角形《トライアングル》は三角締めだった!!」

真っ白い柔肉に視界を埋め尽くされ、その隙間を縫うように蠱惑的《こわくてき》な琥珀《こはく》色の艶《なま》めかしい肌が艶《あで》やかな対比《コントラスト》を見せつけて柔らかに押し潰し合う。

（ちゅぷぅ、くちゅっ♥）（ちゅるるるるっ♥）「ぐはああぁっ!?」

赤と白と黒の衣装が入り乱れ、肌と肌が滑り合い混じり合う。そして馬車は滑るように辺境を目指すが、馬車の中だけが揺れている……まさに大激震だ!!

「やはり異世界は回っているんだよ！　うん、俺が回されてるとも言う！　ぐはああっ！　がぁっごぶぁあっ!!」（((……♥)))

お帰りなさいと言われてもお家は森の中なのだがゴブしかいないから待ってはいないだろう。

120日目　王国　オムイの街

街がざわめいてます。毎日の明るく活気のある街が期待に揺れるようにざわめき立っています。その原因は孤児っ子ちゃん達《たち》。今朝は起きてから幼児っ子ちゃん達が落ち着かない。それに釣られて孤児っ子ちゃん達までそわそわとしながらお気に入りの獣人さんパジャマで街の入口で迂路迂路《うろうろ》するものだから大人の人まで落ち着かなくって街全体がそわそわしています。

そして、口にしなくってもみんなが同じ事を思っている。

「帰って来るのかな？」

そう期待しながら、みんな落ち着かないまま朝が始まる。宿の本館のお手伝いを済ませてから、貸し切りの別館《はなれ》のお掃除を始める。ずっと貸し切りのまま、誰もいない静かな食堂。毎日みんなが笑っていて幸せが溢《あふ》れていた食堂は、ガランとしてずっと寂し気な空気を湛《たた》えてる。

街もそうです、昔からは考えられないほど発展して、信じられないくらいに幸せで賑《にぎ》やかな街。なのにちょっぴりさみしい。その幸せと賑やかさの中心だけが、ポッカリとなくなって隙間が空いたままの賑やかさ。

街中に笑顔が溢れてるのに、みんながふと目で追ってしまう。この宿屋の別館を、冒険者ギルドや雑貨屋さんを、武器屋さんや服飾工房を、そして街の大通りを……そして門を見る。まだ帰って来ないのかって。

「ふうー、お掃除完了♪」

窓の外は街ゆく商人さんに走り回る子供達、呼び込みの声が響く屋台の通りをお買い物の主婦と冒険者達が溢れる賑やかさ。街の外では王国中の兵隊さん達が辺境に集まり、魔の森や迷宮と戦ってくれて平和で幸せで賑やかな街。それは夢みたいな光景で、ずっと夢みたいな日々。

なのに足りない。空っぽの食堂で、冒険者ギルドの掲示板の前で、雑貨屋さんの受付で、誰もが寂しそうな目をしてる。賑やかで笑い声に溢れているけど……大騒ぎと絶叫と爆音が足りないから。あの、大騒ぎの大笑いと叫び声と悲鳴が足りないんです。

それがこの街の幸せで、それこそが辺境の平和だって誰もが知っている。だから物足りなくて寂しい。だって、あの騒がしさとお説教の怒声と、逃げ回る悲鳴と爆笑がこの街の普通になってしまっていたんです。だから、だから賑やかな喧騒《けんそう》が寂しく感じてしまう。

「はあ――」

何処《どこ》かで大きな音や大きな声がすると、一瞬目をやりがっかりする。賑やかな街を眺めながら、夢のような毎日を物足りなく感じてしまう。

それは、憧れ——美しい甲冑《かっちゅう》を纏《まと》い、それ以上に綺麗《きれい》なお姉さん達。優しくて強くて、そこにいるだけで辺りが華やぐ笑顔のお姉さん達が何処にもいません。

賑やかで面白くって、とっても優しい莫迦《ばか》なお兄さん達もオタのお兄さん達もいない。笑い笑われて大騒ぎしてるけど、この街も辺境も守り救けてくれたお兄さん達がいない街並。

仲良しになった尾行っ娘《こ》ちゃんもいません。みんなと戦場に行ってしまったから。私達が、この街が、周りの町や村が平和で笑っていられるようにって、危険な戦場にいる私の親友。

あの日、みんな甲冑を身に着け、剣や槍《やり》を装備して戦場に行ってしまいました。優しくて、いつも笑顔で楽しいお姉さんやお兄さんなのに……私達と何も変わらない普通の人達なのに。強いからみんなを守るために魔物と戦い続け、強いから戦争に行ってしまったんです。

辺境の地の、貧しく危険だった街は豊かになってみんな笑ってる。けれど、みんなが一番大事なものがない事に気が付いてる。うちの宿屋も雑貨屋さんも領館も街の象徴《シンボル》って言われてるけど、街の人は違うって違うって知っている。そう、街の象徴《シンボル》も中心も一番大事なものがなくって、ポッカリと穴の空いた街の様子が大事なものが欠けているって言っている。

その街が、そわそわとし口々に噂《うわさ》する。

「帰って来るのかな?」

そわそわする孤児っ子ちゃん達に釣られるように瞳に期待が籠もってる。お父さんもお母さんも、お爺《じい》ちゃんやお婆《ばあ》ちゃんまで何度も何度も用もないのに別館に来るんです。

昔々の私が生まれるより前に、お父さんもお母さんも子供で、お爺ちゃんやお婆ちゃんが今のお父さんやお母さんくらいだった頃に住んでいた街は——魔物の襲撃で滅びたそうです。

その時にみんなを逃して、たった一人で魔物の大群と戦って、魔物達と街と一緒に亡くなった英雄「白い変人」さんのお話をしてくれる時とおんなじ顔で待っています。それは羨望とか感謝とかいっぱいいいっぱいの気持ちがあるのだけれど、ただ会いたいというだけの気持ち。私と一緒、ただそこにいて欲しいっていう願い。

「ふう——っ、うんピカピカです」

きっと街の人みんなが感じてる。なくてはならないものが、そこにないもどかしさ。何もできない自分への苛立《いらだ》ちと、ついて行けない無力さ。だけど少しずつ変わっています、ちょっとだけみんなが勇気を出して変わろうとしています。私も参加してます、私だって守りたいから。

そう、街を変えたのは孤児っ子ちゃん達でした。一生懸命に働くいい子達は、必死に頑張る健気《けなげ》な子達だったから。毎日働いて孤児院にお金を入れてる、とっても良い子達だと思っていました。だけど本当は誰よりも必死だった。

一生懸命に働いてもご飯が買えなくて、弱って病気になって次々に死んでいく。そんな辛《つら》い思いをしてきた。だからこそ幸せに暮らせばいいのに……孤児っ子ちゃん達は誰よりも必死だったんです。

「「「えい、やー、とおー！」」」

沢山働いても孤児院では真剣に勉強し、空いた時間で戦いの訓練をする。休みになると魔物を狩ってLvを上げて貯金する。その理由を聞いて街の子供も大人も変わりました。だって、変わらずにいられる訳がないから。

「わあー！」「え――いっ!!」

最初は孤児っ子ちゃん達に優しくしていた、街の奥様達が孤児っ子ちゃん達に感心し、そしてLvを上げる事の大事さに気付きました。強くなり健康になれる、ついでに老化が止まって年のいった人は若くなる。そして魔物を倒すと魔石はヘソクリになる。

そして今では街には見たこともなかった綺麗な服と日用品が溢れている……そして何より子供を守れる、更には子供のLvを上げてあげられる事に気付いたのが始まりでした。そう、子供達のLvが上がれば怪我《けが》や病気に強くなる。そしていざという時に魔物から逃げられるかもしれないと。

「わー――い♪」「もういっかい、もういっかい！」

そして奥様達は孤児っ子ちゃん達にお願いして、お給料を払って同行してもらい戦い始めました。毎日毎日、日に日に奥様達は数を増やし、やがて子供を連れて街周辺の魔物を平定し、徐々に魔の森へ入り始め、最近では迷宮の上層にまで挑み始めました。そうして、いつしか辺境に子供達の保護組織「可愛《かわい》い奥様」の会が生まれました。

「今日も頑張ってるね」

それに男の人達も負けていられないと魔物を狩り、Ｌｖを上げていた時に聞いてしまったんです。何気なく頑張る孤児っ子ちゃん達に「頑張ってるね」ってそれほど深い意味もなく、誰ともなく何気ない話で何故《なぜ》そんなに頑張っているのかを聞いてしまった……そして、街中の人がその思いを知ってしまった。

「うん、早く大きくなって、お兄ちゃんとお姉ちゃんを助けるのー！」「お兄ちゃんとお姉ちゃん達に救《たす》けてもらったのー、だから今度は僕らが助けるのー！」「うん、ずっと守ってもらったから、いつか僕らが守るんだよー」「お兄ちゃんもお姉ちゃんも、街の人も守ってあげるんだよー♪」「お兄ちゃんやお姉ちゃんはみんなを守ってるの。だからね、お兄ちゃんやお姉ちゃんはぼくらが守ってあげるんだー♪」

ちっちゃなちっちゃな手に剣を持って、頑張ってたのは恩返しとかじゃなくて……ただ純粋に救けられたから助ける、守られたから守る。そして、みんなが優しくしてくれたから優しくする。恩返しですらない、お返しでした。その為《ため》に毎日毎日頑張ってたんです。

「「「お兄ちゃんとお姉ちゃんにいっぱい優しくしてもらったから、僕らもいつかお兄ちゃんやお姉ちゃん達みたいになるのー♪」」」

そんな理由。だけど、そのちっちゃなちっちゃな憧れは、途方もなくとんでもない非常識な目標を見てしまったから。だから頑張っていたんです、いつかきっとそうなろうと。

その話が広まると兵隊さんや冒険者さん達は目の色が変わりました。大人は顔つきが変わりました。だって、ちっちゃな子に全部任せて良いのかと、そして全部任せっきりにしていた平和と幸せの意味を知って誰もがほんの少し変わりました。

そして最も目の色が変わったのは奥様達。辺境の子供達の保護組織「可愛い奥様」の会が生まれ変わったんです。

本当の守る意味を知って、それからは家の中の事だけだった奥様達は日に日に外へ出てＬｖを上げ、へそくりを貯《た》めて次々に魔動洗濯機や魔動冷蔵庫を購入し、そうして生み出された空き時間で協力し合い連絡網を拡《ひろ》げて魔物を狩り蹂躙《じゅうりん》し始めていきました。

今では辺境の冒険者の団体《クラン》の中でも最大規模にして最大の戦力と化して、「可愛い奥様」の会の奥様達は畏敬と恐怖を持って、「鬼女《オーガ》」と呼ばれ恐れられています。「豚鬼《オーク》」と間違えたら死ぬとの噂まで辺境中に広まるほどの大組織になっています。そして、子供達も強くなりました。

奥様達はお姉さん達の口癖を真似《まね》して、「子供に守られてたら乙女がすたる」を合言葉に、棍棒と魔力《マルチカラー》防具のワンピースとエプロンを身に着けて周辺を圧倒し制圧して今では魔物より魔物と恐れられるほどに成長しています。私も下部組織の「可愛い娘さん」の会に入りました。

だって、何かあった時のためにって貰《もら》っていたお洋服《エプロンドレス》と、護身用って言われ手渡されていた箒《ほうき》と塵取《ちりと》りは……オークと殴り合っても圧勝できる、ミスリル製の魔動兵器でした？　はい、奥様達に守られながらの初めての戦いで、ゴブリンは一撃で消し飛びました？　ずっと知らずにお掃除に使ってましたが、実は国宝級の超絶破壊力を誇る武器でした。

高い壁。ずっと守ってくれていた街の壁。そして閉じ込められるように見上げていた城壁。その外は、危険で出られなかった街の外は緑に覆われた見渡す限りの野原で……私はデモン・サイズちゃん達が伐採して切り開いてくれていたのも知っていたし、ピクニックも連れて来て貰ったことがあったけど、初めて外を見た子供達は感動していました。

そうです、そしてピクニックが大流行。ずっと外に怯《おび》え、魔物を恐れていた辺境は外の世界を取り戻した……いつの間にか武器も装備も当たり前にあり、薬もあって何もできずに怯えていた人達が戦えることを知ったんです。

その助けになったのも孤児っ子ちゃん達でした。低Ｌｖのピクニック初心者の人は、冒険者ギルドでお願いしておくと孤児っ子ちゃんが斡旋《あっせん》されて付き添ってくれるんです。何故なら孤児っ子ちゃん達がいつも大事そうに抱えていた可愛い背負鞄《せおいかばん》は、超心配症の人が万が一にも孤児っ子ちゃんが魔物の大襲来《スタンピード》に遭遇した時に備えて配布した全面制圧多弾頭弾格納鞄《ランドセル》だったんです。

そして、やっと戦力に余裕が生まれた辺境では、兵隊さん達や冒険者さん達が次々に迷宮を制覇してお祭り騒ぎ。そして街は潤い、好景気に大忙しだけど……それでも寂しい。やっぱり足りない。だって、みんなが目で追う先に……いないから。

「ふ――っ」

大騒ぎの中心で無罪を叫ぶ、全ての騒ぎの根源で俺は悪くないと言い切る、何でもかんでも買い占めてなんでも売り捌《さば》いてて宿代がなくなってツケてって言いに来る人がいない。

そもそも宿代なんていらないいって言ってるのに、お父さんもお母さんも、お爺ちゃんやお婆ちゃんまで何度も何度もいらないいって断って、寧《むし》ろ建築費を払うって言ってるのに……貸切料金だって言って巨大豪華お宿を建造してくれておきながら、いっつも宿代がない人がいない静かな食堂。

強くなってＬｖが上がるほどわかる。どうしてみんなが恐れるのかが、私もＬｖ20になれそうだからこそわかってしまった。迷宮王なんて絶対に倒せない。それは、どんなに強くたって無理。だからこその迷宮踏破は偉業で、人々が褒め称《たた》え感動する奇跡。だって、それは英雄譚《えいゆうたん》になり得る伝説的な出来事だから。

それを、毎日していたんです。寧ろ迷宮王の梯子《はしご》までしてました。そう、たったＬｖ24で……私が追い付けそうなＬｖで、ずっとずっと迷宮の底で戦っていた。その上、貧乏だったんです！

だって初めて泊まりに来た時は、一人だけＬｖが10もなかった……そう、全然強くなんてなかった。

「だから守りたいのかな」

それが孤児っ子ちゃん達が守るっていう意味。みんなを災厄から守ってくれていた人は、あんなにも弱い力で戦っていた。強いと思っていたのに、何故かお姉さん達が必死に守ろうと努力していた意味がわかっちゃいました。

「よし、私も頑張る……えっ？」

そして門が開く。そわそわしていた街のざわめきは歓声に変わり、誰もが駆けつけて「お帰り」の言葉で出迎える。馬車からは尾行っ娘ちゃんも手を振っています。お姉さん達も、オタと莫迦のお兄さん達も……そして、孤児っ子ちゃん達の山。

「「「おかえりなさ――い（泣）」」」

泣きながら抱きついて離れない孤児っ子ちゃん達を見て、街中の人が涙ぐむ。いつも元気で、礼儀正しくって、とってもお利口で働き者な子供達は、本当はただ必死に頑張ってるだけの寂しがり屋さんだって知ったから。そして、誰よりも幸せの大切さを知っているからこそ、そのちっちゃな手を離さないように頑張る。泣きながら抱きついて離れない。だって、だって……辺境に幸せの災厄が戻ってきたから。

「「「ただいまー」」」「御土産《おみやげ》もいっぱいあるからねー」「うん、今作らせてるから」「「「おい！」」」「いや、だって銘菓教会饅頭《まんじゆう》って、どうせ遥《はるか》くんが作ってるんだし？」「「「あれ、全部食べちゃったんだ!?」」」

そして堆高《うずたか》く積み上がった孤児っ子ちゃん達の山が、こっちに来て語りかけてくる。それは相変わらずのいつものように。

「ふっふっふっ、一般庶民看板娘よ、お大尽様オブリージュな御土産があるから、ちょっと孤児っ子達を剝がしてくれない？　うん、重いんだよ？　いや、現在回避力不足で孤児っ子飛翔抱きつき攻撃《ランチャー》の全弾発射集中飽和攻撃に未対応で、早急な対応が急がれてるんだけど重たいんだよ？　うん、重いな……って、とりあえず何故か勢いで参加してるであろう一番重い子《こ》狸《だぬき》を捕獲してくれない？　あれが一番重（ガジガジッ!!）……ぎゃあああーっ！　があああーっ？　あっ、これ出来立てほやほやでほかほかな御土産？　みたいなただいま？」

　まるで普通に、当たり前のように。全然相変わらずの遥さんだった。だから毎日言っていた、いつもの言葉が自然と声になる。

「お帰りなさい。ちゃんとお部屋もそのままですよ（泣）」

　また賑やかな毎日が来る。だって、騒がしい日々が帰ってきたから。だから街中に溢れる笑顔……はい、おかえりなさい。

一般庶民看板娘にお大尽様オブリージュなおみやげをあげたのに孤児っ子剥離撤去作業はしてもらえないらしい。

１２０日目　早朝　王国　路上

魔素による身体破壊からの錬成が身体《からだ》を生まれ変わらせる、細胞の一つ一つが活性化し隅々まで熱い波動が行き渡る。魔素適応――人を蝕《むしば》む猛毒と化す魔素は劇薬へと変わり妙薬と化して霊薬に至る。おそらく『内丹術』と『仙術』が絡み『身体錬成』が起きている。房中術から上位進化した内丹術で深夜の熱戦はＨＰとＭＰへと変わり身体を修復して余りある活力だった……から全滅だ？

滅《め》茶《ちゃ》早起きで装備を身に着け、復讐《ふくしゅう》に至ろうと思ったら全装備の能力が発動されて身体が錬成され始めて無垢《むく》で無防備な寝たきり男子高校生さんが生まれたての子鹿状態でぷるぷるしてると……微笑《ほほえ》みかける秀麗なお顔！

奇襲に失敗し、敵に囲まれたまま無力化された哀れな男子高校生さんの末路は複合されても制御しきれなかった『魔素吸収《マギドレイン》の坩堝《るつぼ》』で振り出しに戻り、赤、白、黄色ボンボン装備の素敵なチアさん達《たち》が動けない男子高校生の元気な男子高校生を応援しては殲滅《せんめつ》し始めているんだよ。うん、チアガールさんが気に入ったらしい!!

「ま、まさかボンボンでの凶器攻撃だと――っ!?」

　さわさわとボンボンが集まり、体の上を上下していく未知との感触に御遭遇で男子高校生さんも吃驚仰天《びっくりぎょうてん》の御様子だ！

「いや、ボンボンは本来はポムポン《pompon》が正しくて仏語で玉房《たまふさ》の事なのに、チアの本場の米語ではボンボン《bobbon》なんだけど正式名はポンポン《pom-pom》と言う不条理極まりない装備なんだけど、その使い方は万国共通で反則だよねっていう不条理極まりない不倫理的な6つのボンボンの妖しい応援が上へ下へと繰り返されるんだよ！」「「「応援、頑張れ、です♥」」」「ぐはあああああっ!!」

　急激な身体変化と急速な身体錬成の結果、急襲のチアリーダー達が風雲急を告げる生太《なまふと》腿《もも》の眩《まぶ》しい緊急事態だ！

「急《せ》いては事を仕損じるから、急がば回れとも言われてるけど俺が回されちゃっていつもより多く回されていますっていう風に弄ばれ乱れ揺らめく儚《はかな》い花びらのような大回転で、事件は男子高校生で展開中なんだよ！」

　回されながら廻《まわ》り巡る体内の気と血流が幾千もの重なり絡み合う紋様を描き魔力が流れ込み次々に有効化《アクティベート》する、常時発動型の何かがONになった？　身体の中に勝手に描かれ知らない間に組み込まれ作られていた仕掛けが許可なく無断使用で全身で理解不能な何かが次々と連鎖連動して発動する。

「健康第一《おおきくして》、安静《たおす》！　です♪」「そう、お大事に、です♥」「いや、だからお大事にするのは大きくする事とは無関係な事象で、きっと象とも無関係な事柄が嘗《な》め舐《ねぶ》られちゃってる……ごはあああっ！」

　点々疎々《てんでんばらばら》だから協調できず制御不可能だった身体。その動かない肉体の内部で骨と肉と腱《けん》が調和し、血管と神経と皮膚が正しく整合を始めている。

「だから制御できなかったのか……て、何でそこだけ元気に動かされちゃってるの!?」

「おおきくなーれ《GoGoFight》、です♪」

　全身の各部が規格の合わない不整合のまま、無理やり誤魔化して曖昧に制御していた無謀が破綻した。それは間に合わせの錬成と、無計画な超再生の成れの果て。それを一個の人体として連動制御なんてできる訳がなかった。その歪《いびつ》な構造を智慧《ちえ》さんが解明して、なんとか日常生活を送り戦えるように変換して間接制御してくれていた。

「うん、無理をさせていたんだ……まあ、今当《まさ》にされてるけど!!」「「「逝け逝け《GoGo》御主人様《マスター》、です♥」

　それが昨日の制御不能になって、暴走の結果消滅現象に至った原因。智慧さんは部位ごとに性能も性質も全て異なる苦茶々々《ぐちゃぐちゃ》で疎々《ばらばら》な規格の全てを管理し、乱れ狂った規格を演算変換《エミュレーション》しながら制御していた。普通に動けていたのが奇跡だった。

「ああー、演算できてない新装備が追加で、余裕がなくなって制御崩壊《アンコントロール》だったから……アンポンタンだと怒られたと？」（ウンウン、コクコク、チュパチュパ♥）「ちょ、知らないお返事が……がはっ!?」

それが揃《そろ》う――企画が統一化され、同一に整合されて淀《よど》みなく連携した身体構造。個々の機能性だけを追求した各々の異なる部位が意味を持って連結される。

「魔法陣内蔵改造男子高校生の男子高校生型煩悩兵器部分ばっかりが目覚めてるって、スキルとかが最適化されるのって男子高校生《そこ》が最優先なの!?」

あらゆる効果《スキル》と能力《スキル》が累乗され、化学変化《ケミストリー》を起こした性皇の力が迷宮皇の力×3の数の暴力が元気に応援《チアリーディング》で潑剌《はつらつ》が淫靡《いんび》に健康的な妖艶さでけしからんスポーティーが弾《はじ》ける破廉恥なんだよ！　よし、逃げよう!!

ちょうどよく馬車に追い付いた。あれは、『言う事聞かない暴走お馬さんWith曳《ひ》かれるまま何処《どこ》までも行っちゃう無限暴走オタ莫迦《ばか》専用号』だ。脱出!!

「おひさー、ってそっちも終わったんだ？　で、どうだった僻地《へきち》の地味な粗末な迷宮って……いや莫迦だから其処《そこ》が何処だかわからないか？」「迷宮をディスりながら、俺らをディスんじゃねえよ!!」「「「おう、しょぼかったからすぐだった」」」「って言うか、そっちはヤバそうだったのに早かったですね」

スライムさんとオタ莫迦号に乗り移ったが、狭苦しいやらむさ苦しいやら……酷《ひど》い有様だ。主に顔とか？

「狭い、しかも男ばっかりな上に内装も座席も質が悪くて、男ばっかりで乗り心地が悪いし男ばっかりでオタと莫迦って救いがない馬車だった！　酷いな？」（ポヨポヨ）

「「「それは、お前が酷いんだよ！」」」「全部お前が作ったんだろうが!!」「「「女子の馬車と滅茶滅茶差があり過ぎですよね!?」」「だって野郎が座る椅子とかマジやる気出ないんだよ？　うん、物作りは妄想力《イマジネーション》って言う図面を現実へと置き変える作業なんだけど……お前《まえ》等《ら》だって、おっさんの尻とか想像しながら椅子作れる？」「「「確かに!?」」」「って、女子と同じので良いだろうが！」「「「わざわざ襤褸《ぼろ》く作り替えんなって言ってんだよ！」」」

男子組が揃うのは稀《まれ》だが、稀でいいな……うん、密集すると暑苦しいし男臭い！　まあ、気楽ではあるし、これからもっと稀になっていくんだろう。そのうち同級生が全員揃うのなんて同窓会が必要になっていくのかも？　それだけ男子は異世界に馴染《なじ》んで居場所を見つけ始めている。うん、異世界の方はきっと嫌がっているだろうけど、こいつらは住み着く気満々なんだよ？

「って言うかオタ達は一緒で良かったの？　獣人っ娘《こ》モフモフ楽園《ぱらだいす》の経営もあるし、獣人国に船も置いたまんまだろ？」「たまには辺境に帰りたいし？」「あと、船は獣人族さんに貸出中なんですよ」「和食は美味《おい》しかったけど、文化レベルは辺境が一番！」「あと、メイド喫茶はモフモフ禁止ですよ？」「「「って言うか性王は立入禁止？」」」

そう、獣人国の獣耳メイド喫茶のモフモフ楽園《ぱらだいす》は全店「性王立入禁止」だったのだ、許すまじ差別、性王解放運動を起こさねば……まあ、今は性皇だけど？

「そうだよ、あの看板は何!!　異世界で数々の差別を見てきたけど、あんな個人攻撃《ピンポイント》な罪のない性王さんだけ仲間外れな酷い看板は何なんだよ！　悪質な偏見による差別問題で、お店の前で性王さんが泣いている悲しい事件が続出してたんだよ!!　うん、全店回ったよ！」「あれは女子さん達が『危険な性王のモフモフから獣人っ娘を守れ』って強制的に？　だって、逆らえない迫力だったんですよ！」「でも、何だか『危険な性王から守れ』って言われると……確かにって言う気が？」「「「メイドさんはお触り禁止ですけど、触手も禁止ですからね？」」」「な、なん……だと!?」「「「いや、普通駄目だろ？」」」

くっ、お触り禁止は認識していたが、よもや触手まで禁止されていたとは！

「えっ、まさか魔手と魔糸も駄目なの？」「「「何で、それは良いと思えたんだよ!?」」」「それ、性王じゃなくても、店の前で触手や魔手や魔糸をにょろにょろさせてたら大体何処も入れないと思いますよ？」

そう、男子高校生にとってR18《ダメヨダメダメ》以外で唯一の桃源郷でありながら、男子高校生ゆえに中々にハードルが高すぎて入れない禁断の花園が……異世界では出来立てホヤホヤで出入り禁止らしい!?

「あと、店内には『触手、蛇、鶏、蜥蜴《とかげ》も禁止だからね！』って看板も設置されてました」「書いてあるのかー……って、それって俺に十字砲火《クロスファイア》で弾圧だよね!!」

どうやらメイド喫茶とは、異世界でも厳しい楽園《ぱらだいす》のようだ！

「はあ、莫迦達は不純異性結婚してるからイチャつきに戻るんだろうし……オタ達もまだ爆散魔法の開発はできてないの？　俺の方もまだ莫迦大爆発弾《グレネード》の試作までしかできてないんだよ？　うん、設計段階で対リア充限定兵器っていう縛りが存外難しいんだよ？」「「「お前が言うな！　お前にだけは爆破される覚えがねえええっ!!」」」「なんか、さらっとしれっと、また凄《すご》い美人さんが増えてたよな！」「彼女がいない彼女がいないって、どんだけ美人のお妾《めかけ》さん増やしてるんだよ!?」「「聖女さんもだけど、何気に双子の美人獣人姉妹まで……対リア充限定兵器って、それ自爆して作れなかったんだろ!!」」

そして馬車は狭くて、莫迦は煩《うるさ》いな？

「お前ら……あの凄《すさ》まじ圧倒感の超絶美人さんを3人連れながら、女の子に『俺と付き合ってください』って告るって……どんだけ厳しいと思ってるんだよ！」「「「確かに!?」」」「絶望感溢《あふ》れる絵面だった!?」「うん、男子高校生の夢の腕組みデートですら、既に両側から腕を組まれつつ背後からも腰を抱かれて完璧に容疑者確保と同一な一致性で、柔丸球双肉弾《むにゅんむにゅん》が6つもあるって甘酸っぱさ皆無な濃厚な妖艶の桃源郷感満載の妖しいチアリーダーさんで大変だったんだよ！」「「「ああー、あの3人と並ぶって……」」」「うん、女子さん達のレベルがないと確かに無理そう!?」

そう、きっと特殊美人学級の女子さん達の異世界転移じゃなかったら、その絶佳の美貌で溝ができていただろう。隣に立ち比較されるとなると、妬みや僻《ひが》みの感情なしに並ぶには相当の美人度が必要とされるんだろう？

「普通の彼女すらできない男子高校生に、超美人の彼女なんて凄まじく高いハードルで、もはや有名な絵師さんを召喚しないと2次元嫁ですら追随できない驚異的なハードルの高さって……ムリポなんだよ？」

そう、甲冑《かっちゅう》委員長さん達3人でも無理ゲーなのに、女子さん達まで一緒だと告白どころか襲撃でも辿《たど》り着けそうにないんだよ？

「「「いや、だったらもう彼女いらねえよな!?」」」「どんだけ贅沢《ぜいたく》を……充分リア充……にしてはエロ充過ぎて、リアルがドン引き？」「あっ、全年齢版の恋愛シミュレーションがしたいのに、全選択肢が全部超Ｒ18なんだ!!」「「「あっ、それだ!?」」」

いや、どっちかっていうと襲うか襲われるかの熱いバトルな熱血で鉄血で鼻血大量出血名代サービス合戦なんだよ？　なんだよ？

「でも、ゲームどころかラノベですら、ここまで羨ま妬ましい展開って？」「あれで遥《はるか》は純愛路線なんだよ……ただ致命的なまでにエロいけどな！」「路線だけ純愛でも、スキルも装備も全部鬼畜系って？」「「「確かに最も恋愛とか彼女から超縁遠い!?」」」「いい加減泣くぞ！　マジ泣きするぞ!!　お妾さんが３人って設定《シチユエーション》な時点で、それってもう彼女ができる可能性は好感度さんの生存確率と同等レベルの希少さなんだよ！って言うか好感度さんがいない時点で、彼女ができない主要因な原因なのに因果律レベルで絡まり合って可能性存在すら素粒子レベルでも確定できないという素レ存すらも生ぬるい過酷な男子高校生さんなんだよ！　なのにお前らだけ彼女作って帰ったら婚約って……爆発《エクスプロージョン》すべきだよね？」「「「言ってる事は正しいのに滅茶納得行かない理不尽感が凄い！」」」

そう、手をつなぐ胸キュン展開とは違う、生脚が絡み付く蟹挟《かにばさ》みからの肉弾戦展開なんだよ？

「最終的にエロなら、一応の最終目的は果たしてるんでは？」「でも、それって……ＲＰ

Gで主人公の名前つけただけでいきなり魔王倒してハッピーエンドみたいな感じ？」」「「「ある意味、チートキャラだった!!」」「いや、そのゲームはクソゲーだから！　最強改造《チート》コードさんでも、俺最強《Tueee》する間もなくいきなり終了《エンディング》は怒ると思うんだよ!!」

　そして狭苦しい車内であーだのこーだのと言い合っていたら、可哀想《かわいそう》な男子高校生さんの前で惚気話《のろけばなし》を始めた莫迦達に試作品莫迦爆破投擲弾《グレネード》を撃ち込もうとしたら、莫迦はわらわらと逃げ、オタはおたおたと爆破の邪魔をして、狭いやら野郎ばっかりでむさ苦しいし煩いし喧《やかま》しいまま騒ぎながら暴れていると——ようやく女子さん達に追いついた。

　だが挨拶するより先に迷宮皇さん達に、迷宮でちょびっと死にそうだった話を大げさにチクられていた！　そして、今度はお説教な車内の中心で無罪を叫ぶ。そのまま馬車は辺境へ入る、偽迷宮に用事があったのだがお説教が終わらない。

「「「何でできるかなと思っただけでやっちゃうの!?」」」「いや、あの展開は波紋が大げさ《オーバー》に暴走《ドライブ》で、予期せぬ未必の事故だったんだよ？　困ったものだな？」「何で他人事《ひとごと》なのよ！」「犯人でしょ、実行犯で現行犯でしょ!!」「大体、未必の故意でも有罪なのに、何よ未必の事故って事故起こす気満々じゃないのよ!?」「いや、未必の故意は『そうなっても仕方がないと考えながらも、あえてその危険をおかして行為する心理状態』だから有罪なんだよ？　うん、俺のは悪意のない善良な未必の事故で、『そうなっても仕方がないかもしれないし考えると不味《まず》いから考えるな感じるんだ的な心理状態？』だから必ずしもそうなるものではない未必の状態での事故だから、俺は悪くない冤罪《えんざい》なんだよ？　うん、無罪だな?」

　うん、故意に行《おこな》っていないし、危険性も認識しないように心を配り、徹底して目を逸《そ》らせたままノリと勢いに任せた不幸な事故だった?　なのに、未《ま》だ終わらないお説教の喧騒《けんそう》とオコの暴風雨。そう、指輪の件までチクられた!　だけど、お馬さんが緩やかに減速を始めて、永き冤罪のお説教の旅路の終わりが見えた!

「辺境の長い偽迷宮《トンネル》を抜けるとそこは偏狭なお説教であった?」「「「どうして死にかかっても反省ができないの!!」」」

　そんなこんなと俺は悪くないという説明で乗り切り、ようやく何とかの街の門が見えた。お説教から逃れる最後のチャンスだ!　窓からお土産の『獣人饅頭《まんじゆう》(10種、シークレット2種)』と『大賢者何とかの大性堂饅頭』を撒《ま》くと歓声が上がる。この人集《ひとだか》りに紛れ逃亡しようと、馬車から逃げ出すが次々に飛来する高速弾道孤児っ子!　調整前の身体では完全回避は不可能だし、避《よ》けると人混みが人が塵芥《ゴミ》のようで危険だしと躊躇《ちゆうちよ》した一瞬を逃さずに周囲から連続で発射される孤児っ子飽和攻撃の嵐!

「ぐがあぁっ、重い!　多い!」

　うん、Lvが上がったようで速くて鋭く狙いも正確極まりない、更に死角の足元からもわらわらと超低空孤児っ子達が飛来する。ほら、これに慣れてるんだから消失波動《バニッシュメント》くらい逃げられるんだよ……うん、こっちの方が無理!

「ちょ、成長著しいのは良い事だから孤児っ子が元気に重いのは良いとして、縦に成長せずにポンポコに成長著しい子狸《こだぬき》ポンポ子が重い！　あと、小狸は一緒に帰ってきたよね？　お迎え関係なく、孤児っ子達の大襲撃《ビッグウェーブ》に乗るしかないって乗るのは良いけど俺に乗らないでくれるかなー!!」

ちょっとの間に大きくなって、元気になって、Ｌｖも上がったようだ。だけど孤児っ子集中飛来《ランチャー》飽和攻撃は治らないようだ？

「重い！って言うか多い!!　あと、子狸が囓《かじ》ってる!?」「「「おかえりなさーい♪」」」（ガジガジ）

そして、やっとお宿だ。

「ふっふっふっ、一般庶民看板娘よ、お大尽様オブリージュな御土産《おみやげ》があるから、ちょっと孤児っ子達を剝がしてくれない？　うん、重いんだよ？　いや、現在回避力不足で孤児っ子飛翔《ランチャー》抱きつき攻撃の全弾発射集中飽和攻撃に未対応で、早急な対応が急がれてるんだけど重たいんだよ？　うん、重いな……って、とりあえず何故《なぜ》か勢いで参加してるであろう一番重い子狸を捕獲してくれない？　あれが一番重（ガジガジガジッ!!）……ぎゃあああああーっ！　があああーっ？　あっ、これ出来立てほやほやでほかほかな御土産？　みたいなただいま？」

御土産も渡したし尾行っ娘も走ってくる。うん、なんか涙目だけど、きっとみんながいなくて寂しかったのだろう。

「お帰りなさい。ちゃんとお部屋もそのままですよ（泣）」

そう言って笑っているので頭を撫《な》でているけど、重い。どうやら看板娘もお土産まであげたのに、大量孤児っ子撤去作業はしてくれないらしい。何とか怪我《けが》させないように注意しながら、体内のみに魔纏《まてん》を発生させて孤児っ子山脈を抱えたまま宿の中へと向かう。まず宿に入れないと、この孤児っ子のお山ではお出掛けしても何処のお店の門も潜《くぐ》れないんだよ？　重いな？　あっ、ここ重いの街だったっけ？

女子とは感情的で理論的な説明が理解されず実力行使が……懐かしかった！

120日目　昼　辺境　魔の森

まただった。2回ほど死にかけたらしい。しかも危機的状況下での不可避な出来事ではなく、倒せない迷宮王を倒す方法を思いついたからやってみたら消滅しかかったらしい。

そして、そこで拾った指輪を確かめもせずに嵌《は》めて魔力暴走でまた死にかかった。つい先日も教国の大迷宮の底で散々死にかけたばかりなのに、全然反省もなく気軽にホイホイ死にかける……アンジェリカさん達《たち》がどんなに泣いてたかも知らないで。

「なに考えてるのよ!!」「いや、何も考えてないのが問題なんじゃないかな？」

そして、まただった。身体《からだ》が壊れて組み立て直しという、およそ人間らしからぬ理由で自称人族の職業無職の住所洞窟の男子高校生さんは動けなくなっていた。

「でも……朝よりも全然」「うん、普通に動けてたね？」「「何で死にかかって、元気になって戻ってくるのよ!!」」

そう、なのに動けるようになっていた。まるで普通に当たり前のように、ぎこちなさもなく制御に苦心している風もなく、極々当たり前に思い考えたままに普通に動く身体。

ただ、身に付けた体術で体を動かす事ができなくなって。また技を全部失《な》くしていた。

「人魚姫ですね。その天上の歌声と引き換えに、歩ける身体を求めて何もかも失った愚かな悲恋」

思ったように動くという当たり前の身体。そんな当たり前の代わりに、また何もかも失っていた。異世界に来て誰よりも戦って、誰よりも苦心して、弱いまま低いＬｖのままで必死に戦い続けて身に付けてきた技術を。魔物が横行する異世界で、弱いから技術だけを磨いて生きてきたのに……その技をすべて失っていた。

丈夫になったらしい。でも、それはＬｖ28からすれば破格だけれど、Ｌｖ50程度の頑強さ。迷宮では中層の魔物とは到底打ち合えない程度の弱い強さ。

疾《はや》さも取り戻した。だけど疾さは技術こそが生命線だったのに、その技術が全部なくなっていた。

そして魔法が強くなった。だけど強いが故に制御不能で暴走を起こし、理解不能の現象が多発。それこそが消滅しかかった理由だったのに。

「遥《はるか》くんが何も言わないんだから、絶対口にしちゃ駄目だよ」

ラジオ体操を執拗《しつよう》に続け、延々と柔軟をこなし、不器用な五行拳を愚直に繰り返す。そして超スローな太極拳をこなして、またラジオ体操を始める。繰り返し——全部駄目になって、また初めての体で最初から全部やり直し。

「ファレリアさんが悲しみ苦しむから、絶対に弱音なんて吐かないよ」

なのにホイホイと魔の森へ。身体能力《ステータス》的に言えば危険はない、ただし剣すらまともに扱えず、戦う技を全く持っていない状況で実戦なんて狂ってる。

「うん、アンジェリカさんの時だって、ネフェルティリさんの時だって……身体が壊れてもずっと平気な顔していたもんね」

此処《ここ》が遥くんの始まり。自動攻撃能力《チートスキル》も自動身体強化《チートスキル》も自動発動魔術《チートスキル》もない、ただの高校生だったLｖ１の遥くんがよりにもよって強い魔物が多い洞窟で暮らしながら戦いを覚えた始まりの場所。そして私達も此処で遥くんに戦い方を教わり、Lｖ上げをした懐かしい森。

「そもそも……私達が森で再会する前に、遥くんの身体はきっともう壊れていたんでしょうね」

Lｖ7のゴブリン。Lｖ10以下なら技術もないし、力も速さもない。だから慎重に戦えば、きっと技術がなくてもLｖ28なら普通はなんとかなる。うん、それがまともな体の状態で、相手が一匹なら。

「そうだよね、平気だったはずがないもんね」「それでも笑ってたよ、全然何でもなかったように」

群がる。助けに入ろうとするのをアンジェリカさん達に止められる。技を何よりも大事に教えてくれるアンジェリカさんが、技を何も持たない遥くんを見詰めている。

「本当に意地っ張りなんだから」「だよね、だって……あの時、あんなにも弱かったのに、あんなに……も強かったんだもんね」

それは懐かしい、あの時と同じ光景。ただ茫洋《ぼうよう》と立ち、何でもなさそうに笑いながら森の中で揺らめく黒影。そして……右腕が振《ぶ》れて消失すると霞《かす》むように消え去る魔物。

「「「……うえっ!?」」」

次いで左手が消える。身体は残像を残して揺らめき、頼りない炎のようにゆらゆら揺れ動く。そして消えていくゴブリン達の中を、悠然とふらつくように揺れ歩く。全員の目が真剣になる。

「そうは言っても……あれってSpEが800近い？」「でも、そのくらいなら全然見えるはずなのに」「腕が振《ぶ》れるように消え失《う》せて見えるって！」「目ではなく理解《あたま》がついていっていない!?」

瞬間の突然の動きが理解できていない、あれは――腕だけの「虚実」!?

「弱くなってるのに……強いね？」「うん、遅くなってるのに……疾い？」

理論上は不可能。だって虚実は全身の動きに自重と魔力と能力《スキル》を重ね合わせた、一瞬だけの超高速の剣だったはず。それは予備動作も力みも気配もなく、突如振《ぶ》れた瞬間に斬り終わっている虚を実に換える刹那の全能力の爆発のはず。そう、あれは全身の動きを重ね合わせることで可能になる極みで、腕だけでできるようなものじゃないんだから。

「全然駄目なのに……あれってヤバいよね!?」「ばらばらなのに……だからこそ余計に見切れませんよ!!」

だけど、みんな笑ってる。森の中で、全然強くも見えないのに非常識に魔物を狩る黒い影を見て。時々転びそうな危なっかしい足取りで、棒切れ一本を手にして魔物を蹂躙《じゅうりん》する理不尽な姿を見て泣き笑う。

だって、あの時――私達が絶望の中で見た遥くんの姿はこれだった。もう目を見張る技術も、流れるような武術も、舞うような歩術も見る影もなく。なのに……何だか訳のわからない圧倒的強さ。そう、だって私達が魔の森を生き抜けたのは、この非常識で不条理な意味も理屈もわからない遥くんの「殺《や》ればできる」だったんだから。

「最初に戻っちゃったの!?」「うん……いや、でも？」

脚運び、足捌《あしさば》き自体がばらばら。辛うじて重心は安定しているけど、それは他と比べればマシという程度。体の軸はぶれぶれに振《ぶ》れ回って、流れるように舞うような踊るような足捌きはもうない拙い足捌き。それは突然動く腕の勢いに身体が振り回され、ゆらゆらと揺れるように傾き振られて回る……だけど、勢いに逆らわず、流れるように纏《まと》めている？

「何か全然駄目なんだけど……」「「「あれ、避《よ》けれる気がしないよ!?」」」

一つの体術《わざ》には程遠い、一つの技術《わざ》としては纏まっていない。そんな千々疎々《ばらばら》を操り振《ふ》ら振《ふ》らと流れ、揺《ゆ》ら揺《ゆ》らと虐殺する剣風。

「懐かしいっていうか？」「まあ、初心は大事らしいよ？」

ヤレヤレってしてるアンジェリカさん達も、その顔は笑っている。ずっと心配そうだった顔が、やっと笑えている。強くなっていても心配そうだったのに、弱くなってるのに安心なんて意味がわからないんだけれど……その、懐かしい光景に安堵《あんど》する。

「大事かもしれないけど、初心って……ゴブゴブボコボコ？」「「「ああー、そういえばそれが初心だったね!?」」」

此処から始まったから。この森の中で、あの意味不明の謎の力で魔物を虐殺し尽くすあの姿が始まりだった。そう、それは私達が異世界で生きていこうと思った始まりの光景……あっ、転倒《こけ》た？

「でも、あの腕の速さ……あれはＳｐＥじゃないよね？」「魔力が調和して綺麗《きれい》ですよ。まるで身体と一体化して魔力の衣装を身に着けているみたいです」

エルフっ娘《こ》ちゃんは感知できるのだろう。あれは暴走の原因だった魔纏《まてん》を制御できている。人に耐えられるはずのない膨大な効果と能力を纏め上げて纏い、それを力に変えて振るう遥くんの原点《オリジナル》。

「感覚的、に、身体。動けてます。ずっと……できていなかった」「操ってた　無理矢理動かしてた。やっと普通に」「魔力が狂っていました、乱れて、苦しそうでした。でも、今は、穏やかです」

弱くはなっているのかもしれない。遥くんの強い弱いは理解できないから、その判断もできない。だけど……苦しんでいた。それが治ったのなら、それなら弱くっても良い。きっと、その方が絶対に良い。

「まあ、魔の森程度なら危険はなさそう？」「わかんないけど……見ていても、全然私達が勝てる気がしないよね？」

予測も対応も不可能な惰懶《だらん》と立って与太与太《よたよた》と進み、振ら振らと揺れながら振るう緩い剣筋が――疾すぎて見えない。動きも起こりも見えないから、目に映っているものに理解が追い付かない。だから……反応なんてできる訳がない。

「酷《ひど》いけど凄《すご》いよ！」「全然形になってないのに何で？」「予備動作がないって、あれって小田《おだ》くん達のスキルに任しちゃうのに近い感じ？」「小田っち達のは身体制御する気がないからだよね？」「でも、あの形も何もないのに、瞬間的に反応するのって柿崎《かきざき》くん達の動きっぽくない!?」

ずっとずっと壊れ続ける身体を、無理矢理に魔力で押さえ付けて人の動きをさせていた。当然のように限界が来ても、更に強く動かし形だけを覚えさせて強制的に操作していた。だから今の不自然なのが自然で、あんな人に非《あら》ざる能力を、人の動きに合わせられている方がおかしかった。だから壊れていた。

「つまり……普通じゃないことを、ちゃんと普通じゃなくやってると？」「間違った身体の構築で得た最強を、今度は正しい身体で逆算している所為《せい》で間違いよりも間違ってる!?」

自然体からの不自然極まりない攻撃、不合理な動きの合理的な一撃、最適ではあるけれど不条理極まりない動作。うわー、身体が柔らかい！

ずっと私達は知らなかった。ずっと私達は気付けなかった。遥くんは魔の森《ここ》から壊れ始めていたって。ずっとずっと痛いままで、ずっとずっと苦しんでいたって。そう、ここが始まりだった。そして私達は二度と同じ間違いはしない。うん、どうせ遥くんはまたやるから！

「だから、帰り着いてすぐに森に」「いや、でも正しくは……お家《うち》が森に？」「「「そう言えば棲《す》み着いてたね」」」

少しずつ変わって行く。動きが技に近づく。幻影のように霞み、残像を残してゴブが斬られる。辿々《たどたど》しくはあるけど、脚捌きが少しずつ形《ステップ》に変わって行く。未《ま》だ全然あの舞う動きには程遠く、あの電光石火の武技の面影は微塵《みじん》もないけれど……失くしたものを少しずつ。

「そうだった……ね」「うん、遥くんは全部失くしたって……失くしたものは全部利息まで重加算追加で毟《むし》り取ってくる強欲の強奪者さんだったね？」

崩れて乱れた体勢からでも剣閃《けんせん》が疾《は》走り、揺れ傾いてるのに倒れることなく振ら振ら揺ら揺らと揺れ惑う……？

「「「って魔物多くない!?」」」「魔の森の浅い地域は奥様達が魔物を蹂躙し尽くしているは

ずなのに？」「だったら、これって大暴走《スタンピード》!?」

魔石の山が連なって取り囲み、瞬撃のままに荒れ狂う斬撃が終わりを告げる。うん、お説教準備だね！

「「「何をしたの何を!?　何で魔物がこんなに集まってくるの!!」」」「違うって、俺は魔素吸収を試して魔素を集めてたんだよ？　もれなくゴブさんとコボさんが釣られてきたけど、オークさんはボコったけど奥《オーク》さんはボコってないから無罪だよ？　うん、奥《オーク》さんが襲いかかって来たら甲冑《かっちゅう》委員長さん達の影に隠れるから……って、イヤイヤってそこは使役主さんを助けようよ！　どんだけ怯《おび》えてるの、迷宮皇が怯えるって……あぁー、あの奥様大乱闘事件《バーゲンセール》がトラウマなんだ？　うん、魔素で魔物が集まるくらい、バーゲンの奥様《おばちゃん》に比べれば平和なんだよ？　ほら、俺は悪くないじゃん？　みたいな？」

旧《ふる》いのに浅くて弱いけど、数は多くて進化系の魔物が多かったという謎の迷宮の最下層の隠しアイテムだったという『魔素吸収《マギドレイン》の坩堝《るつぼ》　InT上昇（極大）魔力変換効率上昇（極大）錬金補正（極大）魔素吸収保管　魔素錬成　魔素適応』。それを指に嵌めた所為で急激に送り込まれる魔素と膨れ上がる魔力で、血液や体液が沸騰したという問題の指輪を……嵌めていた。うん、全く反省していない！

「何で嵌めたら死にそうになったから嵌めちゃ駄目ってお説教してたのに、平然と嵌めてるの！　有罪《ギルティー》！」「冤罪《えんざい》だよ、だってお説教される前から嵌めてるんだよ？　うん、嵌めちゃ駄目だって言われた時点からは嵌めてないという俺の完璧なアリバイは40人の盗賊も吃驚《びっくり》なポヨン過多《あぶら》ブラ？　うん、おっきそうだな!?」

　ずっと嵌めていた……怒って心配してた時点で装備済みで手遅れだった。「嵌めちゃ駄目」って言うと珍しく簡単に納得すると思ったら、最初から嵌めっぱなしだったかららしい！　うん、複合されてて気付かなかったの!!

「ポヨン過多《あぶら》ブラの制作は置いておいて、予約の話も後で……って、何で危ないってわかってるのに嵌めちゃうの！　嵌めないでってお願いしたよね!?」「うん、『嵌めちゃ駄目なら、ずっと嵌めてれば良いじゃないの』と言う普遍性理論と、『嵌めたら駄目なら、複合すれば良いじゃないの』と言う革新的且つ斬新な論理が組み合わされてるから俺は悪くないんだよ？　あらゆる面で多角的視点で見つめても無罪が立証されてるんだよ？って言うか魔素不足で身体の修復が遅かったんだよ。うん、補充中？」

　ドヤ顔がムカつくから実力行使《モーニングスター》で一斉にお説教！　それが当たらない。風圧に舞い、押され吹き飛ばされて避ける。当たりそうなのに掠《かす》りもせず、ゆらゆらふらふらと……これが軽気功！　でももうそれは聞いてるの！

「総員武装変更！　対軽気功装備装着、撃てえぇ！」「「「了解《ヤー》！」」」

　自《みずか》ら重さを消して風に舞い、押されても浮いて衝撃から逃げる攻撃無効の武術と仙術の極致『軽気功』。技術《わざ》は全て失っても『軽気功』は能力化《スキル》していた！　それが全く当たらないゆらゆらふらふらの正体。そして、それはもうアンジェリカさん達から聞いているの！　風を起こさなければいい、だから僅かな風だけで逃げ場を塞ぐ。

「くっ、鎖鎌まだ持ってたの！　うわっ、たあっ！　ちょっ、いつもいつも思ってるんだけど分銅の方を飛ばそうよ！　その鎌が飛んで来るのが妙に怖いし避けにくいんだよ、しかもめちゃ上達している!!　こんなの誰に習ったの！　えっ、デモン・サイズさん達？　ああー、お菓子で教えてくれたんだ……うん、鎌の第一人者っていうか鎌だったね？　どわあっ!!」「ほら、避けると刺さっちゃうよー？　素直に絡み取られたほうが身のためだからねー？」「ぎゃあああーっ！　俺は無罪なんだってーっ！　うん、悪い事した事もない事もなしなんだよ？　全部異世界が悪いんだよ、きっと？」「「「有罪《ギルティー》！」」」（ボコッ！）

【性皇討伐――うん、気絶してる内に究明が必要そうだね。】

（ゴソゴソ）「ま、また形が更に凶悪に……」「「「うん……（ゴクリッ!!）」」」

ピクニックがブームらしいので乗ってみたけど、さっきも来たんだよ？

120日目　昼過ぎ　辺境　野原

孤児っ子軍団を引き連れてピクニック。お土産の『護符《タリスマン》の花冠　護符《タリスマン》効果　＋DEF』を配ったところ、お返しにお姉ちゃん達《たち》に花冠を作ると言い出してお花畑に行くことになって急遽《きゅうきょ》予定変更で迷宮は明日からと『護符《タリスマン》の花冠』を冠った孤児っ子達と本物《リアル》花冠を作りにお花畑へピクニック？

「「「かわいいー♪」」」「あうっ」「ひゃあっ！」

そしてモフられ泣く獣人姉妹？　そう、孤児っ子達に虐《いじ》められてるのかと思ったら、感動していたらしい？

「王都では差別されることもなかったよね？」「でも、若干の距離を感じていたんでしょうね」「それ……差別じゃないんじゃないかな？」「「「うん、美少女獣人姉妹って目を惹《ひ》くし、目立ってると近寄りがたい雰囲気があるよね？」」」「しかも初めての人族の街に堂々と入ったせいか、顔が滅茶《めちゃ》緊張してたもんね？」「「「うん、あれは周りにまで緊張感が伝染してたよね？」」」

そう、辺境はお構いなしだった。誰もが気軽に声をかけ、笑いかけて来る。孤児っ子達は懐きまくって抱き付きモフるし、しかもケモリンパジャマや猫耳の犬耳にと付け耳っ子もいっぱいだったのが嬉《うれ》しかったのだろう。うん、出かける前にケモミミブームが来てたから、リアル美少女獣人姉妹が大人気だったんだよ？

　それが嬉しいと泣き、可愛《かわい》いと褒められては泣き、優しくされては泣くので孤児っ子達が交代でよしよししてあげてるからまた泣く？　そもそも王国自体に獣人差別がないらしいし、そして辺境に至っては獣人ブームなんだよ？　うん、これでまたケモミミグッズが売れるだろう！

「それはそうと、いい加減重いんだけど何で毎回孤児っ子山脈に押し潰されて孤児っ子山盛りで移動しないといけないのかな？　うん、歩法が使えないから孤児っ子無限軌道飛行物体《ランチャー》が回避できないいんだよ？」

　だからこそ辺境に戻るまでに調整したかったのに……重い！

「しかも、またポンポ子さんが混じってて重い！って、ぎゃあああーっ!!　そこで囓《かじ》ったらポンポ子を認めたのと同じなんだよ！　うん、返事もガジガジって野生化してるの!?　森にお帰り？　うん、森なんだよ……って、ぐがあああーっ！」（ガジガジ！）

　どうやら花冠より子狸《こだぬきよ》避け頭部装備が必要そうだ。でも、狸が忌避するものって……唐辛子帽子《レッドキャップ》？　うん、なんか刺激が過激で禿《は》げそうだな!?

「ここで良いかな？　お花畑で景色も良くて、あっちの森は魔物さんが魔石さんでお大尽様の礎となられて平和だし？　うん、やっぱり辺境が儲《もう》かるよ、獣人国の食材は行った価値があったし、教国の大迷宮は納得価値《バリュー》の魅惑姿態《ナイスバディー》だったけど結局おっさんボコっても儲からないんだよ？　うん、魔石にならないんだよ？　全く生きてても死んでも役に立たないから、おっさんなんかになるんだよ？　さて、ＢＢＱだな？」「「「Ｂ・Ｂ・Ｑ！　Ｂ・Ｂ・Ｑ！　Ｂ・Ｂ・Ｑ！　Ｂ・Ｂ・Ｑ♪」」」（ドンドンドン、ドンドンドン‼）

大地が揺れる――うん、普通に待とうね？

「孤児っ子が真似《まね》するから、お行儀が悪いんだよ？」

足を踏み鳴らす女子……は怖いから、喧《やかま》しく盾と剣を打ち鳴らしている莫迦《ばか》達に新型魔術による超高速ＢＢＱ串弾頭風刃穿孔弾《せんこうだん》を放つ！　串に魔力が集まり高速回転を始め、弾《はじ》け飛ぶように発射し加速する……殺《や》ったか？

「「「あぶねーよ！　今のマジやばいやつだっただろ‼」」」

くっ、野生の勘で迎撃を止《や》めて逃げた！　発射した瞬間に防御を捨てて、串を避けるとは徹甲貫通弾仕様だったのが見抜かれたのだろうか。

「盾が貫通されてる‼」「「「ヤバかった、全身に鳥肌が立ったぜ⁉」」」「いや、莫迦が鳥肌でも莫迦の感染が拡大するだけで唐揚げにすら使えないんだよ？って言うかやかまし！　行儀が悪い！　孤児っ子が真似するし、莫迦が感染《うつ》る！って言うか、いそいそ彼女に会いに行った癖に何で飯時だけ戻ってくるんだよ‼」

オタ達は領館に呼ばれていったが、出頭した訳ではなく農業政策の相談らしい。どうやら自然堆肥制の準備が終わり、意地でも四輪農法《ノーフォーク》が始まるらしい？

そう、何度説明を聞いても各種肥料が揃《そろ》って来ているのに敢《あ》えて四輪農法《ノーフォーク》をしなければならないのかが理解できないんだけど、何故《なぜ》か異世界に来たら四輪農法《ノーフォーク》をしなければならないと言う絶対的な教えがあるらしい？　うん、肥料があるならずっと麦でいけるはずなんだよ？

「いや、ＢＢＱだし？」「あと、まだ迷宮に潜ってたからＢＢＱ食ってから行こうかと？」「「で、ＢＢＱまだか？」」「すぐ行けよ！　何で彼女よりＢＢＱ優先なんだよ！　密告《ちく》るぞ!!」「「「彼女のぶんのテイクアウトも……どぅわあああああっ！」」」

ちっ、抜き打ちの炎弾《ファイアーバレット》も避けるか。呼吸を深く静かに、心だけを燃やし意識は冷静に。呼吸に気を流し込み、混ぜ合い血流にのせて全身を魔力とともに駆け巡る。

「ふっふっふ、彼女がいない＝年齢の男子高校生さんに彼女の分のＢＢＱまで焼かせようとはいい度胸だ！　よし、焼こう！　すぐ焼こう、莫迦を焼こう！　集まれ魔素よ、荒れ狂え魔力よ、震えろ心臓《ハート》よ、顕現せよ究極魔法『莫迦消滅って言うか、莫迦は死んでも治らないなら消滅させれば良いじゃないの――!!』征《い》け我が魔……べふうをおおうっ！」「「危ないでしょ！　孤児っ子ちゃん達やＢＢＱに何かあったらどうするの!?　あと、消滅《バニッシュ》禁止って言ったでしょ！」」

怒られた？って言うか叩《はた》かれた！　所詮《しょせん》女子さんには、彼女が出来ない悲哀に満ちた男子高校生の嘆きはわからないらしい？

「いや、普通アレは消滅させるよね？　彼女と迷宮ラブラブ『あ――ん♥』なＢＢＱを、孤独《ロンリー》な男子高校生に焼かせるんだよ？　もう、あいつ等《ら》を串焼きですら生温《なまぬる》いんだよ？

うん、しっかり刺して灼《や》かないと莫迦は消滅しないから、芯までこんがりと炎獄《やく》んだよ!!」「「「灼かなくていいから良いからBBQを早く！」」」（ポヨポヨ！）

叱られた！って言うか、それBBQ食べたいだけだよね？　BBQは魔法やスキルに関係なく焼いてるんだけど、料理部っ娘《こ》までBBQには手を出さない？　不思議と手で焼いたほうが美味《おい》しいんだよ、でも焼くだけだからなんで俺なのだろう？　不思議だな？

「焼けたし出来たしいっぱいあるよー、たーんとお食べー？　うん、いっぱい食べないと大きくなれないけど、大きさは時に残酷で栄養過多なのに一部が貧困に喘《あえ》いで貧弱に貧相な……どぅわるぅっぐらぁーっ!!って、副委員長Aさんは遂《つい》に8刀流を極めたのはわかったから、鉄串8本で一斉に刺さないでくれるかな？　えっ、違うって！　あれはお山と大平原な地理的な格差社会を端的にぺったんと……って、ぎゃああーっ！　マジ危ない!?」

8本の鉄串。それ自体は何ら脅威ではないBBQ用の串。だが、それを副Aが操ると脅威！　8つの斬線が1つの意思のもとに閃《ひらめ》き、貫くBBQ串の正確無比な乱撃。そう、8本の串が陽動《フェイント》まで入れて追い込むように舞い荒れる。うん、荒れ狂ってる！

「避けないでよ……刺さらないじゃないの！　せええいっ!!」「ちょ、驚異的に胸囲はないのに脅威って……どぅわあーっ！　いや、言ってないって！　えっ、呟《つぶや》いてた？　いや、だって喋《しゃべ》りなら全部「きょうい」だけだから問題ないじゃん！　当《あ》て嵌《は》め方《かた》は自由なんだから俺は無罪なんだよ？　うん、新製品「ポヨン過多ブラ」を優先作成するから……えっ、5cmは無謀……って、強意に4・99cmに妥協って言われても困るんだよ！　逆に精度を求められても、あれってポヨン《ジェル》だから動く……はい、作らせて頂きます！　御意です!!」

ガン睨《にら》みな涙目がマジ怖かった！　正統派剣術ならばギョギョっ娘だけど、広義な剣術なら副Aが怖い。その普段は守備的に構えている6本の魔手を交えて、8本の剣が時間差で一斉に多角的に襲い掛かってくると凄《すさ》まじくマジ怖い。うん、地味に無言な時が余計に怖いんだよ!?

そう、手数で負ける。今は魔力制御が意味不明で、暴走しやすいから女子高生相手に孤児っ子達の前で触手《にょろ》は危険だろう。きっと幻影による光学迷彩《モザイク》でもR15は免れない、滑《ぬめ》って滑《すべ》って色んな事故で大惨事が起こりかねない。うん、昨晩も起きてたし、今晩も練習が必要なようだ！

「「「いただきま――す♪」」」

やっと落ち着きお食事タイム。看板娘と尾行っ娘が獣人姉妹達にじゃれつき、孤児っ子達が仲良く美味しそうにBBQを頬張る（子狸混入中）。眠りっ娘さんも女子さん達に囲まれて楽しそうだし、お馬さんや孤児っ子達と一緒に駆け回る悪魔っ子な3人娘。って言うか3幼女？

「黒いリボンとレースのミニワンピって、駆け回るのに不向きそうだけど似合ってるね？」

「「「……♪」」」「初めての経験だから嬉しいんだろうね」「「「わ――い、おごちそーがいっぱいだー♪」」」

お馬さんも駆け回り、スライムさんもぽよぽよと参加中で楽しそうで良かったたし嬉しそうだから良いんだろう。三つ子のように同じ顔は、精巧で芸術的なビスクドールを思わせる無垢《むく》な幼さと妖艶さを併せ持つ可憐《かれん》な乙女。違いは黒いレースのリボンで結われたポニーテールと、右テールと左テールの髪型。そして色違いの勾玉《まがたま》の首飾《チョーカー》りだけだ。

「うん、デモン・サイズさん達も馴染《なじ》んでるし、楽しそうだし……服もセーフそうだな?」

今は孤児っ子低年齢組と同じ程度の幼児っ子サイズだが、お姉さんサイズまで自由自在だからサイズ変化するワンピースを作るのに苦労したんだよ?　そう、伸縮性の高いレースが主体だが一応オールサイズ対応になったんだけど、大人バディーになると若干食い込んでレースが伸びて透けていたが……あれはあれで良いものだった!　うん、苦労したんだよ!!

「いっぱい食べても大丈夫だからね」「「「は──い♪」」」「うん、遥《はるか》くんどんどん追加して、ガンガン焼いちゃって!」

大性堂になる前の大聖堂にいた「三頭邪神像《トリプルヘッド・イヴィルアイドル》　Lv100」のドロップだった、『偽魂の巴《ともえ》　偽りの人の生を与える聖具』と言う三つ巴の勾玉。それはパターンから言って眠りっ娘さんのどっきり寝起き復活の為《ため》のアイテムだろうと取っておいたら……なくても復活してしまった?　うん、余剰謎装備としてずっと収納されていたけど、俺はちゃんと覚えてたんだよ?

そして、ずっと気になっていたデモン・サイズさん達。デモン・ソードマスターは体を持っていた、って言うか剣はデモンじゃなく神剣だった。ならば、デモン・サイズ達も悪魔《デモン》形態になれるのかと思いきや、鎌形態だけだった。そして上位化してアークデモン・デスサイズさんになっても大鎌が豪華になっただけで変身はしなかった。

「うん、デモン・サイズさん達は魔の森に覆われた辺境を伐採して、魔素を追いやった辺境の救い主さんなんだよ？」

そして教国では囮《おとり》として軍の最前線で戦い抜いたシスターっ娘を護《まも》り抜き、こっそり女子さん達も護衛してくれていた殊勲者さんだった。女子さん達も声を揃えて絶賛していた大活躍だったらしい。

だから、ご褒美になるかなと思って勾玉に紐《ひも》を通して、要るかどうか聞いてみた。人化できるかどうかまでは判《わか》らなかったけど、見せた瞬間に凄《すご》い反応で飛び回って喜んだ。だから鎌に一つずつ、勾玉を掛けてやると黒い靄《もや》に包まれて形を変えながら人型に変わっていった。きっと人型ならご飯だって食べやすいだろうし、みんなと遊べる。デモン・サイズさんは孤児っ子達と仲良しなのだから良い事だと思っていた……ら、存外に大人向け《アダルト》だったんだよ！

人の体を得たけど服は装備《オプション》に含まれず、慌ててあり合わせのものを着せてみたがアダルト感の溢《あふ》れる誘惑的な美人のお姉さんな小悪魔美女さん達に咄嗟《とっさ》に渡したミニスカのセーラー服は却《かえ》って何かが危険だったのだ！　うん、あれはヤバかったよ!!

なので服を作るついでに子供にはなれないのか聞いてみると、鎌《サイズ》だけあってか孤児っ子サイズまで縮小したので伸縮衣装《オールサイズワンピ》を作って着せたら甚《いた》く気に入って今もワンピで孤児っ子達と元気に駆け回っている。うん、まあゴスロリ気味だけど？

「楽しそうだし子供の姿の方が幸せそうだね」「「「うん、あんなに可愛いなんてね」」」

鎌って知ってても大人《アダルト》な小悪魔系の美女なお姉さん達に、いつものノリですりすり懐かれると男子高校生が危険だったから子供でいてもらってるのは秘密にしておこう！　うん、男子高校生が大鎌に欲情は事案な案件を超えて、好感度完全消滅の危機的状況だったから……だって、悪魔《デモン》お姉さんって、なんか滅茶エロかったんだよ!!

「まあ、このくらいは当然なんだよ？」

だってデモン・サイズさん達だけは承諾もなしに強制使役して連れ出してしまった過去がある。今は雇用関係を改善して強制ではなく通常の使役で報酬もお菓子払いで支払っているけど幸せにしなければバチが当たるだろう。何せ魔の森の伐採に俺の護衛、オタ莫迦達の護衛もしたし、女子さん達の護衛と数々の仕事をこなしてくれた。今、同級生達が全員生きているのはデモン・サイズさん達のおかげでもある。うん、実際に何人も危機を救われた事があるんだから。だから恩返しだ、一緒にいてくれるなら高待遇は当然だろう。

「「「お兄ちゃん、おみやげとご飯《BBQ》もありがとー！　はい、これ♪」」」（プルプル）

「「「……！」」」

孤児っ子達がデモン・サイズさん達と、スライムさんまで一緒に作ってくれた大量の本物《リアル》花冠の山を被《かぶ》り、御礼返し返しにお菓子を振る舞う。

「「「わー、ありがとう♪」」」「美味しいー!!」（ポヨポヨ）「「「……♪」」」

滅茶、喜んでる？　あれっ、孤児っ子達は初めてのカステラだっただろうか？　まあ、散々食べたはずの女子達まではしゃいでいるから、お外で食べるお菓子はまた格別なのだろう？　まあ、何処《どこ》で食べても栄養量《わんもあせっと》は変わらな……いえ、何でもありません。うん、鎖鎌はやめようね！

「って、なんで鎖鎌が全員分揃ってるの！　まさか、こんなにすぐに軽気功が破られる日が来ようとは……ぐはあああっ!!」「「「デザートは心の栄養だから太らないの!!」」」

でも、軽気功って仙術で、仙人さんの使う技なんだよ？　うん、鎖鎌で仙人さんをボコれるって……女子高生って怖いな!?

本物の花飾りには敵わないが身を護るために護符の花飾りを販売したら護身不能な日常だった。

１２０日目　夕方　辺境　オムイの街

世界は変わり続け流転する。諸行無常が世の理《ことわり》。どれだけ永久《とこしえ》に思えたって永遠《とわ》なんて夢だ。そう、変わらない事なんて、この世にはないんだよ。

「なのに何で永久保証と永遠不変の夢のコラボが掲示板を絶対化してるの！　まさかと思いながらも帰って来ても全く変わってないよ、むしろ押しピンの位置すら微動だにしてないことに感動してるんだよ？　何だかもうこの掲示板で迷宮を蓋したら良くない？　多分破壊不能属性かなんか付いてるんだよ？　うん、魔物さんだって、こんな変わらない仕事しかなかったら紙も剝がされないから突破不可能なんだよー（ぜーっ、ぜーっ、ぜーっ！）」

うん、変わってないんだよ？

「何で迷いなく冒険者でもない人が冒険者ギルドに飛び込んできて、堂々と朗々とぜーぜー言いながら文句を言い始めるんでしょうね！　しかも、今のは掲示板を見る前に入り口を超えた辺りからもう語りが始まってましたよね!!　どれだけ文句つける気満々の入場なんですか！　何処《どこ》の世界にこそこそと来てるはずの人が、扉を開けながら朗々と『世界は変わり続ける』って語りながら登場するんですか!!　世界の心配は良いですから、御自分が真っ先に変わってください（ぜーぜーぜーぜー!!）」

くっ、身体錬成で強化されし肺活量と腹式呼吸による魅惑のテノールが返されるだと！　さすがは永久不変の掲示板と掲示板の守護者《ガーディアン》の受付委員長さんだ。この異世界でも最強を誇るジト力こそが侮れない。うん、良いジトだ？

「でも、『世界は変わり続ける』じゃなくて『世界は変わり続け流転する』なんだよ？　脱字するとはまだまだで、そんな事では舞台の上では通用しないんだよ？　うん、脚本家もしてるから詳しいし厳しいんだけど、客演に誰も呼んでくれないんだよ？　俺の名演技は子供の頃から凄《すさ》まじく大評判で、嘗《かつ》て『お馬さん（後ろ）』を演じた時なんて舞台の上の暴れ馬と評されて主役さえ食ってしまう名演技にスタンディングオベーションで喝采の嵐だったんだよ？」

そう、台本は飛ぶように売れるのに誰も役者で呼んでくれない？　わざわざ名演技まで披露してみせたのだが……やはり演技力のスケール感が大き過ぎて、あんなちゃちなお芝居の中では収めきれないと判断されたのだろうか？　うん、溢《あふ》れ出す才能が憎いものだな？

「またやってる。もう、ギルド長さんとのお話済んだから帰るよ？　あと、あれスタンディングオベーションで喝采の嵐じゃなくて、あれはみんな暴れ馬が出て悲鳴を上げて逃げ惑ってたの！　名演技しないで『お馬さん（後ろ）』の後部分にお馬さん突っ込んだよね？　挙句に、そのお馬さんが暴れて主役の子を噛《か》んじゃったまま駆け回りだしたんだよね！　食ったんじゃなくて噛んでたの！　暴れ馬って評されたんじゃなくて、暴れ馬が暴れて大騒ぎだったの！　しかも、遥《はるか》くんお馬さん突っ込んで自分だけ帰ってたでしょー!!」

バレていたらしい？

「いや、でも俺の名演技だと、結局お馬さんと見分けなんてつかないはずだから結果は一緒なんだし、だったら偶然通り縋《すが》ったお馬さんで良くない？　だってお馬さんが偶然歩いてきたんだよ？　入れるよね、『お馬さん（後ろ）』に？　お馬さんだし？　何で怒られてるの、不思議だな？」「「「なんで、偶然にお馬さんが!?」」」「それ、ニュースで見たけど……そんな理由だったんだ!?」「ええ、大惨事で大騒ぎになって、ようやく全員の安否確認を取ったら遥くんだけ家に帰っていたそうですよ」「「「お馬さん（後ろ）くらい真面目にやりなさいよ!!」」」

そんなこんなで外に出ると雑貨屋さんのお姉さんが走ってくるので――加速する！　一挙に間合いを詰め、半開きのお口に茸《きのこ》連弾を押し込んで落ち着かせる。どうやら禁断症状が酷《ひど》いようだ……うん、末期だな！

「もがごもがもごもがもが（帰ってくるのが遅いのよ、商品が足りないでしょ？）」「えっと、もごごごもがごもごごごもが（いや、もう辺境って自給自足できるよね？　物流から開発まで？）」

うん、各種工房が揃《そろ》い、町々から村々まで流通が整い王国からの物流も確保され国外にまで販路を伸ばしている。内職いらなくないかな？

「もごごがもがごごもがもごもぐもぐ（いっぱいあるの！　茸弁当とか船も教会も橋も誰が作るの！）」「って言うか、もがががもごがもぐもがもげもぐ（だから雑貨屋が船とか教会とか橋の注文を何で受けてるの!!）」「「「遥くんは普通に喋《しゃべ》れるでしょう！　あと、延々と茸押し込まないの、苦しそうでしょ!!」」」

結局まともな会話にすらならないまま話とか歯も噛み合わないままに、注文票と配当金《あがり》だけ貰《もら》って武器屋にも寄るがおっさんがいないので宿へ戻る？　うん、製鉄所の指導に行っているらしい？

「炭だと限界があると思うんだけど、炭にも種類が多くて遣《や》り方《かた》次第らしいけど俺は備長炭と活性炭くらいしか知らないよ……っていうかオタ達《たち》以外普通知らないんだよ？」

しかし、どうして炭からボイラーの構造まで熟知していながら、蒸気船と機関車しか知らないのだろう？　その蒸気機関の産物の機織機も製粉機も産業革命の機器自体全く覚えてきていない。うん、蒸気機関だけだった！　あいつらは異世界で何をしようとしていたのだろう？

「ただいまー、って宿なんだよ？　近いうちに我が家《どうくつ》にも帰らないとお掃除も草刈りも放置でプールだって洗わないと苔《こけ》がつくんだけど、それに眠りっ娘《こ》さんも案内しないとね？　うん、お部屋も作るから、帰れないけどお家《うち》なんだよ？　ひきこもりのにーとが家に帰れないって異世界は斬新過ぎなんだよ？」（ポヨポヨ）

変わりないいつものお宿だ。だけど誰もいなかったのに綺麗《きれい》に掃除され、いつ帰るともわからなかったのにいつ帰ってきても良いように準備されていた。毎日ずっと一人で働いていた……はずの看板娘は獣人姉妹をモフっている。いない時はよく働くが、見てる時はだいたい遊んでるんだよ？

「おかえりなさい」

夕食には早いし部屋に戻る。しなければならない事は多いというか山積みっていうか放置状態《ほったらかし》とも呼ばれるが、深夜の戦いが三人に増えてご多忙な日々が苛烈を極め過酷な戦いに終始で過剰労働で時間が足りない。ただ、教会に落ちてた物は数が多いけど、先《ま》ずは後入れ先出しで迷宮王「コロージョン・フォッグ　Ｌｖ50」のドロップだ。鑑定してみると『拡散《ディフュージョン》の結晶　魔核拡散　並列化』と謎の石だった？　謎なのだが、このパターンはわかっているのでスライムさんに見せるとぽよぽよと踊り始めた。

（ポヨポヨ！）

キーワードは魔核だ。それが核《コア》なのか魔石なのかはわからない、何せ核《コア》と魔石がどう違っているのかがわからない？　だけど、今まで羅心眼の慧眼《けいがん》や透視眼で視《み》て魔核が見つけられなかったのは、スライムさんとコロージョン・フォッグ、後はサンド・ジャイアントの３体だけ。そしてサンド・ジャイアントのドロップは『魔核の宝具　魔核作成操作』で魔核を作り出す石、そして今度は魔核を拡散する石だ。

（ポヨ〜ポヨ〜♪）

喜んでいる、しかも踊ってる！　そしてスライムさんの強化になる。だが通常の方法で倒しきれないサンド・ジャイアントやコロージョン・フォッグと同じ特性を持ちながら迷宮皇化した上に魔核を作り出して操作でき拡散させて並列化できる……うん、倒せる気がしない。

（プル〜プル〜）

だってスライムさんの全体はもっとあるはずだ。圧縮してるのかとも思ったけど重量が変わっていないし、t《トン》単位の鉱物を食べても変わらなかった。多分、空間魔法で本体を分割保存している。そして、それが作成と操作と拡散と並列化すると……甲冑《かっちゅう》委員長さんなら勝てるだろう。だけど滅ぼせるかと言えば無理そうだ？

（ポムポムポヨポヨ〜♪）

まあ、俺や甲冑委員長さんに滅ぼせないなら安心安全だ。だが闇には絶対に近づけられないな……このスライムさんの能力が奪われるとヤバいとかではなく、世界が終わる。闇として無限の増殖分離するスライムさんの波に、世界は飲み込まれる事だろう。だから強化だ、そして守ればいい。普段、俺を守ってくれているのだから闇くらいは任せてもらおう。

（ポムポム♪）

うん、喜んでいるからいいだろう。この可愛《かわい》いスライムさんが滅ぼしたくなるようなら、それは異世界が悪い！　うん、可愛いは正義は全異世界共通の定理だ!!

そして急ぎと言えば『護符』で、雑貨屋さんに在庫がなくて仕入れもまだらしい。代わりに護符を作る錬金術師が使うという材料を一式買ってきた。

「材料と見本があればパクれるはずだけど、流石《さすが》にパクったのを一般販売は可哀想《かわいそう》だが仲間内用だから許してもらおう？　うん、ただ同級生達用には少々心《こころもと》許なくもあるかも？」

俺は錬金術師の称号を持ち、羅神眼で解析できて智慧《ちえ》で分析し演算できるし、『魔導の冠　InT50％アップ　魔導術補正（特大）魔術札作成　魔法陣作成　魔導技師』があればパクれるはずだ。そしてスキルと魔石粉の在庫の豊富さと、日頃の行いの良さの全てを鑑みてもより上位のものが作れるに違いない？

そう、気休めくらいに思っていた、あの護符の冠に命を救われた。ならば同級生の命だって救える装備になる可能性がある以上、内職家として作らない訳にはいかない！

「そう、明日から迷宮に入るって言ってたから、明日からみんなお金持ちなんだよ！　薄利多売は手間が掛かるけど、稼いできた金女子さん達からぼったくると即儲《もう》かる！　だって、辺境で一番稼いでるのって女子さん達とオタ莫迦《ばか》達なんだよ？」

孤児っ子達に貰った花冠。ちゃんとした本物の花で幸せを願われた冠が一番の宝物なんだけど、今はアイテム袋にしまう。また笑ってピクニックできる世界であるように、今は武器がいる。そして、またみんなでピクニックに行くためには、みんなを護《まも》る装備が必要だ。だから綺麗な花冠は孤児っ子達に作って貰えばいい、俺が作るのはそれを守るべき装備なんだよ。うん、特に宿代を守らないとヤバいんだよ？

「書き書き、描き描き？」

効果は高いほど良いけど、消費必要ＭＰが大きくなれば意味がない。沢山の護符と要の護符……うん、この『護符の花冠《タリスマン》』を作った錬金術師は天才だし才能があるし賢いけど、それ以上にバランス感覚が良い。案外これが出来ない、商売人は儲けたがり見せかけに拘《こだわ》り、だが職人は妥協ができず突き詰めてしまうが故に万人向けではない。

「一般向けって実は難しいんだよ？　うん、このバランスをパクりつつ、個人向けに調整だな？」

ここまで手の込んだ物を使い捨てるという割り切り方と、使い切りだからこその思い切りの良い高性能。ちゃんと命を守る意志と、その難しさがわかっている。

「混ぜ混ぜ、塗り塗り？」

紙に魔石粉のインクで魔法陣を書き込む。護符に使われている魔法札は、まだ研究しないと効果が把握できないから魔法陣。結界と一言で言っても自動発動の図式は複雑で、無駄に発動させずに必要な時に確実に発動させるのが難しい？

「うん、やっぱり天才だな。諦めが良いんだよ、出来る事だけを最大限の効果を妥協せずに計算し尽くしたが故のバランスの絶妙さ……錬金術師としての腕もだけど、職人としての使う者の事が考え抜かれたうえでの割り切った効率化が絶妙なんだよ？」

普通使い捨てが思いつかないし、浴びて良い攻撃を割り捨てる感覚が凄《すご》い。そして本当に必要な時に、一気に使い切る思い切り……これは見ていなかったら俺には作れなかった物だ。改良して強化と効率化は出来るけど、俺が作ると無駄に護り過ぎてMP効率も価格効率《コスパ》も悪すぎて使い捨てていると破産しかねない。

「折り折り、飾り飾り？　あれ、造花が鶴？　頭に千羽鶴は頭が痛そう？　折り折り……兜《かぶと》！って、たしかに頭につけるんだけど髪飾りに兜を沢山つけてどうするんだよ！　あれ、花ってどうだったたっけ？　折り折り？　出来たけどぺったんこ……ああー、これ天竺牡丹《ダリア》だったたっけ？」

だが立体的な造花は案外と邪魔そうだ。何しろ甲冑組は兜を被《かぶ》る。

「その点折り紙のダリアは平面的で嵩張《かさば》らないし、これに油を塗って定着っと？　うん、試作品だけど明日から迷宮だし、試作品《サンプルセール》で在庫の武器装備と一緒に売り払っちゃおうか？」

（ポヨポヨ）

うん、ダリアは良い意味の花言葉だと華麗と優雅、通常は感謝がよく使われる。だけど悪い意味では裏切りや移り気と言う意味もあったりする。そして、まさに裏切りの強奪を繰り広げ華麗に掠《かす》め取り優雅に奪い合う死闘、移り気に次から次へと欲しがっては感謝価格で割引を要求してくる女子さん達の大襲撃《スタンピード》が引き起こされた！

「「「きゃあああああっ、新製品!?」」」「あっ、大聖堂から拾ってきたものがいっぱい♪」

「「「ああー……大聖堂の宝物庫の中にいっぱい落ちてたって言ってたね？」」」

完全にこの展開を忘れていた。しかも全員お風呂上がりで良い香りですべすべお肌でオタ莫迦がいないせいか薄着でヤバい。そう、一生懸命に人生で初めてであろう乙女戦争《バーゲン》に怯《おび》えながらも獣人姉妹も頑張っていて、姉兎《うさぎ》っ娘は跳躍力で襲撃し、妹狼《おおかみ》っ娘は俊足と軽やかな機動力を活《い》かし獲物を奪う！　うん、真っ向勝負すると危険だと野生が告げるのだろう！

「うん、俺の智慧さんはなんで告げてくれないのかな!?」

魔力を纏《まと》い気を循環させる。そうして押《お》し競饅頭《くらまんじゆう》を軽気功で躱《かわ》しているけど、避《よ》けても避けても囲まれて柔《むにゆむにゆ》らかな丸みに押し返され弾《ぼよん》力に弾《はじ》かれて揺らめき濁流に飲み込まれる……うん、歩法が使えないと軽気功って振ら付くだけで、完全包囲だと逃げ場がない！

「いやー、取っちゃ駄目！　赤ピンクは私のなのー！」（いいえ商品です）「何で3つしかないのよ、足りる訳ないじゃないの」（頭は1つだよね？）「替えてよ、青が良いのー、マントとお揃いなのにー」（兜被るから見えないんだよ？）「「「これ下さい！　早く早く、取られちゃうからー」」」（そう思ったら圧《お》し潰さないでくれないかな？）

　心頭滅却で心の声駄々漏れな精神で、錬成され内気功と魔力循環で強化された体は以前のように柔肉女体《むにゅむにゅ》地獄生女子高生肉弾圧殺でも簡単には圧し潰されない！　つまり意識が途切れないから、終わりなく続く女体地獄無限押し競饅頭だった！

「って言うか薄着なのはまだしも、何であんだけ作らせておいてブラ着けてないの！」「「「お風呂上がりは心も体もフリーダムなのよ!!」」」「だから、私は黄色とピンクが！」「それ、私が狙ってたのに!!」「いや、オタは遅くなるらしいし、莫迦はイチャイチャで帰って来るかも怪しいけど……男子高校生さんが1人ここにいるんだよ？」「「「良いから追加は未《ま》だなの！」」」「うん、カラーコーデに7個は欲しいよね？」

　危険物《ノーブラ》による柔肉弾力《ぷよんぷよん》は破壊力が高すぎるが、恐るべきは先端部に凶器も隠されていてムニュムニュ＋ツンツンのWで男子高校生さんへの精神攻撃が押し寄せるツンぷる攻撃!!

「くっ、久しぶりのお宿で完全に忘れてたんだよ？（むにゅん）精神集中して軽気功で自《じ》重《じゅう》を消し去り（ぽよ～ん♪）ぐはあああっ！　無敵を誇る精神耐性が一撃で砕かれただと!!って、今の大質量破壊兵器は（もにゅもにゅ♥）うん、お顔はやめようね？　自重《じじゅう》を消し去ろうと思ったら自重《じちょう》が消え去りそうだったよ！（すりすりっ）ちょ、今のは手だったよね！　それは（ぐにゅぐにゅ）がっはあーっ！　何故《なぜ》、性女の嗜《たしな》みが!?　危険だ、多少乱暴でも脱出を（うにゅん）しなければ（ぷるるん）ならな……（ぐりゅぐりゅっ）いよう、だあっ……がはっ！」（（むにゅむにゅ、もにゅもにゅ♪）））（（さわさわ、すりすり……？）））（（（（……♥!!））））

原子記号を覚えてなくても中学2年生経験の在る者ならば誰しもが語れるという。

120日目　夜　辺境　宿屋　白い変人

記憶喪失《アムネシア》——所謂《いわゆる》、一過性全健忘とは脳内の海馬体の一時的な故障で記憶を失うが24時間以内に正常に戻る症状である。うん、俺は何をしていたんだろう？　綺麗《きれい》になって服も変わっているからお風呂で寝てたんだろうか。だが、入った覚えもないし出た記憶もないけど、さっぱりすっきりでお部屋にいる？　女子さん達《たち》は女子会で、デモン・サイズさん達は孤児院に孤児っ子達とお泊りだ。

「うん、あんなに喜ぶんだったら、帰って来る前に試してあげればよかったよ？」

だって、多忙だったんだよ。整理するものだけでも教会で手に入れたのは聖遺物や書物だけではなく、金目の物と各種貴金属がいっぱい。そして出来損ないの魔道具と仕掛品も素材にでも使えるかと、工房からも片っ端から拾っておいた。

そして、片っ端に整理してたら水銀が出てきた。

「希少金属にして、錬金術でも仙丹術でも用いられる常温で溶ける金属。普通には使い道なんて鏡か温度計くらいしか思い付かないけど硝子《ガラス》に水銀を塗布する方法がわからないし、温度計は作れても正しい温度を調べようがないし……そもそも気温が測れてもあまり有り難みがないんだよ？」

現状、魔糸の超技術で完全に平面に近い断面の硝子板と金属板が製作可能で、空気が入り込む余地もなく歪《ゆが》みも目視では完全に感じ取れないまでの精密さで加工できているから敢《あ》えて水銀を使う必要性が感じられない。

「うん、何枚作っても飛ぶように売れるし、あったらあるだけ女子さん達が買い占めるんだけど何枚鏡がいるんだろう？」

鏡の製作も工房化したいけど、鏡って普通に作るとカドミウムとかヒ素とかが必要だったはずで、どちらも劇薬だから不安だ。そう、水銀と云《い》い銀色の物質は何故《なぜ》か危険物が多い？

水銀――80番元素にあたる水銀《Hg》は古来から人を惹《ひ》き付け、魅了する。近代科学へ至るまでの錬金術の研究においても中核をなす存在で、錬金術師達は全ての金属の主成分は水銀であり他の金属と組み合わせれば金《Au》に変わると信じていたと言われている。

「神秘学《オカルト》な要素が多いけど、錬金術とは研究と探求の技術、現代化学の原理と方法論の基礎を築いた哲学的教義だし、そして仙術でも水銀は用いられるんだよ？　あらゆる分野で不老不死とか神になる技術が研究されて探求されると、その必ず行き着く終焉《しゅうえん》が水銀なんだよ？　うん、不老不死に効いても、猛毒だから効果が出る前に死にそうなのにねえ？」

　そう、嘗《かつ》て中学2年生であったことの在る男子高校生ならば、誰しもが詳しいロマン金属さんなんだよ？

「水銀《Hg》の元素記号はラテン語の『hydrargyrum』に由来し、水《hydro》なる銀《argyrum》を意味する。これは水銀が水のように流れ光沢のある液体金属であることを表していて、別名生きている銀《quicksilver》と呼ばれる。うん、中2心が疼《うず》く！　いや、高2なんだけど？」

　通常の常温常圧下で水銀は液体となる唯一の金属。この融点の低さも相対論的効果に起因していることが、最近の研究でようやく示されたと言う謎多き流体金属さんだ。故に古来から研究者を惹き付け、中2男子も惹き付けるので男子高校生さんの基礎教養とも言える金属さんなのだ！

「うん、今でも研究者の間では『いったんＨｇの化学にのめりこんだら、もう後戻りはできない』と現代の科学者でさえ魅入られてしまう、その揺らめく銀色の輝きさながらの多彩な化学は人を惹きつけて離さないのだから中2男子なら仕方がないだろう。うん、絶対にオタ達も知ってるんだよ？」

　なにせ高密度液体金属である水銀さんは非常に有用な材料で、温度計や気圧計に始まり電気スイッチから電池や電球に至るまで実に幅広く利用されてきた。大型望遠鏡の鏡を浮かせるために用いられたこともあると言うし化学品製造業では電気分解に水銀法が使われる大人気素材だ。そして、もう一つの側面が毒性だ。

「『帽子屋のように狂う《mad as a hatter》』って言う表現の起源となったのも、帽子職人の中毒症状は毛皮の処理の硝酸水銀が原因だったからで万能の霊薬として研究されながら強力な神経毒となり毒性の強い生体内蓄積性化合物なんだけど……う――ん？」

　特異な性質と広範な用途を持つ水銀《Hg》は『驚異の元素』であり、負の側面こそがあらゆる形態で非常に強力な神経毒に成り得る。ついでに水素爆弾にも欠かせないらしい？

「普通は水銀なんて見ることもないし、縁遠そうだけど石炭の鉱床の中に天然的に存在していて石炭を燃焼するとガス状の水銀元素が放出されるし、そのガス状水銀元素は大気となって世界の隅々にまで広がっている見えない日常の物質だったりするんだよ？」

　大気中のガス状水銀の一部が樹木の葉と反応して直接森林に沈着する場合と、光化学反応による酸化を経て水滴に取り込まれて雨として湖沼や海洋や陸上生態系にまで到達している場合があったはず？

「うん、スライムさんにあげたらメタルスライムになりそうだけど、既にミスリルと銀と鉄は結構食べてるし、鉛も食べてたのに体重は増えないって……女子にバレたら虐《いじ》められそうだな！」

　そんなことをつらつらと考えている間に手が動く。まるで当然のように当たり前に作業する。思いつくまま取り憑《つ》かれたように意味もわからず金を薄く削って水銀に溶かし、それにミスリルを溶かして化合した流体ミスリル的な何かを使い道のなかった食材用の何の効果もないのが逆に珍しい謎茸《なぞきのこ》に吸わせるというか染み込ませていく。そして魔力を送り込み続けていると白金色に輝く茸に変わり、鑑定には『仙霊茸』と出た？　うん、何が起こったかわからないが出来た？

　当然そんな知識はない、智慧《ちえ》さんが知らないのだ。ちら見しただけの『保存版　ズィヴェスツ　オブゥ　魔道具大全集』を読んで回るが載っていない。まあ魔道具じゃなくて錬金術か仙丹の分野だろう。そして、そのどちらのスキルもあるから、スキル保有の知識だったのだろうか？


『仙霊茸　？　？　？　究極の霊薬にして神薬』


　うん、茸だ？

「わあ、お薬だー……って、スキルが俺にお薬を飲ませようとしてるの!?　ちょ、どこも悪くないのに『お薬をどうぞ』ってされると心が傷つくんだよ！　だって水銀が絡んでたら効能は絶対頭っていうか精神じゃん!!」

　頭や精神のものなのかもわからない。そもそも水銀入りだから身体《からだ》に悪そうだけど、俺は健康で毒も無効化できたりもする？

「いや、健康的に服毒って意味不明すぎなんだよ？　しかも蓄積毒の場合はどうなるんだろう……ま、まさかのメタル男子高校生！　超合金男子高校生ＤＸも発売されそうだ!!」

　いや、別に食べなくて良いんだけど、何故だか全く目が離せない……あっ、離れた？

「うん、所詮《しょせん》神薬な茸風情なんてたかが菌の塊で、こっちは6本の美脚な生脚さんなんだよ!?」

それも、ただの生脚さんではない魅惑と蠱惑《こわく》と誘惑の揃《そろ》い踏《ぶ》みで、白と琥珀《こはく》が入り乱れ張りがあるのに柔らかく細く引き締まっているのにむっちりな矛盾極まりない卑怯《ひきょう》な魅力が美の精緻を極めた至高の芸術品のように綺麗の御美足様《おみあしさま》でありながら生々しい肉感的な艶《あで》やかさ！　うん、茸なんかに構ってる場合じゃない!!

「試着、してみました。どう？　です……似合い、ますか？」「可愛《かわい》い、着てみた、ました　白と赤、綺麗。どうですか？」「綺麗な服。初めて、見ました。不思議、可愛い。似合っていますか？」

そう、それはミニスカ巫女《みこ》さんだ！　うん、神は死んだ!!　だって、こんな綺麗な巫女さんがいたら、その神社から神の存在も存在価値も需要も全部無に帰してるよ！　もう、絶対こっちが御本尊様で、御利益も御目麗《みめうるわ》しも圧勝の完勝で完全試合なんだよ!!

「ありがたや、ありがたや……拝んでみた！　うん、二拝二拍手一拝で拝みながら見上げるアングルが神秘的絶景で神々しい太腿《ふともも》さんの究極地帯《ベストアングル》で遅滞なく痴態的に……襲われる？　うん、神も死んだけど、男子高校生さんも必死な窮地だった!!」

巫女服制作のために試作《サンプル》として作ったミニスカ巫女さんが仇《あだ》となり、迎撃態勢を展開できないまま劣勢に追い込まれるミニスカ巫女さんによる陽動作戦からの速攻戦術。そう。これは一挙に包囲殲滅陣《ほういせんめつじん》からの電撃作戦《ブリッツ》！

「計算され尽くした位置取りと、流れるような連携が恐ろしく周到な計画と正確無比な作戦遂行能力。それに歴史の中で磨き抜かれてきた『性技の極み』と『性女の嗜《たしな》み』を極めし2人と、女子会で近代技術の粋を教えられ新たに歴史上の技まで吸収し身に付けし天賦の才が互いに教え合い協力し合い技を併せて戦術に昇華されている恐るべき……って、マジであの女子会って何してるの!?　えっ、乙女の機密事項?」

　押さえ込まれた瞬間に指輪と腕輪は奪われ、首飾りもカチューシャも瞬く間に外された。勿論《もちろん》、序盤でもうマントやグローブにブーツもなく、完璧な連携による装備解除の流れだ!

「巫女さんと生脚の魅惑のコンビネーションによる魅了攻撃からの無力化……でも、『無限の魔手』はイヤーカフに移してあるんだよ?」

　白い巫女服がはだけ白い肌が露出していく。乱れた襟元からも触手は侵入して蠢《うごめ》きながら絡み付き、中へ中へと潜り込む無限の触手さんの反撃な俺のターン!　真紅のミニ袴《ばかま》は捲《めく》れて無数の触手が入り込み、うねうねと白い肉を開《はだ》けさせながら中へ中へと潜り込まれて巻き起こる阿鼻叫喚《あびきょうかん》の絶叫と嬌声《きょうせい》。

「うん、奇襲に備えて魔手さんの実験を急いでたのに、ミニスカ巫女(生脚)さんに圧倒されてあっという間にあっとふぁーすとされちゃったよ!!」「「「ひっ、ひぃいいいいいいいっ!?」」」

　琥珀色の桃尻が震え、純白の太腿が悶《もだ》え暴れ、透き通る肌色の姿態が弓なりに仰《の》け反り痙攣《けいれん》していく。触手が食い込み蠢いて、絞られる丸い柔肉が揺れ震える。制御は集中していればいける、感覚が異なり微細な制御が求められるが基本は変わらない。今までは完全に演算制御だったのが感覚的に動かせているし、慣れればもっと思考に直結できそうだ。だから練習《によろ》、練習《によろ》、練習《によろ》。反復練習こそが身に付くともいうし、高速反復運動だーっ！

単体では微妙だった『増減の耳飾《イヤーカフ》　集音　音量調整　（5つ入る）』もミスリル化を施してみたら『平衡の耳飾《イヤーカフ》　平衡感覚回転加速度感知（極大）暗示音声催眠無効　集音　音量調整（7つ入る）』に進化したんだけど、でもイヤーカフ装備って『禍福のイヤーカフ』しかなかったから……一緒に『無限の魔手　魔手触手作成操作　形状性質変化　性質変化　硬化　武器化』もお引越ししたんだよ？」「「「きゃあああああああああああっ♥」」」

うん、誰も聞いてなさそうだ？　忙しそうだし？

「うわー……振動触手と感度上昇の粘液のぬるぬる振動は刺激的で快楽的な快感と言うか叫喚？　案外と繊毛と粘液のコラボレーションも気に入られたみたいで跳《と》び跳《は》ねてお悦《よろこ》びのようだし、瘤々《こぶこぶ》も疣々《イボイボ》も甲乙付けがたいようでお試しに狂乱でお愉《たの》しみ頂いているようだな？」「「「ひぃいぃ、んあぁあぁ、あうっ♥」」」

巫女服は羞恥極まりないほど脱げ落ちて、粘液に濡《ぬ》れた肉体が艶《なまめ》かしく照かる背徳的な姿が曝《さら》け出される。髪を振り乱し悶え乱れる美しい姿態を、無数の異形の触手達に搦《から》め捕られて丹念に入念に念には念をと可愛がられて悶えて震える。その舌肉の様な先端に全身を舐《な》めしゃぶられながら緊縛され、揺れ震える微細な振動に弄ばれて引き攣《つ》っていたお顔は恍惚《こうこつ》と蕩《とろ》けた笑顔に変わって……うん、御機嫌みたいだ？　良かった良かった？

「揺れ……波？　ハンドウェーブみたいな……うん、鞭拳《むちけん》ってあったな？」

豊かな膨らみから突起までぬらぬらと濡れ、喰《く》い込む触手に絞り出されるように揉《も》まれ潰され柔肉が歪む。異界の植物を思わせる繊毛に覆われた触手の刷毛《はけ》が、振動し震える繊毛で撫《な》で回していくと細く引き締まった腰をくねらせ臀部《でんぶ》を振り乱す。

「うーん、自動制御はパターン化してランダム化させる方が簡単なのかな？　どうも3人共イレギュラーな動きがお気に入りのようで反応が良すぎてどれが良いんだろう？」

「「「あぁあああぁっ、あぁあ♥」」」

繰り返し訪れる残酷な無限運動による自動制御の波動と振動。繊細に次々に場所を変え増え続けていく触手が、弱点を的確に感知する感覚制御でピンポイントに快感を追い掛け追い詰め続ける。更には反応に合わせて各種形状を変えて、舐めて這《は》い回り吸い付き揉み撫でる多機能な変化を制御しつつ的確に振動魔法と微弱な雷魔法で精神耐性を翻弄して理性を溶かす。

「やはり3人もいると制御に追われて感覚制御も難しいものだな？　うん、やはりこれを実戦で使えるようにするためにはもっともっとをモットーに頑張らなければ……よし、倍々で逝ってみよう！」「「「ひぃやぁあああ、あうっ、あっ♥」」」

粘液に濡れた巫女服は肌に張り付き、肉感を誇示するかのように透けて浮き立たせて暴れるほどに撓《たわわ》な丸い膨らみが左右に分かれて大きく揺れる。そして震えて仰け反る度に絡み付く触手は一層喰い込み、縛られた艶かしい柔肉がひしゃげて歪み淫美に形を変えていく。うん、伸縮性も都度都度要調整のようだ？

「そう、訓練は実戦のように、実戦は訓練のようにって言って……実戦だと魔物さん相手で全然楽しくないから、好き者こそ桃の上手なれ？　みたいな？」「「「あうっ、あっ、ひいいいいっ♥」」」

最適化されるには倒錯的な試行を錯誤し、錯綜《さくそう》する情報を蓄積して演算予測を求め愚直に再計測と再試行を繰り返すしかない。なので愚直にぐちょぐちょと繰り返されて至高中？　うん、これほどの耐久連続試験には迷宮皇級じゃないと保たないだろう。だって対迷宮皇級昇天仕様の試験研究なのだから！

しかし、この破壊力を抑制しながらブラ作成の採寸をまたやるのかー……ヤバイな？

121日目　朝　辺境　迷宮

歪《いびつ》な壁と畝った地面、作りが悪い。

「これだから中層迷宮《ダンジョン》は駄目なんだよ？　構成《レイアウト》もできていない雑な設計だな？」（ポヨポヨ？）（？）

なのに中層迷宮だ。下層や深層が儲《もう》かるのに、行こうとしたら怒られた。そして、既に朝から散々諸事情で怒られたから中層迷宮。流石《さすが》に浅い上層迷宮は騎士団や冒険者達《たち》が攻略中ということで中層が貰《もら》えたけど、本当は上層迷宮に行かせようとしていたようだ？　昨日も、ちゃんと森で戦えてたじゃん？

なのでサクサクと終わらせたいが、訓練と調整も並行しないといけない。速攻——走ると走れるけど、疾《は》走《し》ると転ぶ？　自分でイメージできている動きは感覚で制御できてきたけど、未体験の動きだと暴走する。まあ、一般的に男子高校生は空気抵抗に負けて転ぶような速度では走らないものなのだから中々イメージできる訳がない。

「速く走ろうとする下半身と、空気抵抗に押されて仰《の》け反る上半身で、転ぶっていうかバク宙した時は吃驚《びっくり》だったんだよ？　うん、陸上競技でも速く疾走りすぎるとバク宙しますとか聞いたことがなかったんだけど、無意識レベルで風魔法を制御できないと……あっ、

魔纏《まてん》すれば良いのか？」（プルプル）

そして戦闘。と言うか訓練……楽しくないが丁度良い、丁度良いけど楽しくない。相手がな～？

「スローもしくはスローフォックス、フォックス、スローフォックストロット？」

緩やかで流れるような動き。早く動くことは簡単で、自転車だって早く漕《こ》いだ方がバランスが良い。ところが緩《ゆ》っ繰《く》りになると途端に襤褸《ぼろ》が出始める。勢いが消えるとバランスが崩れ、体の軸が振れて誤魔化しが効かない。

「しかし、軽気功の武仙術で魔物と踊る男子高校生のいる迷宮って、異世界とは何と奇妙なところだろう……うん、魔物さんも吃驚してるよ？」（ポヨポヨ）

そう、吃驚顔の豚鬼《オーク》。間違いない、奥様《おばちゃん》ではなく本物のオーク！　俺の羅神眼の力を以《もっ》てすれば見破れる、怖くない方がオークだ！

「つまり踊られる方がオークで、襲う方がオーク《おばちゃん》だ？　みたいな？」

凶悪な棍棒《こんぼう》を振り上げ、筋肉に覆われた巨体が突進して来る。そして丸太のような腕で棍棒を振り下ろす豪腕。唸りを上げて棍棒を打ち振るうから、避《よ》けやすくて練習に丁度良い。暴風を巻き起こす強靭《きょうじん》な体軀《たいく》と単純な膂力《りょりょく》による暴力、それ故に奥様と判別が難しいが顔と体型は酷似しようとも纏《まと》う雰囲気が違う。鬼の気迫、豚鬼《オーク》と鬼女《おばちゃん》では豚と阿修羅神《あしゅらしん》くらい迫力が違うのだ！

「スロー《S》、クイック《Q》、クイック《Q》……？」

胴を薙《な》ぎ払い、吹き飛ばそうとする横殴りの豪打。その巻き上がる暴風に乗って、バックステップでターン。上半身で風を捉え、下半身は滑るように歩む。体重がないからこそできる風に舞う歩法《ステップ》……しかし、棍棒を振り回すマッチョ豚と踊るって、社交とは切《せつ》ないものだな？

「2拍《S》、1拍《Q》、1拍《Q》で1小節。コツはズレた時は&《アンド》って言いはって半拍《0・5》入れるのだ！　スロー《S》、クイック《Q》、クイック《Q》？」

　風に靡《なび》く柳のように柔らかく靡き、煽《あお》る風を受け流し歩術で移動を完成させる煽り耐性。舞い荒れる風の隙間に疾走り込むクイックステップで、風と風の隙間に躍り込んで疾風が魔物の狭間《はざま》を廻《まわ》り抜ける旋風と化す。

「うん、チャールストンは余計だったな、慎重に慎重に？」（プルプル）

　上半身は揺れて靡きながら、上下動を抑え沈み込まずに安定した重心で脚を駆けさせる。ジルバとクイックステップの混在を滑らかに踊り抜け、跳ねて加速し駆け抜ける！　軽快さと滑らかさで疾走し、舞い回りながら速度で翻弄し幻惑する。ジルバのベーシックムーブメントで受け流しクイックステップで抜ける、うん、動ける！

　うん、演算《パターン》して身体《からだ》を操ってた記憶と、体の感覚で動かす動作を同調させる。そして、それは法則性の在るものの方が同調《リンク》させ易《やす》く、異世界でそんな経験は舞踏会くらいしか記憶にない。うん、ラジオ体操は普段からしてたんだよ？

「まあ、Ｌｖ6の奥……オークに動きでついて行けなかったら絶望的だよね、コボだと倍は速いし？」

舞踏は終わり、剣舞に変わる、疾風を舞い巻いて、廻り加速のままに踊り込んで回り回って斬り舞って斬り踊る。風を受けて流れる軽気功で受け身にならないためには、こっちも一陣の風となり風と風を併せ旋風《つむじかぜ》へと変え風に舞い旋風《せんぷう》と化して斬る！　うん、扇風《せんぷう》に弱いから扇《あお》がないでくれないかな!?

「ちょ、眠りっ娘さん暇だからって遊ばないでよ？　その、武扇って踊りっ娘《こ》さんに借りたの、わざわざ軽気功の邪魔するためだけに！　いや、まあ練習にはなるけどさー、戦闘中に横で扇がれると俺もオークさんも気になっちゃうんだよ？　うん、オークさんも結構困ってたと思うよ？」（♪）

眠りっ娘さんは新武装の確認とLｖ上げを兼ねて中層迷宮巡りに同行中で、指導官兼護衛係のスライムさんと3人で懐かしの辺境迷宮なのだが中層だと儲からない。

「うん、何で迷宮皇さん達って迷宮では無口なの？」「戦闘中、騒がない。普通、です！」

（ポヨポヨ）

結局、まだ意識下でしか感覚的には動けない。だから、時間の方を合わせる。高速反射や身体の超反応は制限し、時間軸は思考加速で加減して身体の反応と意識の隔絶《ズレ》を合わせていく。時間は掛かるし遠回りだけど、この前心配させたから控えめに慎《つつ》ましく大人しく怒られないように中層迷宮だ。

もう、眠りっ娘さん一人で中層は陥とせる。まだLｖは30台とは言え、迷宮皇級のLｖ

30なんて漫画やアニメの世界に等しい現実離れした能力。

　そして、これが異世界でオタ達が最も強くなる理由。だって、あいつらだけ常識が漫画やアニメだ。壁を疾走るのに疑問も持たないし、炎が剣で斬れるのを当然だと思っている。向こうの常識が邪魔しないで、寧《むし》ろ異世界よりも異世界らしい発想ができるオタ知識。

「その、超常の力の化身が迷宮皇なはずなのに……何故《なぜ》か逆に『三国志』に見えるのは何でなんだろうね？」（プルプル）「なんか異世界感《ファンタジー》が不安多事な、万夫不当の国士無双の豪傑に見えるんだけど、あれって一応異世界で伝説の『祈《いの》りの聖女』で良いのかな？　うん、祈《いの》るどころか魔物の首を圧《へ》し折《お》ってるけど、『圧《へ》し折《お》りの聖女』が間違って伝承されてるのかも？」（ポヨポヨ）

　そして困った事に、唸《うな》りをあげ竜巻を巻き起こす聖杖《ハルバート》の暴風と軽気功の相性が悪かった。吹き散らさせる魔物達と、風圧で吹き飛んで飛行中の男子高校生が階層の中で吹き荒れて宙を舞っている。うん、暴風警報ですら生温《なまぬる》い勢いで、Ｌｖ7の人形『アサシン・ドール』では剣風を止めることすら叶《かな》わなかった。

　迷路《メイズ》の時は手分けして戦うけど迷路が繋《つな》がってて、戦闘中に通路に圧縮された突風が吹き込んできて「カイト・モス　Ｌｖ8」さんと吹き飛ばされて転げ回ってたんだよ？　うん、蛾《が》の顔がキモかったんだよ!!

　そして如何《いか》なる状況下であれ、事象は森羅万象が在るべき形に至る。俺は歩法が使え始めて目処《めど》が付き、眠りっ娘さんは肩慣らしにもならなくてご不満気味で、指導官兼護衛係のスライムさんは指導官兼護衛係に飽きた。そう早い者勝ちだ！

「ルール、譲り合い、協力、友情。異世界にそんなものはないんだよ！」

　そう、世界はたった3つの真実でできている。それは迷宮でも、バーゲン会場でも、雑貨屋さんでも日々繰り広げられる異世界の真理！　早い者勝ちと、殺《や》った者勝ちと、逃げるが勝ちのたった3つだけの切実な真実だ!!

　駆けながら軽く重心を沈め、浮き上がるように加速して躍り込む。重心と共に自重を消し去り、疾風と化して旋風を成す。回る儘《まま》に舞い斬り、風のままに駆け抜ける。だって、先に斬らないと暴風雨が来る！　それは、聖杖《ハルバート》の暴風と魔物の鮮血の豪雨が悲鳴とともに吹き荒れる！

「うん、もう追い付かれたの!!」

　だが向こうは全滅だ。デモン・サイズさん達の真似《まね》なのか、昨日の『拡散《ディフュージョン》の結晶』の試験なのか、3つのスライムさんが跳ね回る粘体超高速跳弾の乱反射地獄。ついでに「エレメント・スピリチュアル　Lv22」が美味《おい》しく食べられて、もう指導官も護衛係も完全に忘れ御機嫌に遊んでるんだよ！

「くっ、まさか20階層程度で、癒やしの聖女さんが抜け駆けの真理《ルール》に対応しちゃうとは！」

　やや加速思考状態《スローモーション》でなんとか制御でき始めてきたが、通常時間軸だと体の反応の速さに振り回される。辛うじて『平衡の耳飾《イヤーカフ》』の効果の『平衡感覚回転加速度感知（極大）』で上がった平衡感覚《バランス》と加速度感知で誤魔化しているけど、転ばないようにするだけで手一杯だ。

「疾風《かぜ》になる。わかりやすい現状を客観的に語るならば風で飛ばされ風と共に避りぬ？みたいな？」

うん、風を巻き起こす剛力型と軽気功は相性が良いと思っていたけど限度というものがあって、豪華絢爛《ごうかけんらん》な極彩色の「エレメンタル・ピーコック　Lv23」は孔雀《ピーコック》さんで……なんか、この迷宮って四大元素系《エレメンタル》が多いな？

「まあ、それ自体は別に良いけど、風属性まで使って羽撃《はばた》かないでくれるかな！　お前ら飛ばないよね!?」

孔雀《くじゃく》さん自体は強い神経毒耐性を持ち、蠍《さそり》や毒蛇や毒虫まで好んで食べるので益獣とされ古来から神聖視される鳥さんで、夕方になると甲高い声で「イヤーン、イヤーン」と鳴くお色気技も持つ鳥だ。

そして正確を期すなら飛べるんだけど飛ばない？　それはもう見たものが感動し、神の使いと呼ばれるだけはある神々しい飛んでいる姿なのに……基本的にほぼ飛ばない。それはもう危険を感じた時だけ飛んで逃げる時くらいしか飛ばない。

「うん、孔雀って飛翔《ひしょう》する姿は神々しいけど……飛んでたら逃亡中なんだよ？」

真面目に風を受け流し、柳の如《ごと》き体術で……って一斉に羽撃くなよ！　空気読めっていうか、空気送るな!!　イヤーンイヤーンでも夕方でもないんだよ!!」(((イヤーン、イヤーン!!)))

歩いていってボコる。それはもう、世界樹の杖《バールのようなもの》で殴打する！

「軽気功してなかったら、ちゃんと体重があるんだから孔雀に扇がれたくらい普通に歩けるんだよ！　人が真面目に練習してるのに、なんかドヤ顔でイヤーンイヤーン鳴きながら面白がって吹き飛ばそうとするのがムカつくんだよ!!」

　よもや、孔雀に馬鹿にされる日が来ようとは……鳥頭の分際で！　ただでさえ今朝は朝プロメテウスからの復讐劇《ふくしゆうげき》が凄惨を極め、昨晩の自由研究課題『触手さん成長日記』の丹念に丹精込めた触手実験体験記に激オコの復讐で容赦ない男子高校生さん虐待な饗宴《きようえん》が妖艶に延々と昇天《ゴーゴー》で楽園《ヘブン》行き直行便が往復便《シャトル》で終わらないまま苛《いじ》め尽くされ虐待の限りで饗《もてな》される御奉仕という名の蹂躙撃《じゆうりんげき》が毎朝恒例行事《グッドモーニング》で開催されて復讐待ちなんだよ！　孔雀にまで虐《いじ》められたくはないんだよ!?

　ただ、鶏《コカ》さんが孔雀の羽根を欲しがるので毟《むし》ってあげたけど、鶏《コカ》さんから孔雀《コカ》さんへイメチェンするの？

「って言うか蛇の女王《コカトリス》さんだって登場したの、覚えてる？」（コケコケ♪）

　まあ、良いか……コカトリスってマングースの事だし？

呼吸法が大事だと言ったら呼吸法が大事《おおごと》だった？

121日目　朝　辺境　迷宮

　限りなく自重《じじゅう》は消え、体重が消失し重力という概念が消滅すると……歩きにくい？　当然の摂理だが、足を交互に着地させ蹴り上げて進むと言う当たり前の行為が無意味に変わる。だから、羽根のように軽やかに着地し、羽根のように舞い上がる。そうすると、羽根のように吹き飛ばされる？

「ちょ、なんで獣人国で販売した獣耳イラスト団扇《うちわ》を持ってるの？　買ったの!?　毎度あり……って、だから扇《あお》ぐのやめようよ、扇げば跿《と》落とし我が師の怨って言って、煽《あお》る教師は踵落《かかとお》としで千尋の谷に突き落として、生徒達《たち》がドヤ顔で『教師は儂《わし》が育てた』って言い出す学級崩壊以前に教室に千尋の谷が作られてる時点で教室崩落なんだけど、高校生ってそういう大変な世界を生きてきたんだよ？　うん、教師いたっけ？」（ポヨポヨ）

　迷宮は狭い。迷路は論外としても、広間以外では軽気功で空歩を使い舞い上がると天井で頭をぶつけて落下する？

「痛いよ！　あと、地味にＨＰダメージも大きいよ！」

　軽気功の切り替え《オンオフ》だけでなく、強弱も制御が必要らしい。身に付けた訳ではない能力《スキル》は使いこなせないと意味がない。地を滑るように摺足《すりあし》で加速し、2回転跳躍《ダブルループ》で世界樹の杖《バールのようなもの》を振り回し3回転跳躍《トリプルループ》で世界樹の杖《バールのようなもの》で薙《な》ぎ払う。軽やかに無重力を舞い、『平衡の耳飾《イヤーカフ》』の効果の『平衡感覚回転加速度感知（極大）』で平衡を感知する。うん、加速度感知できて、なんと目が回らない！

「うん、結構墜落の主要原因だったんだよ、上下感の喪失と目が回るのって？　そうそう、空歩で宙を蹴ったら地面に頭打った事もあって、気が付いたら逆様だったんだよ？」（プルプル？）

体重は完全に消失せずに僅かに残ってるし、その加減こそが難しい。イメージ的には羽毛のような軽さが舞い躱《かわ》すのには必要なんだけど、歩きにくい？　重さのない歩法と、乱れる風圧を制御できる体術を求めて縦横無尽に突き込まれる乱立する槍《やり》の密林を掻《か》い潜《くぐ》り擦り抜けて……ちょっと諦めて、体重を戻してボコる？

羅神眼《め》で風を見切って、巻き起こる乱流を全て予測して行動する。そして風もだけど魔力や魔法にも圧が在り、そっちは魔纏《まてん》に魔法反射スキルと合わせれば干渉を避けられるはず。

感知して感覚で反射させて、その魔力や魔法に押し出されるように舞い躱す。その力の流れに合わせて正しく歩を刻み踊るように駆け抜ける。槍衾《やりぶすま》の中を躱しながら加速して、一挙に宙を舞い薙ぎ払う。空中で旋回する俺を一斉に見上げる「スケルトン・ランサーＬｖ38」、眼下に広がる骸骨の群衆。その膨大な暴力が、大渦に巻き込まれ呑《の》み込まれ破壊されながら破砕され砕け散って塵《ちり》と欠片《かけら》が弾《はじ》け飛ぶ。

「いや、ぼーっと上なんて見上げてたら怖い聖女さんに襲われるんだよ？　うん、俺も昨晩襲われて素晴らしく恐ろしい目にあったから仕返ししたら朝から復讐《ふくしゅう》されて報復が渦巻くエロの連鎖が毎日止まらない流転の日々日常ですが、そちらはいかがお過ごしですか？って、死んでるよね、骸骨だから最初から死んでるんだし？　よっと？」

着地。ばっちりだ！　宙を旋回しながら縦回転を加えた空歩で複雑な回転を試してみても姿勢制御が完璧だった。そう、着地まで華麗に決めたのに、もう観客《ギャラリー》はいなかったようだ？（プルプル）

スライム様が見てた。ごきげんよう？　聖女様は見てないようだ？　細く華奢《きゃしゃ》に見える儚《はかな》げな姿で、長大な聖杖《せいじょう》を手に骸骨粉砕作業に勤《いそ》しんでいらっしゃる？

「普通、聖女さんって聖魔法の祈禱《きとう》とかで浄化するんじゃないの!?　うん、その粉砕競技は本当に教義的に大丈夫なの!!」（ルンルン♪）

聖女らしい姿は見えない、ただの屍《しかばね》粉砕業者さんのようだ？　まあ、性女らしい御姿《おすがた》は昨晩もたっぷりと拝見して、しっぽりと堪能し尽くしたんだよ？　うん、清純で細身の姿態に見えて、脱いだら凄《すご》いんだよ！

「うん、既視感なのか長く太い聖杖を聖女が愛《いと》おしそうに撫《な》でる手付きがエロいな!?」

聖杖だと言い張る、『神聖の聖杖　A11 50%アップ　魔力制御（特大）　聖刃　聖槍《せいそう》　聖槌《せいつい》　聖斧《せいふ》　聖鉤《せいかぎ》　聖鉈《せいなた》　聖棍棒《せいこんぼう》　神聖魔法　+ATT』と名こそ杖《つえ》だが魔力の刃と槍先と槌《つち》と斧《おの》を兼ね備えたハルバート。しかも長い杖の両端がハルバート化して、『三国志』

の如《ごと》く頭上で回転させ振り回しながら突進する聖女が通った後には骸《むくろ》しか残らなかった……骸骨だけに？

「アンデッド、徹底破壊、鉄則です♪」「うん、まあこれで復活しても『骨粉《カルシウム》　Lv38』で、もう脅威はなくて寧《むし》ろ健康に良さそうだな？」（ポヨポヨ）

ハルベルト、あるいはハルバート《Halbert》と呼ばれる槍と斧と鉤を組み合わせた複雑な形状は、これ1つで、斬る、突く、引っ掛ける、叩《たた》くといった4つの機能を持ち長柄主要武器の中でも威力が大きく多機能なのだが……両端の両刃式はなかった気がする？

「そして聖棍棒って何っ！　それ、全くさり気なさも皆無に堂々とボコる気満々だし、聖鉈って何を目指してるの!?」「悪、即斬、です？」

ただでさえ重量があるのに、長いから遠心力も凄いはずなんだけど……華奢な体軀《たいく》で軽々と華麗に扱う。それは膨大な魔力と、精緻を極めた魔力制御による身体《からだ》の魔力強化。そして天性の平衡《バランス》感覚と凶暴さ！

　そして天性は性女で、昨晩は性魔法まで使えてたんだよ！　うん、無効化《レジスト》できたから気付かなかったけど、恐るべき性魔法の秘技『快楽』を使っていたので羅神眼で複写《コピー》して使ってみたら……凄かったんだよ？　そう、あの無限に快感が連鎖し増大する、恐るべき魔法で3人共壊れ方が凄かったんだよ。だって、今までで最も駄目なお顔だったよ!!

「弱い、魔物。下、行きましょう。頑丈なの、譲って下さい♪」

手応えがなかったようだ。まあ、重量兵器《Wハルバート》と、軽量の骸骨《スケルトン》が衝突《ぶつか》っても手応えはないの

だろう。しかし、てっきり今度こそ浄化魔法だろうと思って軍勢の中に飛び込み、中心で引き付けてから上に離れたのに……突撃で力技による浄化《はかい》だったんだよ……。

「うん、つまり絶対に浄化とかする気皆無で、物理で殺《や》る気満々なんだよね!!」

現在、女子組には聖魔法を極めし麗しの聖女さんと、魔導を極めし大賢者さんがいるのだが、どちらも怒濤《どとう》の物理攻撃特化だ？　剣と魔法の世界なのに聖女と大賢者さんがハルバートとハンマーで大暴れだし、妹エルフっ娘《こ》も魔法系の巫女《みこ》さんのはずなのに剣に特化していて感情探知能力で攻撃を覚《さと》る剣士さんは中々怖かった。つまり誰も魔法特化しない!!

「何気に無職の俺が一番魔法を使ってる気がするよね？　まあ、今は魔法より歩法が先だけど？」

あらゆる武術の根幹は歩法にあり、全てに於《お》いて最重要と言っていい。つまり歩法がなければ辺境では話にもならず、毎朝毎晩孤児っ子集中豪雨《ランチャー》を浴びて街を歩けないんだよ？　うん、孤児っ子ってよく土砂降ってるんだよ？

そして39階層。集中する、速さではなく重心と足捌《あしさば》きだ。思い出せ、あの絶体絶命の乱れ飛ぶモーニングスターの間隙を駆け抜け《にげまわっ》た奇跡の脚技を！

「うん、あれが避《よ》けれたんだから魔物なんてグオーグオー騒ぐだけの障害物競争で、大事なのは踏む時の加重と跳ねる抜重。重心移動ではなく重心の操作だ！」

怒濤の如く突進してくる河馬《かば》を華麗に避け、河馬を受け流して河馬の間隙を縫い、河馬を躱し怒濤の河馬をボコる！

「うん、調子に乗って突っ込んでくるけど、避けれなかったらボコるよ！　なんで魔物さん達が一致団結で俺の軽気功の練習を妨害してるの!?」

その大質量の巨体の生み出す突進の暴風に乗って舞い飛び、交差する河馬と河馬の乱流に廻《まわ》り踊る。それはもう河馬河馬と河馬の大河が波濤《はとう》を為《な》して、河馬の溢《あふ》れる河馬の津波を揺れ落ちる花びらが舞うように、ひらりと躱し、くるりと舞い、ゆらりと避けて、ムカッとしてボコる！

「嚙《か》むな！　その口どんだけ開くんだよ!!」（プルプル!!）

そう、河馬さんは侮ってはならない。その巨体で突進する疾《はや》さと勢いの暴力は百獣の王さえ逃げ回るほど河馬は強く、存外に莫迦《ばか》よりかなり賢そうなお顔だ？　そしてお口が大きく、全身を纏《まと》めて嚙まれそうな巨大さだよ！

「まったく『エレクトリック・ヒポポタマス　Lv39』なんて家電みたいな名前で油断させようなんて、なんて莫迦達より賢さをアピった河馬さんだ？」

まあ、電気製品ではなく電流が流れているのだろう？　うん、ぱちぱちしそうだから触りたくないな？

「って言うか河馬の暴走くらいで潰される訳がないんだよ！　だって、何故《なぜ》ならば俺は日々暴走する莫迦《ばか》を追いかけ回しているんだよー!!　うん、あいつら中々爆発しないんだよ!?」

頑強な装甲は世界樹《ユグドラシル》の杖《つえ》の前では無意味。何故ならば、もう世界樹《ユグドラシル》の杖は意味不明なんだよ！　無限の妄想力を持つという、強欲に満ちた中学2年の男子が考える『僕の考えた最強の武器』よりも凶悪なんだろう。そう、だって奥様御用達《ごようたし》サスペンスの必須兵器『バールのようなもの』まで内蔵した、神剣すら影が薄れると言う謎の超兵器なんだよ？

「Lv39程度では、ただ厚くて頑丈な装甲なんて意味をなさないんだよ？　だって、何でも在りの世界樹の杖《バールのようなもの》なんだもの？」

ボコっては殴り飛ばし、流れるように斬り裂いて、梃子《てこ》の原理で転がす伸縮自在で形状自在の変幻自在な謎存在だ。きっと高い枝も切れるだろう！　なのに、そんな非常識を以《も》って不条理を極める世界樹《ユグドラシル》の杖さんが、酷《ひど》く常識的に見える暴虐の光景。河馬が吹き飛ぶ。河馬が舞う。突進する河馬が弾かれ、空から河馬が降り注ぐ大河馬注意報の河馬豪雨！　うん、傘だと潰されること間違いなしの超重量級の悪天候だ!!

「ちょ、それって旋風棍なのか、旋風槍《せんぷうそう》なのか、暴風圏なのか……まあ、晴天快晴な感じの方天画戟《ほうてんがげき》？」

未来視に近い『予知』のスキルを持ち、河馬の突進なんて掠《かす》る事もない筈《はず》の眠りっ娘さんなんだけど……全く避ける素振りすら見せず、威風堂々と正面から迎え撃ち、圧倒的な巨体の突進する圧力を理不尽な暴力で吹き飛ばす。膨大な魔力がある限り、剛力無双の暴力の化身。魔力を暴力へ変換する破壊の権化。そして気功術も覚え始めていて、魔力バッテリーとMP茸《きのこ》もいっぱい渡したからずっと聖女無双の大行進《When The Saints Go Marching Kill》？

「うん、聖者が街にやってくるって、あれはヤバいから逃げろってことだったのかな？」(ポヨポヨ)

膨大な魔力を力に変え、精緻に操作された精密な暴力。きっと、あの力でたった1人で迷宮の底に囚《とら》われた踊りっ娘さんを助けに駆けつけて、必死に聖魔法で闇から引き剝がした。そこで魔力を喰《く》われ尽くして、力尽きた。そうして踊りっ娘さんは闇から救《たす》けられたのに首輪で従属させられ、眠りっ娘さんは大賢者さんや長老衆達でもその魂を失《な》くした体しか奪還できずに迷宮の底で迷宮皇と化したんだろう。

「うん、癒やしの聖女さんが、迷宮の最下層まで1人で助けに行くって話としておかしいと思ったら……おかしいのは、あれが癒やしの聖女さんな事だったんだよ？」(プルプル)

だから装備のミスリル化とスキル付与、そして気功術を覚えれば魔力効率も魔力回復も上がるはず。

うん、もう同じ目には二度と合わせないのは使役者の当然の義務だ。そして装備と覚えた技術なら、俺が死んだ後もずっと身を守ってくれる。そして、仲間はずっと一緒にいてくれるんだよ？　おそらく不死の運命《さだめ》を持ってしまった迷宮皇に、美男子薄命であろう俺がしてあげられることなんて永遠の生の中のほんの一瞬だけなのだから。

「うん、ほんのちょっとなんだから毎朝あんなに怒らなくっても良いと思うんだよ？　ほんのちょっと、いっぱい頑張りすぎただけなのに？」(ポヨポヨ)

そして河馬はいなくなった？

「お疲れー、怪我《けが》は……ないだろうし、治すのも専門家さんなんだけど茸いる？　うん、体力はダメージに関係ないから気を付けるんだよ？　俺は毎朝体力が尽き果てた状態から一日が始まるのが常態だから詳しいんだよ？　うん、今朝も体力と精力と精神の枯渇した目覚めだったよ！　3人掛かりなんだからもっと手加減しようよ！」「ぴゅーぴゅぴゅぴゅー♪」「いや、完全に口で言ってて、全然吹けてないんだよ！」（プルプルプルー♪）「ス、スライムさんが口笛を覚えた！って言うか口ないよね!!」

そもそも口笛でプルプルなんて音出せたっけ!?　まあ、河馬さん食べて御機嫌で、きっと電気スキルも食べて覚えたのか……!!

（ピカピ……）「それ以上はいけないな、それは駄目なんだよ!?　うん、特に黄色はヤバいからね？」（ポヨポヨ？）

さて、男子高校生とは学習が本分で、コツは摑《つか》めてきた。後は練習して繰り返し磨き上げるのみ。軽気功の真髄は空中戦っぽいけど、そっちまでは手が回らないと言うか脚が捌けない。だから先《ま》ずは今までに覚え、積み重ねてきたものを辿《たど》ればいい。一度は出来たんだから、最初からまた進めば良いだけだ。そう、原点回帰。振り出しに戻ったのなら、また進めば良いだけなんだよ。

「ひゃっはああああーっ！」「ひゃ、はーあー、ああ？」（ポムポム♪）

うん、初心に返ってみた。そう、ただ瞬間最大加速からの最高速突撃！　速度こそを武器にし破壊力に変え撲殺、攻めるにも逃げるにも瞬速こそが肝要。孤児っ子達にも伝授した瞬歩に至る瞬間加速、孤児っ子瞬間加速《ランチャー》の原点だ。魔の森で、これだけで生き抜いた。これができれば生存率は一気に上がる。そう「Bダッシュ！」。

「違うんだよ、『ひぃやっはあぁぁーっ』は『っ』が大事なんだよ？」

虚実に至る前身。瞬間加速からの最高速の一撃破壊。魔纏で全てを纏め上げて、最大加速で攻撃に変えるだけの一撃だ。ただ、軽気功と相性が悪くって組み合わせるのが難しいけど、神速に至る最高速が復活への1歩目だ。

「ひっ、ひっ、はーっ？」「ちょ！　それは確かに若干類似性を感じちゃったけど、とっても危険に違うもので男子高校生と一緒の時にラマーズ法は男子高校生に在らぬ疑いが疑惑の眼差《まなざ》しが致命的だから違うんだよ！　あと、それ混同しちゃうと産婦人科で『ひゃっはー』が普及しちゃって、赤子が消毒で衛生的になっちゃうんだよ！」

生まれてきた赤ちゃんが、最初に聴く言葉が「ひゃっはー！」になってしまう恐るべき危機だった！

「うん、『おんぎゃーー！』VS『ひゃっはー！』な産婦人科も嫌だけど、モヒカン妊婦さんは母は強しとかいうレベルを超えて恐《こわ》いよ！　それ、きっと旦那さん達もビビって産婦人科に入れないよ!!」

素早く機敏な豹《ひょう》を追い駆け回して、襲撃してくる豹よりも疾く飄々《ひょうひょう》と豹をボコる。踏み込み《ステップ》で方向と姿勢を制御し、蹴り《アクセル》で加速し跳《クイック》んで詰める！

「いや、舞踏には程遠い、もう舞踏会は無理な無様な舞だけどさー……豹くらいならボコれるんだよ？　うん、だって美しい舞踏衣装《ドレス》に身を包んだ、凶悪な身体能力の女子高生軍団との舞踏《ダンス》と比べれば魔獣なんて生温《なまぬる》いんだよ？　だいたい、『ウォールラン・パンサーLv40』って言われても、壁や天井まで逃げ回れるだけで俺もスライムさんも眠りっ娘さんだってできるんだよ？」「ヒッ、ヒッ、フーッ！」「ほら、早く殺られてくれないと、あの呼吸法はヤバいんだって!!」（ポヨ、ポヨ、ポヨ――？）

呼吸と共に烈火の如きハルバートの剣戟《けんげき》が疾走《はし》り、斬撃に追い付かれた豹から順番に消し飛んでいく。魔力こそが力の眠りっ娘さんには、気功術も教えてはいたんだけど……うん、呼吸法を開眼したようだ？

「ちょ、なんでラマーズ法で更に速度と膂力《りよりよく》が上がって、旋風がヒッ、ヒッ、フーッの呼吸と共に吹き荒れてるの……うん、気に入ったようだけど、それは『ひゃっはー！』とはジャンルが違うんだよ？」

まあ、オムツは消毒だ？　衛生的だな!?

歩法を優先して調整すると言ったがあれは嘘だ、だって嫌なものは嫌なんだよ。

121日目　昼前　辺境　迷宮

考えようによっては迷宮の中は風がない分だけ幾分マシだとも言えるし、狭いが故に乱流と化すが計算がし易《やす》い。うん、智慧《ちえ》さんが？　頑張れ？

「うわっと！」

乱流に巻き上げられて空に吹き飛ばされ、吹き飛ぶが儘《まま》に宙を駆けて空を蹴り頭も蹴り上げる。

「って高いよ！　長いよ！　近いと結構怖いよ！って言うか河馬の次は麒麟《きりん》かよ!!」

異世界の麒麟さんは、きっと伝説の神獣の麒麟さんだと信じてたのに「ウィップ・ジラフ　Lv41」さんだ。そして案外と近くで見るとでかくて怖いのに、こいつら首が鞭《ウイップ》になっててしなりながら打ち付けてくる！

「そして噛《か》む！　ウザいし怖い！　そして顔でかい!?」

吹き荒れる長い首と、噛み付きに来る頭。2階建ての屋根の高さまで宙を駆け上っても届く首、そう広範囲攻撃型のキリンさんだった。

「もっとも背が高い現生動物であるが半分は首っていう滅茶《めちゃ》ズルいノッポさんで、動物の中で最も高血圧なので有名な生き物さんなんだから首を振り回して暴れていたら……ポックリ逝かないのかな？」（（モオオ――ッ!!））「あと鳴き声、牛じゃん!!」

そして予想外に速い。まあ、名前の由来が古代アラビア語の「速く走るもの《xirapha》」に基づいて英名が「ジラフ」なんだけど、そののんびりした見た目のイメージで速さにビビる！

「まあ、脚が長いし速そうではあるんだけど、首がウザい！　風圧で巻き上げられて空中戦を強いられるのに、滞空しても首が届くって天井が低い迷宮の罠《わな》だよ！　うん、噛み付

きが対空砲火だよ!!」（ポヨポヨ♪）

何故《なぜ》か楽しそうに見物する眠りっ娘《こ》さんとスライムさん。やはり、異世界でも珍しいの？

「いや、確かに動物園でも人気だし、キリン柄だって可愛《かわい》いと言えば可愛いけど……この、噛み付きにくる顔のアップは憎たらしいんだよ！　うん、蹴るよ!!」（モモオオオ――ッ!!）「異世界迷宮でキリンに追われ、空中でカポエイラしている男子高校生さんの方がキリンさんよりも珍しい気がするんだけど、まさかの空中アクロバット逃避行からのカポエイラ展開が軽気功と相性が良くて吃驚《びっくり》だよ!?　仙人の爺《じい》さん達《たち》って軽気功でカポエイラしてたのかな？　まあ、健康的で元気そうではあるな!?」

軽気功で体重のない蹴りは軽いから、蹴った反動による移動にしかならない。だけど筋肉の力は使えるし、それを一点に集約し打つ技こそが通背拳だ。

「って、言う訳で通背キーック！　で、蹴って離脱っと!!」

下から噛みに来るキリンを蹴り付け、右から襲い来る顔面に左回し蹴りからの右後ろ回し蹴りの連撃で跳び上がり、そのまま前宙しながら新たな首に左の踵落《かかとお》としからの右の蹴り上げでバク宙し、次の頭に乗り換えて震脚で踏み砕きつつ左右から襲うキリンの頭を五行拳の『炮拳《ほうけん》』で左右に吹き飛ばすように突き飛ばす！

「って忙しいよ！　あと、首が絡まってるから軌道が読みにくいんだよ!!」

そして空を蹴って滞空して、『黒魔の刃翼』の黒い剣《つるぎ》の羽根の翼を広げる。もう一気に行こう？

「やっぱ身体操作が根幹で、スキル頼みなんてどうやっても破綻するんだよ？」（ウンウン、ポヨポヨ）

こんなものだ。朝からラジオ体操をしてもぎこちなく、太極拳はふらふらと、通背拳はよたよたと、五行拳はへなへなとしながら一通りこなし。軽く通しで試した舞踏も無残極まりなく、誰からも迷宮は早いと言われ、冒険者ギルドでも掲示板は変わらず、眠りっ娘さんの付き添いという名目で付いてきて無双して聖女感皆無でラマーズ法を覚え、キリンは顔がデカくて声は牛だった。

「うん、こんなものだし、こんなもんだけど……殺《や》れるんだよ？」

訓練は訓練だけど、訓練でできない事は実戦でもできない。そして訓練だと思って覚えた技は、実戦では使えない。だけど実戦で覚えてきた技は、実戦こそが眠りを覚まさせる。全ては既に全てやってきた事で、ちょっと体の動きと作りと構造と神経伝達や操作感覚や反射反応なんかが変わっただけだ。やってない事はできない、だけど殺ればできる！

「うん、だいたい俺の本気は命が掛かって、ちょっとヤバいかなーっていうギリギリのちょっと後でのんびりと目覚める遅れてきたスロースターターさんで、実戦でないと調整できない部分があるんだよ？」

殺し合いで目覚める技は、命の賭からない所では目を覚まさない。

「そして今の身体《からだ》を全開まで使わないように制御した状態は温湯で、ちょっと熱くしないと目が覚めないものなんだよ？　うん、だって大体の男子高校生さんは熱湯風呂が大好きなんだよ!!」

覚醒《めざ》める——って言うか目覚めざるを得ない！

「いや、だって河馬に食べられたとか、キリンに噛まれて死ぬとかマジ嫌じゃん！　それって、『くっ、古傷が痛みやがる。ああっ、昔に河馬に噛まれたんだよ』とか言いたくないよ！　キリンでも嫌だよ!!」

結局問題は何も解決してはいないけど、問題は先送りにしておけばきっと素晴らしい未来がなんとかしてくれる……と良いな？　うん、未来を信じよう!!

「終わったよー、って食べるんだキリン？　まあ、スライムさんなら『鞭化《むち》』も使えそうだけど……うん、首が伸びても当方は責任を追わないんだけど首がないから大丈夫かな？うん、下りるよ？　うん、多分50階層以下はないか、ちょびっとなんじゃないかなー？」

（ウムウム、ポヨポヨ）

ちょっとずつでいい。急ぐ目的も、目指す何かも何もない。贅沢《ぜいたく》なんて言わない、幸せに生きられるのに必要な力と稼ぎがあれば良くて、日々好きにお大尽様ができればそれ以上なんて求めないんだよ？

だから、先《ま》ずは元に戻すだけ。何とかくんの『ちょっかい』対策に木偶《でく》の坊《ぼう》で身体の外部からの強制操作を覚えて、あれから体感覚が崩れて意識的に操らなければならなくなった。それが、やっと感覚で身体を動かせるようになったんだから全部やり直せばいい。そして遠回りでも、こっちが本来の正しい道筋《ルート》のはずだ。

「だから身体を慣らすことを何よりも最優先で歩法と身体感覚を摑《つか》む。そう思っていた時期が俺にもありました？　往《ゆ》け、肩連盾剣《ファンネル》！　わかりやすく言うと任せた！　うん、もうスライムさんも眠りっ娘さんも逃げたし、俺も逃げる！　あれは無理!!」

不規則な移動と停滞を繰り返す群れ、不快な羽音と不気味な外見。前見たやつほどは大きくない、あれはトラックよりでかくてキモかったが1匹だった。こっちは大きめのボストンバッグ大が滅茶滅茶沢山《うじゃうじゃ》！

「でも、ボストンバッグのサイズでも充分に巨大蠅《きょだいばえ》で充分以上にグロい&キモいよ!!」

そう、今までに蠅との戦闘経験がない。だって前も見て逃げて押し付けた！

「思えば、あの蠅のせいでブラを作る怪しげな男子高校生の風評を被《こうむ》ることになり、男子高校生さんの好感度が撃墜された因縁の敵《かたき》だったよ……キモいから戦わないけど!!」

そう、巨大なのが嫌か、いっぱいいるのが嫌かって、どっちも嫌なのにどっちも何だよ!!

「グロい、って言うかあの数の巨大蠅の羽音だけでキモい！　サブイボが止まらないよ!!うん、瘤々《こぶこぶ》や疣々《いぼいぼ》の触手さんを作るのは好きだけど、サブイボは要らないんだよ!!」

まさか、こんな使いみちがあるとは思いもよらなかったが、『平衡の耳飾《イヤーカフ》　平衡感覚回転加速度感知（極大）　暗示音声催眠無効　集音　音量調整（7つ入る）』の音量調整で不気味な羽音を小さくして精神を集中する。そして階段まで戻り、即席で氷の壁を作って制御に集中する。

「うん、あの音とグロさがなければいけるはずだ……うん、思い出しちゃ駄目だ、思い出しちゃ駄目だ、思い出しちゃグロだ!?」

蠅の無軌道な縦横無尽の動き。その滞空と急速移動を見切り、未来視して肩連盾剣《ファンネル》で追い、撃ち、斬り裂く。有線肩連盾剣《ファンネル》の魔糸でも斬り裂きながら、弾幕と網で牽制《けんせい》する。うん、見たくないから空間把握で制御しているけど、「バリアブル・フライ Lv42」は魔力攻撃に耐性が強くて1発では墜《お》ちない。混迷する乱戦の空中戦でMPが勿体《もったい》ないけど絶対に触りたくないし、蟲汁《むしじる》も嫌だ！　うん、あのどろどろの白濁液塗《まみ》れの女子さん達の絶望の顔は凄《すご》かった。うん、あれは絶対に嫌だ！

だから、時間が掛かりそうなので獣人国の会議室で拾った座布団を出し、3人でほうじ茶を啜《すす》る？

（(ずずずずっ、ぷはぁーっ))）

僅かだったが獣人国で買い占めた寒天を粉末にして水に入れ、火にかけて溶かす。うん、寒天は量は少しでいいのが助かるんだよ？　何回かに分けて餡子《あんこ》を入れ混ぜていくと徐々に透き通り、底が見えたら火から降ろして型に入れて温度魔法で冷やす？

「お茶請けの羊羹《ようかん》でございますです？　うん、内職屋印の新製品なんだよ。今作ったから美味《おい》しいよ？　味見てないけど？」「いただきます……美味しい！」（ポヨポヨ！）

お気に召したようだ。24連の護神《イージス》の肩連盾剣《ファンネル》のウチの4枚はまさかの乱入を阻止すべく階段前を封鎖中で、残りの20枚が空中戦を展開中だけど撃破は3割に満たないな？

（（ずずずずっ、ぷぅはぁーっ））

制御能力も上がっているけど、魔力伝達がかなり良い。そして空間把握能力も集中してみると範囲も広がったが精度が高く、時間の遅滞なく精密に生々しく把握できる……うん、感触がキモい！

「うわー、このリアルさは下着づくりがヤバイな？　しかも目隠し係が3人に増えてるのに隠される気が全くしないのって……あっ、堕《お》ちた！　よし、掃討戦だ!!」（（ずずずずずっ、ぷぅはぁーっ♪））「終わったし魔石になったみたいだから行こうか？　うん、飛び散った蟲汁も消えてるはず……うん、あのベタベタがグロいんだよ」（（ずずずずずっ?-））

蠅の魔石を集めながら、隠し部屋に肩連盾剣《ファンネル》を放り込み扉を閉じる。

「うん、何で狭い隠し部屋に一番でかい『バリアブル・ジャイアントフライ　Lv42』を入れちゃったの！　うん、串刺し中……狭いから楽だな？」

まあ、蠅の王《キングフライ》じゃないからでかいだけだろう？

「おおーっ、キモいのを我慢したかいがあり宝箱と別にドロップが出てるよ！」

幸運MaX限界突破さん、ありがとう！

「えっと『細菌の壺《ガームスつぼ》　病原菌が濃縮熟成』っていらないよ！　これ封印しないとまずいけど食べ物の入ってるアイテム袋の中に入れたくない!?って言うか熟成すんなよ！　細菌版

蠱毒《こどく》!?　突然変異しそうだよ……莫迦《ばか》は風邪ひかないらしいから食わせたら細菌版蠱毒も消化するかなー？」（ポムポム）

幸運MaX限界突破さん、仕事しろ！　厳重に封印してから仕舞う。これは兵器にも使えない、病原菌なんて回り回って大陸を巡る自滅兵器にしかなりえない。できれば処分したいが焼き尽くせなかったら困る……でも、莫迦が風邪ひかないなら、オタだって細菌がドン引いて死滅するかも？　いや、止《や》めておこう、突然変異してオタ莫迦細菌突然変異大増殖《バイオ・ハザード》が怖い!!

そして宝箱からは『魔素《エレメント》の腕輪　魔法変換効率増大（大）魔力吸収（大）四大魔法属性付与　+DEF』、これ中層でなら大当たりだ！　しかも、眠りっ娘さんに相性が良い。魔力吸収に変換効率が上がれば魔力切れ対策にいいし、聖魔法に特化だけどこれで四大魔法の属性も強化される。

「なんか中層迷宮にしては魔物の癖が強いし厄介だと思ったら当たり迷宮だったんだよ、中層ならこれ1個でもとが取れてるよ？　はい、眠りっ娘さん。魔力を吸収と省エネで四大魔法もアップのお得な腕輪で、まだ装備が不十分だから眠りっ娘さん優先なんだよ？」

「ありがとう、ございます……凄く良いもの、大事にします」

銀の装飾で見目も良いし気に入ったようだ。深々と頭を下げられたけど、まだミスリル化もしてないから甲冑《かっちゅう》委員長さんや踊りっ娘さんの装備には数段見劣りするんだけど……まあ、嬉《うれ》しそうに着けて喜んでるから良いか？

これにＩｎＴアップとかもあれば即ミスリル化候補だったんだけど、若干微妙な性能なのだが気に入ったなら夜にでもミスリル化してしまおう。うん、性能なんて野暮なものは、お気に入りのものに囲まれてから選べば良いのだから今はいっぱい貢いでおこう。だって、ずっと魂だけだったのだから、やっと取り戻せた身体を楽しみたいだろう。うん、楽しませて頂きました？　まあ、身体がなくても、霊魂もエロかったんだよ？

儲からない迷宮はただの迷宮だが、元々迷わないし宮殿もないから穴だった？

１２１日目　昼　辺境　迷宮

欲を出すと足を掬《すく》われるとはよく言ったものだ。そう、ちょっと欲張って超反応のまま一気に空を駆けたら、足を掬われて天井に顔面から激突して後頭部から墜落した？　まさに踏んだり蹴ったりと言うか、ぶつかったり墜《お》ちたり？

「うん、軽気功で衝撃を逃してなかったら１転《こ》けで二度死ねるよ!?」

さっさと済ませて、お外でご飯が食べたいので速攻戦を繰り返していたのが油断だったのだろう。まさか異世界で足を掬われるとは……まあ、引っ張られたんだよ？

「だが、わかったからもう無効化できる筈《はず》。うん、智慧《ちえ》さん頼んだ！」

まさかの重力使いな、「グラビティー・ファントム　Ｌｖ49」さんは軽気功とすこぶる相性が悪かった。そう、霊体故に風を起こさないし、重力でちょっかいを掛けてくるから飛ぶとまずいのに、向こうは飛んでるというか浮いてる不条理な戦況。面倒になってきたので教国で買い占めた魔除《まよ》けを焚《た》いてぱたぱたと扇《あお》ぐと、ぼたぼたと降ってきたので片っ端からボコって回る。

「戦うと無駄に時間が掛かりそうだったけど、駆除や退治なら早いんだよ？　肩連盾剣《ファンネル》の蟲汁落《むしじる》としで時間が掛かったから時間短縮で、水魔法と振動魔法ですぐに綺麗《きれい》にはなったんだけど肩に着けるのに気になって結局7回も洗っちゃったんだよ。うん、最重要なのは殺虫草だったんだよ!!」

そして、残った霊体《ファントム》さんも、粘体《スライム》さんに食べられながら消えていく？

「これって昇華なのか、消化なのか？　まあ、次は50階層だ？」（ポヨポヨ）

そして節目な50階層は不死目だった？

「うーん、駄目だねー？　階層主さんは暗黒系な霊体さんだから、神聖魔法の聖女さんとは相性が良いかと思ったのに……うん、結構強くてステータスも高いのに、根性がなかったんだよ？　あっ、落ちた？」（ポヨポヨ）

暗黒と死を纏《まと》う迷宮の階層主「ダーク・レイス　Ｌｖ50」は、闇ではなく暗黒系な霊体の魔法使いだった。即死効果のレイピアを持ってはいるが、暗黒の魔法障壁に護《まも》られたローブを纏い、即死効果の魔法を操る魔物……が、天井に張り付いたまま、ざっくざっくと串刺しにされ力尽きて墜落死中？

「いや、『神聖の聖杖《せいじょう》』の刃が暗黒魔法の障壁をするっと穿《うが》ち突いちゃって、レイスさんは天井まで逃げたのに下から延々と滅多刺しされて落ちて魔石で、闇と聖の魔法戦と言うにはあまりにも物理的死因だったんだよ？」

しかし、これで闇は暗黒魔法に類するものではないことが実証された。暗黒魔法の障壁は聖魔法で容易《たやす》く貫けたから、闇に聖魔法が効くなら眠りっ娘《こ》さんが負けるはずがない。あれは魔法とか属性とも違う何かだ。弱いのは神剣だけ、つまり神敵……って、仲間じゃん!?

「いや、俺は神剣に刺されてみたけど消滅しなかったし、日常的に使用して所持しているせいか耐性がついてきた気がするんだよ？」（プルプル）

ドロップを拾って来てくれたようだし、よしよししておこう。でも、なんで眠りっ娘さんまで、よしよし？　そして黒い指輪はしょぼい『暗黒の指輪　InT30％アップ　暗黒魔法　遮光　暗闇　煙幕　盲目　即死』でInTは美味《おい》しいが暗黒魔法ショボい！

「暗くするだけじゃん……あっ、でも暗がりが作れるのかー、今ならセットで暗黒布団は付いてないのかな？　うん、これは再考の余地がありそうだな？」

さくさくと下りる、そして駆ける。弾頭を空中にばら撒《ま》き、連続で魔力を流し込み次々に発射する。魔法は氷属性で、『凍　弾《フリーズ・バレット》』にして氷に包まれた冷気の弾頭を片っ端から撃ち込む。まだ制御がキツいけど、魔力効率も展開速度も速く、威力も上々。うん、バレットくらいなら連射でも問題ないみたいだ。

「つららららららららららららああああぁ、ってまあ氷弾って氷柱《つらら》なんだよとつらつら徒然《つれづれ》なるままに？」

氷の破片と炎が燦《きら》めきながら舞い散り、爆風に舞い上がって輝きが連鎖する。知ってて良かった、「ボム・フレイム　Ｌｖ51」は爆発する炎の魔物。そう、教国の爆発おっさん攻撃はこの魔物を参考にしたと聞き、本物の魔物はあんな可愛《かわい》いものじゃないと聞かされて注意していたが……おっさんより可愛い火の玉さんのようだ？　爆発は凄《すご》いが、よくよく考えればおっさんより可愛くないものがあるはずがない！　誤情報に踊らされたようだが、爆炎が踊り氷弾が螺旋《らせん》を描き空を舞う。

「ふっ、熱エネルギーを下げれば熱爆発は威力が減衰で、バスガス爆発の場合は天然ガス自動車の普及率が低いからバスが砂漠発の方がワンチャンあると思うんだよ？」（プルプル）

燃焼系で襲い掛かってきて、近付けば爆発するけど、した後も燃焼を続ける爆弾魔兼放火魔な魔物さんだ。だけど氷属性攻撃で爆発力は弱まり、延焼も防げている。それでも近付かれると厄介だから速攻で弾幕を叩《たた》き込んで距離を取る。

氷弾の破片で一気に地面は凍りつき、その上で焔《ほのお》が燃え上がり爆発して火の粉と氷片が乱舞する。この自爆シリーズは地味に危ない、まだ眠りっ娘さんのＬｖは40に届かないから危険は排除だ。うん、だから突っ込まれたら困るんだよ？　スライムさんと２人で氷の槍《やり》を飛ばしているに、弾頭も使わずにあの破壊殲滅《せんめつ》力かー、『魔素《エレメント》の腕輪』の効果もあるのかもしれないが爆撃機並みの槍の質量攻撃だな？　うん、ノーダメっぽいし？

「お疲れー、ってＭＰは大丈夫そう？　調息して練気を忘れないでね……いや、ひっひっはーっは違うんだけどね？　まあ、気に入ったんなら良いんだよ？」（ポヨポヨ）「魔法、中身？　入ってた、のは何、ですか？　強かったです」

弾頭が気になったようだ。さすが魔法職、その意味と効果を見抜くのが早い。

「これだよ。魔石弾頭って呼んでるけど、硬化加工した石の先端に魔法陣を描き込んだ屑《くず》魔石の欠片《かけら》を嵌《は》めてるだけなんだけどね？　魔法を物理だけでは止めにくいように、物理も魔法だけでは止めにくいよね？　だから弾頭入りのバレットだと無効化されにくいし、反射も防ぎやすいし省エネにもなるんだよ？　まあ、跳弾だけは気をつけてね？」

気に入ったらしく弄《いじ》り回して魔法を込めて遊んでいる。うん、俺も弄り回したり捏《こ》ね回したり揉《も》み回ったり撫《な》でたりしたいけど……魔弾はこっちに向けないでね？　うん、ジト目とゴルゴ目は違うものなんだよ？

「魔法と物理兵器の併用は防御しにくいから、剣に魔法効果を付ける意味はよく知られているのに魔法に質量兵器を混合させる効果は知られていないんだよ？　でも、魔力防壁を魔法で押してたらＭＰの無駄なのに、物理攻撃は運動エネルギーが消されたら無意味っていう理由で見向きもされてないから第三者男子高校生的な観点から抜け落ちた視点を埋めたり谷間に視線が行くのは仕方がない出来心なんだよ？」（ジトー……）

だが、いちいち魔力で塵《ちり》から石を形成して撃っていては迂遠《うえん》だ。石なんてそこら辺に幾らでもあるんだけど、用意して細工しておけば実用的な実弾魔法なんだよ？　あと、迷宮内にはあんまり石が落ちてないし？

「使う魔法に合わせた専用弾頭なら効果は格段に上がるし、材料は石に屑魔石で無料《ただ》で使い捨てても惜しくないって言う、お得で便利で簡単な魔弾さんなんだよ？　うん、一応品質の良い高級魔石弾頭とかもあるんだけど、そっちだと勿体《もったい》なくて中々使えないんだよ？」

(プルプル)

そう、だって絶対に銭形平次《ぜにがたへいじ》さんより投石平次さんの方が費用対効果《コスパ》が高い。っていうか銭を投げんな？

「うん、案外と魔法専門職って少なくって、いまいち商売にはならなそうなんだから冒険者ギルドが情報は教えているんだよ？」

ただ使いこなせる者は少ないという話だ。それは魔法はイメージ、だからこそ銃のイメージの有無が大きいのだろうと思っていたが……眠りっ娘さんは俺がやってるのを見ただけで使いこなしている？

「うん、でもあれって狙い目なのか、ジト目なのか、ゴルゴ目なのか判断の難しい半眼の間断《かんだん》のない魔弾の連撃？　みたいな？」

仲間外れに感じたのかスライムさんまで弾頭を使いたがって、空中から滑空する「ブレイド・バット　Lv52」を3箇所からの対空砲火の弾幕で瞬く間に撃墜する。

「いや、もしかしたらそういう演出なのかもしれないけど、のんびりと天井の洞穴から湧きだそうとするから集中砲火の的《まと》なんだよ？　うん、せめてもっと穴を分散しておこうよ？　うん、全滅だな？」

　うん、反響魔弾の炸裂音《さくれつおん》が効いたのか、耳がキ――ンってなったのか、とにかく効いたようだ？　そうして階段を下り、下の階も聖杖だと言い張るハルバートなのかすら怪しいデュアルヘッド・ハルバートが暴れ回り、俺はスライムさんと戯れ回っている？

「本来、槍に類する武器は端を持ってリーチを活《い》かすから両刃はありえなくて、中国拳法でも斬るのが難しいために両刃は演劇用なんだよ？　いや、使えてるんだけどね？」

　双刃刀やツーブレーデッドソードなんかですらも、力学的に実用性がないと言われていたんだけど……うん、魔法だから斬れるようだ？　やはり異世界には常識は邪魔なようで、俺のような良識的人間の想像力を逸脱しているらしい？

「うん、だってあれはビームサーベル理論なんだよ？　でもオタ達《たち》の考えが正しい世界って、それ異世界が間違ってるよね？」（ポヨポヨ）

　簡単に教えた旋風棍《せんぷうこん》が随分と気に入っていたようで、歩きながらちょいちょい少林寺三十六棍とか説明しながら見せていたら聖女はやめて『水滸伝《すいこでん》』まで行ってしまってる。

「まあ、聖杖が三節棍になってるハルバートな時点で駄目だったから、あれは俺のせいじゃないんだよ？　うん、諦めてね『エレメント・ライノス　Ｌｖ53』さん？って言うか、もう上で河馬は見たから、今更の犀《さい》は喜ばれないんだよ？」

　うん、犀は旋風棍で投げられて、デュアルヘッド・ハルバートの旋風斬が舞荒れ絶滅寸前のようだ？

こういう謎理論の、とんでも武術になるとオタ達のほうが詳しいんだけど、オタ達《あいつら》は迷宮皇さん達を前にすると無言で固まったまま空気になる。うん、あの調子だと会話できるまで500年位は掛かるだろう？　そう、オタ達は美人のお姉さんタイプが一番緊張するらしい？　ちなみに獣人姉妹の姉兎《うさぎ》っ娘もJCなのだが発育の良い魅惑のボディーと整ったお顔でぱっと見はお姉さんっぽくて、そのせいかオタ達は殆《ほと》んど話しかけてこないで手助けだけしていたらしい？　うん、全部駄目じゃん!!

まあ、再会した時はオタ達も心配していたようでホッとしていた。あいつらは個別に分けると戦力がガタ落ちして危ないから、分散行動を禁止していたのが裏目に出てしまったのだから俺にも責任がある。だからオタ達が兎っ娘に貸していた装備は、無料で返してやったんだよ？　うん、涙を呑《の》んで頑張って預かり料金は我慢したんだよ？　うん、整備費だけで我慢した！

「うーん、やっぱ癒やしの聖女さんが破城槌《はじょうつい》は、とっても見事に使い熟《こな》してるけど問題だな？　主に迷宮の強度が？」（プルプル）

そう、獣人姉妹の参加でそっちの装備に手が掛かり、眠りっ娘さんの装備が不十分だ。元々の装備の等級が滅茶《めちゃ》高いので、時間が掛かるのもあるんだけど何よりも戦い方をしっかりと見ておきたかった。俺達と一緒だと深層に潜る事になるのだから装備は万全に備えなければならない。そして美人さんだから見た目も大事だ！

「うん、魔法職の戦いを見ておきたかったんだけど、この副Bさんとの凄《すさ》まじい既視感は何なんだろうね？」（ポヨポヨ）「うん、ポヨンポヨンなんだよ？」

まあ、そっちは私服で頑張るとして、装備の傾向と戦い方の特徴も摑《つか》んだ。魔力伝達の流れは深夜に徹底研究し尽くしたし、それはもう寸法も超完璧だ！　もう微に入り細に入り奥にも入って、奥の奥から隅々まで繊細に微細に徹底して徹頭徹尾に触手頭触手尾で採寸と言う名の探求を究め尽くした！　勿論《もちろん》、十全に入念に今晩も再調査だ！　うん、朝の仕返しだ!!

そして、どうやら54階層の下で終点。つまり迷宮王さんは55階層。不人気で踏破が進んでない迷宮《ダンジョン》とは聞いていたが、間引けずに成長していたようだ。

「まあ、異世界人さんだとキリンさんとか吃驚《びっくり》するよねー、眠りっ娘さんも大喜びだったし？　うん、夜も大変にお悦《よろこ》びのお顔で清楚《せいそ》どころじゃない滅茶エロいお顔でWピー……いや、何も言ってないから三節棍ハルバートはしまおうね？　うん、ある意味広義的解釈で鎖鎌も含まれてる気はするけど、狭義な男子高校生的解釈では暴力反対？　はい、もう言いません！」

眠りっ娘さんもすっかり馴染《なじ》んできたようだ……うん、お説教に迫力が出てきている！ちな、迫力＝暴力なんだよ？

そして、歩きながらでも調整して、1歩で疾走《はし》り、2歩目で斬り払う。連続した状況下でなければ、狙って縮地法ができている。それは武仙術に統合されたせいなのか、術理に制御されたせいなのか、術《わざ》としての使用が明確化され制御が体感的になっている気がする？　そして、発動すると止まれず突っ込む効果の『縮地《スキル》』とは違い、制御ができそうで、まだ停止はできないけど僅かに曲げたり減速はできているし、何より移動中も身体《からだ》が硬直せずに動かせる。それを智慧さんの演算も並行して制御する安心感と正確さで踏み込み……大混乱で乱闘を繰り広げる！

「うん、試したらできたんだけど、その後まで考えてなかったよ！　まあ、全部敵だからいいか？」

俺は中央に陣取り、左右からは眠りっ娘さんとスライムさんが挟み込んで一挙に……

「デヴィル・プラント　Lv54」を伐採する？　うん、シルエットから才能豊かな触手魔物さんなのかと期待をかけていたのに、無能な噛《か》みつき植物だったんだよ？

「この迷宮はビッチ達の方が良かったのかも、噛み合わせ的に？　噛み合え、もっと噛み合えー、みたいな感じで？」（ポヨポヨ）「って言うか、植物系の魔物さんって樹《き》に擬態してるけど……迷宮の中って魔物さんしかいないよね？　うん、樹の振りしてるメリットが皆無だから、じっとしてても無駄だと思うんだよ？」（プルプル）

お昼までに済ませて、上でお昼の予定だったが思っていたよりも時間を取られた。眠りっ娘さんのレベリングと、俺の調整を兼ねているから速攻が少ないのは仕方ないけど、こっそりあと2つくらい回ろうと思ってたのに押せ押せの巻き巻きのよいせっせな時間のようだ。

まあ、迷宮王を倒してから考えよう。もう、眠りっ娘さんも新装備の感触を掴み、ラマーズ呼吸法による練気を開発して絶好調だし……うん、戦闘中にずっとひっひっはぁーっの呼吸が聴こえてくるんだよ？　うん、滅茶気になるんだよ!?

おっさんによる不当な出し惜しみこそが不変の掲示板の原因に違いない。

121日目　オムイの街　冒険者ギルド　ギルド長室

吟遊詩人が謳《うた》い上げた言葉のままだ。華が開くように街が彩《いろ》付き、人々の声々に潤いが滲《にじ》み、顔には幸せが浮かぶ。嗚呼《ああ》、溢《あふ》れる幸福が帰参したと。

領主のオムイ様は未《ま》だ不在なれど、街中に愛されるメリエール嬢がお戻りになられた。王国の客人となられた黒髪の美姫《びき》と仲間達《たち》も街に戻り、迷宮《ダンジョン》の攻略が加速して行く平和と豊かさの予感に街が賑《にぎ》わい笑顔が溢れ出している。

だが笑顔の意味なんて、きっと意味がないのだろう。泣きながら抱きつく孤児の山の中に埋もれ、少年が帰ってきた。その泣き笑う声に、意味や理屈を求めるのが無粋。あれは、ただ帰ってきたことへの純粋な歓《よろこ》びなのだ。

あの黒髪の一団が辺境に幸せを齎《もたら》したのは暗黙の了解で知れ渡っている、そして今ではいないと物足りなく感じる辺境の騒動の中心だ。

街の賑わいは色取り取りの溢れる商品の数々と、様々な異国の衣装の増え続ける商人達に見て取れる。異国の商品も増えて、街を歩くだけで目移りし幸せに戸惑うほどだ。

だが、問題にはなっていないが冒険者崩れの盗賊が辺境に入り込み始めている。増え続ける冒険者達の戦力化で、魔の森や低層迷宮の魔物を間引けるようになり、やっと高位の冒険者達を集中できるようになった。だが全く問題はなくならない。

主婦層を中心とした女性のユニオンが結成され、相互援助と主婦層の情報網で瞬く間に巨大化し町や村の治安が恐怖によって安定している。あれを襲える盗賊や魔物はいない。そして今まで追いつけなかった巡回警備がようやく機能し始めた、後手後手で手遅れで追い付けず救《たす》けられずにくやみ続けた警備体制がようやく整ったのだ。

その反面急増する冒険者に対応しきれずに、あり余るほどに溢れていた武器防具が不足し始め貸出制度も限界が近かった。結局我らはこれほどまでの幸せと平和を享受しながら、また少年に頼らねばならない。

未だ冒険者になれずにいる少年に、裏で深層迷宮の攻略を依頼し危険を押し付け武器や防具の制作まで押し付けようというのだ。たったLv28の少年にまた頼りきり押し付ける、それを贖《あがな》う術《すべ》もないのにだ。

街は吟遊詩人が迷宮踏破の速報を謳い上げ、毎日沸き立つ街の大通り。それは偉業だが、現実はやっと上層だけの浅層迷宮を潰し始めただけだ。中層迷宮は押し込んでいるが、下層迷宮では階層主を倒せずに現状維持がやっと。そして深層迷宮に至っては成長すら止めきれていないのが真実だ。

国軍が集結し、冒険者が強化されてすら我等《われら》では無力だと露呈した。夢に見た未来を手にしながらも、それを維持する力すら持たない無力さ……嘗《かつ》てなく賑わう冒険者ギルド、それですら迷宮と戦えるだけで、潰しきるどころか維持すらできないとは。

「ハキエス様。いちいち悩まないで下さいませんか。普通、深層迷宮なんて国をあげて攻略しようとしても無理なのです。大陸の全国家戦力での聖戦でやっと踏破したと伝説になっているのです。もう、深層迷宮がボコボコある現在の悲惨な状況下で、維持をするなどとっくに不可能なのです。だから、さっさとギルド長としてさくさくと依頼書をお書き下さい」

「手が動かぬのだよ。何故《なぜ》そこまであの少年を苦しめ続けなければならぬのか……頭でわかっていようとも心が決まらぬのだ。我等はこの幸せと豊かさに何も報いておらんのに、また地の底の地獄へ向かわせようと依頼するのだぞ！」

ペンを持つ手が震える。このペンすらも少年が齎し、辺境から大陸全土に販売され商人達を呼び集める豊かさの象徴だ。その辺境の宝に死地に向かい絶望《めいきゅうおう》と戦い倒せと告げるのだ。

しかも実質は命令に等しい。何故ならばあの少年は断らない、緊急の依頼すら全て受けてしまう。この依頼書を書くという行為は、即《すなわ》ち辺境の恩人を地獄へ落とす命令に等しいのだ。

「ギルド長が向かわせなくても、今朝も早くから儲《もう》かる迷宮を寄こせと催促されてますよ。言うに事欠いて深層迷宮の依頼を常設掲示板に貼り出せと言い出して騒いでましたから。だいたい深層迷宮攻略の報奨など大陸の全ての国家を上げて支払うもので、到底一国に払える訳もありませんし、複数の時点で大陸国家ですら破産します。無理です、不可能です、諦めてさっさと書いて下さい」

知っている。そう、おもいっきり聞こえていたから。

「だが少年達は獣人国と教国から迷宮討伐軍を出して貰《もら》えるようにして来てくれたのだぞ。永きに渡り見捨てられた辺境に、他国の軍が旗を立てる日が見られようとは……やっと王国が一丸となり、周辺国から支援を得られたと言うのに、それをなした少年に地の底の地獄で迷宮王の下《もと》へ行けと書くのが躊躇《ためら》われるのは当然の事だろう」

どれだけのものを齎されたのか、計算どころか想像もできない。この辺境の幸の全てだ、平和な日々の何もかもだ。それを仇《あだ》でしか返せないとは。

「王国の問題も、教国との確執も、獣人国の差別問題すら済ませて来たばかりの大恩人なのだ。そして、この幸せな街を潤し続ける品々すら少年達が齎す物だ。報いられぬ恩は天《てん》秤《びん》にかけて良いようなものではない、本来なら辺境を上げて守らねばならない少年達なのだと言うのに……」

「はぁーっ……舐《な》めるなと申し上げているのです。地獄の死地に向かう者が毎日催促に来ますか？　あれは許可を取りに来ているだけです、許可を出さなかったらこっそり……と口でだけ言いながら堂々と勝手に迷宮に行きます！　迷宮王をこの世の終わりと思っているのは我々だけです、思ってる人間は迷宮王の梯子《ハシゴ》なんてしません！　あれはそういう私達が思うものとは別のものなんです！」

　わかっている。嫌というほど書き続けた依頼書だ、それを成し遂げ戻ってきてくれているのは重々理解している。

「そうだとしてもだ、それが正しかろうと我等は我々の小さな物差しでしか測れぬのだ。少年がどう考えようとも我等が受けた膨大な恩が変わる訳でも減じる事もないだろう」

「深層迷宮の2つは深化すら止められておりません、遅らせるほど迷惑をおかけすると考えて下さい。結局、他に手がない以上はさっさと諦めて下さい。ギルド長として放置できない以上、ご決断する以外に道などございません。だから忙しいのでお早くお願いしますと申し上げているのです」

　結局は書くのだろう。今までもそうだったように……それに苦しみ悔やむとわかっていても書く以外の選択肢がないのは身に染みて思い知った。少年達に頼む以外に深層迷宮は疎《おろ》か下層にすら届かぬ。軍ですら中層を戦い抜くのに人海戦術で辛うじてなのだから。

「くっ、私は私であることが恥ずかしい」

　もう、あとは名前を書くだけの書類に震える手で名前を書き記す。その意味を知りながら私が書かねばならぬのだ。嫌がる指を抑え、震える文字で名を書く……だが、書き終わってもペンは指から離れてくれない。

「そのようなお顔をなさらないで下さい。お忘れな訳ではないでしょうに……大迷宮から帰ってきたのですよ。この世界の破滅と呼ばれる地の底で1人で戦って勝ち残り帰ってきたのです。大丈夫です、あれは私達のその小さな物差しで測れないものなので、考えるだけ無駄なものなのです。だから舐め過ぎなんです。そんな可愛《かわい》いものではないのですよ……迷宮殺しとは」

依頼書は黒髪の美姫と呼ばれ始めた少女達の手に渡される。それが非公式にでも少年に手渡されると知って渡しているのだ、どのような顔になろうと放っておいて欲しいものだ。指から離れてくれないペンを握りしめる。もう、手遅れなのだと。装備を整えて再編成し、指導と教育まで手を広げ万全の体制を敷いても我ら冒険者には手が届かなかった。

本来ここまで悪化する前にせねばならなかったのだ。今の装備も制度も少年によるものだ、全てお膳立てされても尚《なお》我等は成し遂げられなかった。

「もはや大陸が1つに成り得る事など在り得ない、辺境がやらねばならんのだ。だが、それを少年に押し付けるのは、それだけは許されてはならんだろう」

窓の外を見る。いつもオムイ様が涙ぐまれておられたが、この賑わいと笑顔が奇跡だと知っているからこそ悔しい。人々を笑わせ、幸せにし続ける少年を危険に向かわせることがどれ程の損失かを心に問う。

きっと、何も言わぬからこそ思う。恨み言も、侮蔑も、文句の1つなく、まともな報奨金すら支払われないのに……そして魔石だけを売りに来る。その支払いすらも滞り続けているのにだ。

「もはや魔石の独占販売も可能だろうに」

辺境に流通する魔石の大部分は少年達の持ち込むものなのだ、そして魔石の加工も販売も少年の関わるものばかりだ。冒険者ギルドの利権など全て奪い独占できるというのに、何も報いられないギルドに今も魔石を持ち込んでくれている。

たった半月の留守の間、迷宮と戦うのにどれほど苦悩した事か。引き継ぐどころか維持もならなかった。軍が当たり、一気に強化されたギルドが勢力を結集しても尚迷宮は深く遠かった。そこに行かせるのだ——無事だろうと、気にもしてなかろうとギルドの長《おさ》の私が慣れてはならない。もう、生涯自分を許す日など来はしないだろう。

「怒鳴られ詰《なじ》られるのが当然なのだ、侮蔑され軽蔑されても足りぬだろう。私はそれだけのことをあの少年達にし続けているのだからな。だから、せめて……出し惜しみとか言うの止《や》めてもらえないものだろうか？　何か罪深き依頼書を書かないと下の階《フロア》から少年の悪口が聴こえてるんだが？」

「もう戻ってきましたかー……だから早く書いて下さいと申し上げましたよね？　私は毎日毎朝あの相手をしてるんです！　四の五の考えるのはご自由にして下さって構いませんから、さくさく書いて下さい！　依頼書が何十枚あると思ってるんですか、いちいち苦悩しないで下さい！」

出し惜しみって……深層迷宮の依頼書を出し惜しむって、惜しくないどころか大陸中に配りたいくらいなのだが。ただ、これ以上あの少年達にだけに依頼を押し付けたくないと悔やんでいると言うのに……出し惜しみって（泣）

嘘ではなく大げさでもないが紛らわしい名前で心が痛かった。

121日目　昼過ぎ　辺境　迷宮　55F

戦えぬままに、ただ戦闘をただ見守る。まさか迷宮王との戦いに敗北を喫するとは、あの呆気《あつけ》ない一手で完膚なきまでの戦線離脱を強いられようとは。動けない俺とスライムさんを背にして、独りで迷宮王と戦う眠りっ娘《こ》さんの後ろ姿。

「くっ、俺とした事が、まさかあそこで……じゃんけん負けちゃったよ！って、スライムさんイジケてるけど、スライムさんは今日は護衛兼指導役だったよね!?」（プルプル？）

サイクロプスの巨体から生み出される強力無比な一撃を、回転するハルバートで弾《はじ》き飛ばし。その回転の勢いのままに両刃で斬り飛ばす旋風のハルバートの三節棍《さんせつこん》……もう、誰も教国の祈りの聖女の伝説は信じないだろう。うん、サイクロプスさんの太く強靭《きょうじん》な豪腕が叩《たた》き折られたよ、やっぱり叩き折りの性女の誤字が伝承されてるんだよ!?

「いや、テヘペロみたいにプルプルってされても、それはあざとすぎると思うんだよ？」

（ポヨポヨ）

優に4メートルは超える巨体を震わせて、威圧の雄叫《おたけ》びをあげる単眼の巨人が眠りっ娘さんを睥睨《へいげい》する。

「なんか迷宮王ぶって威張ってるけど、キリンさんの方が背が高かったし、河馬さんのほうがお口大きかったよね？」（プルプル）「あと、蠅《はえ》さんの方が怖かったのにドヤってるからボコられるんだよ？」（ポヨポヨ）「うん、だって相性最悪なんだよ？」

　踏み鳴らす細脚に大地は揺れ、轟音《ごうおん》を立てて振り上げられる逆袈裟《ぎゃくけさ》の一撃が容赦なく巨体の肉を穿《うが》ち骨を砕く。わかり易《やす》く言うと、巨軀《きょく》に加えＬｖと体重と筋力で圧倒しながら、力負けしてるから転げ回る無残なサイクロプスさんの末路？　まあ、それでも「ストレングス・サイクロプス　Ｌｖ55」さんと言い張ってるんだから、曲がりなりにもストレングス《Strength》で一応あの巨大な筋肉の塊が更に魔力で強化されているのだろう？

「いや、魔力の身体強化で戦ったらふっ飛ばされるんだよ？　うん、眠りっ娘さんは華奢《きゃしゃ》に見えて暴力的姿態《デンジャラスバディー》な素敵なぼんきゅっぼんな躰《からだ》で、折れそうな細い腰の括《くび》れだけど滅茶《めちゃ》激しい腰振りのヒップシェイクで……いえ、何でもありません！　はい、頑張ってください？」

　サイクロプスが力で圧《へ》し折られ、使役主は眼力で発言を弾圧される！

「攻撃に溜《た》めがあって読み易いから、魔力を集約《チャージ》し集中された圧縮の全力の一撃で殴り返されるんだよ？　うん、腰のキレが大事で、それはもう白い美尻が縦横無尽に弾んで……って、違うんだよ！　今のはただのアドバイスなんだよ？」「なんで、敵にアドバイスしてる、ですか!!」

単眼の巨人の巨体が力負けで破壊され、男子高校生さんの使役主の威厳も壊滅中？　うん、あの止まらない小刻みな痙攣《けいれん》のような高速の動揺《シェイク》は大変に凄《すご》い破壊力だったんだけど単眼巨人《サイクロプス》には伝わらなかったようだ？　うん、エロかったんだよ？

重さと筋力は純粋な破壊力。そしてＬｖの差の絶対性。だが、その筋肉の使い方を知らず、動作も洗練される事もなく、無駄に力を分散させて体重すら上手《うま》く扱えていないと……それは無駄だらけの剛力。それでは完全なる身体制御と、緻密を極めた魔力操作された細身の躰から生み出される力には及ばない。尚且《なおか》つ、螺旋《らせん》を描き集約され、一挙に放たれた一撃に無残に打ち負け破壊される！　うん、腰のエロさが大事なんだよ!!

「狙いもだけど、タイミングが単調で単純過ぎるんだよ？　ほら、もう眠りっ娘さんは『ひっひっふー』の呼吸でタイミングを合わせて待ってるんだよ？」「ひっひっふう――♪」

ラマーズ呼吸の練気法で気功は練られ、魔力に満ち溢《あふ》れた着痩せする我儘肉体《わがままバディー》が更なる強化で練功を遂げる。

混じり合う膨大な魔力と、呼気で練り込まれた気が精緻な制御で純粋な力へと変えられていく。まだ準備が必須だけど、相手が遅ければ完璧に迎え撃てる纏糸勁《てんしけい》の太極の一撃。その螺旋の発剄《ラマーズ》にサイクロプスの巨大な棍棒が打ち負け、弾かれて腕が折れ曲がり骨という骨が砕け散る。

「サイクロプスさんはスキルに再生を持ってるから頑張ってるけど、眠りっ娘さんは一応自称癒やしの聖女さんと名乗っているから再生力じゃ勝てないんだよ？　うん、きっと腰が大事なんだよ？」（ポヨポヨ？）

何せＬｖ上げの稽古の相手は甲冑《かっちゅう》委員長さんに踊りっ娘さんにスライムさんだった。その豪華指導陣を相手に究極の技術を学び、多種多様で臨機応変な対応ができるように女子さん達《たち》を始めデモン・サイズさんも模擬戦の相手をして……俺だけボコられた？　いや、Ｌｖ１桁までは相手できたんだよ？　でも、調整中で素早く歩けない状態で、眠りっ娘さんの相手って無理だから！　だって、まともに打ち合っちゃうと中層程度の迷宮王では相手にもならないんだよ？

頑強さも粉砕され、再生能力も崩壊していく。優雅に滑るように脚が踊り、身体《からだ》が舞い、聖杖《ハルバート》が螺旋を描く。速度に乗って加速した剛撃に抗《あらが》う術《すべ》もなくボコボコボコとボコられる涙目の一つ目の巨人さん。

「うーん、甲冑の腕周りは再設計で作り直しだな？　脚部も可動域から見直して修正が必要そうだし、案外と力押しなのに動きは優雅で流れるような華麗さで、回避力と迎撃力は高くて速いと？　うん、装甲は充分だな。関節周りは1回全部分解《ばら》すかー？」（プルプル）

変幻自在な動きでバトントワリングのような小技を挟み、身体も柔らかくて可動域が広いから攻撃の範囲まで広い。何より予知スキルでの回避は神業のようで、カウンターに使われて悪逆な破壊行為にサイクロプスが倒れる！　あの最後の一撃は完全破壊効果だよ!!

「お疲れー、上がってご飯にするけどドロップ待ちの間に隠し部屋行く？　まあ、スライムさんが食べちゃって、誰もいないから宝箱を空けるだけだし休んでて良いよ？」「お疲れ、ありません。御一緒、します」（ポヨポヨ♪）

うん、どうやらサイクロプスさんは熱い戦いを繰り広げてたけど、眠りっ娘さん的には全然物足りなかったようだ？

「あれなら深層迷宮にはまだ早いけど、下層迷宮程度なら充分そうだよね？　あとはLvを上げて装備を整え、地道に技術を磨くだけで良いか？　戦闘の連携は……どうせ、みんな適当だし、戦術指導は……誰も言う事を聞かないし、どうせ早い者勝ちだし？」

うん、むしろ俺の調整の方が時間が掛かりそうだ。スキルを一通り試すだけで一苦労なのに、全てを最適化して調整しなければならないし面倒だな？

「しかし相変わらず鍵も掛かってなければ、罠《わな》もない。迷宮アイテムの『マジックキーLvMaX』と『トラップ・リング』を辺境で使った記憶がない？　そんな懐かしさを感じながら宝箱を開けると『高感度の指輪　InT、MiN、DeX30％アップ　感知感覚上昇（大）』……………………えっ？」

一瞬、俺がどれほど喜びに打ち震え感激した事だろう。うん、二度見して二瞬目に絶望したよ!!　膝を抱えて蹲《うずくま》り、震える俺の背中をスライムさんが慣れた粘体でポンポンしてくれて、眠りっ娘さんが辿々《たどたど》しい手付きでぽんぽんに参加中だ。

「うん、完全に『好感度の指輪』に見えたんだよ？　何の疑問も感じずに、俺の目には

『好感度の指輪』って映ったんだよ!?　ずっとずっと異世界の迷宮に潜り、毎日夢見て探していたものが遂《つい》に見つかったんだと、異世界の冒険を俺はついに遣《や》り遂げたんだと感動すらしてたのに……『高感度の指輪』だったよ。うん、一瞬投げ捨てようかと思ったら、地味に性能が良いのが憎いんだよ（泣）」（ポンポンポンポンポン……）

持つ手が震えるけど、嗚咽《おえつ》を堪《こら》え深呼吸して見詰めると『感知感覚上昇』の補正が大だ。そう、憎らしいけど感知能力は生命線だし、体感覚の制御に苦心している俺に感覚系の上昇補正は必須とも言える超大当たりな素晴らしい出物だ。

「うん、名前がね……いや、名前に問題は何もないんだけど、似た名前の人と勘違いしたんだよ？　そう、勘違いだったんだ……俺の好感度さんは（泣）」

そう、俺は今日、異世界迷宮の真の恐ろしさを知った。そして自棄《やけ》気味に嵌《は》めてみた。空間把握も気配探知も広く深く鮮明に感じられ、羅神眼にまで補正が掛かり操作が細やかになり性能だって上がっているかもしれない。

「元々、羅神眼の性能が凄《すさ》まじすぎて検証が不可能なんだけど、五感と体感も鋭敏になった気がする？　ちょ、『敏感』さんと複合して感じやすい男子高校生になってしまうと深夜に嬲《なぶ》り殺されるんだけど大丈夫なのかな？　うん、なんで眠りっ娘さんはガッツポーズなの!!　まあ、感度上昇系は危険極まりないんだよ？　毎晩試しているから間違いないんだけど、あれは使うもので使われて壊れたお顔の男子高校生の需要はないんだよ？」

魔力の感知も鋭くなっている。温度魔法と雷魔法で加熱し、溶融させ高速回転による遠心分離で糸状に噴出させて掌握で細《こま》かく細《ほそ》く制御し操作してみる？　すると極細の繊維が生成され、絡ませると重なりあって綿状になるのを加工していく。

「うん、感知できる事によって制御がより精密で微細になって、より高度な制御に挑戦できるみたいで今までで最高のでき上がりで見た事もない芸術の域の繊細さだよ……うん、綿菓子《わたがし》だよー、まあお食べ？　うん、食べられるし甘いんだよ。雲でも綿でもなくて、甘《あま》美味《おい》しいと尾行っ子にも評される大人気のお菓子なんだよ？」「……！　甘い、柔らか、溶けます！　美味しい、ありがとう、ございます。嬉《うれ》しい、です♥」（プルプル♪）

綿菓子の味には一家言《プルプル》もあるスライムさんも吃驚《びっくり》の驚異のふわふわ感だ。むしろ微細過ぎて甘みのしつこさが感じられないのが逆に寂しく感じるほどのふわっふわだ。そう、どれだけ制御能力が上がろうとも、結局は俺自身が感知できていなければそこが限界になる。うん、高感度って凄いんだよ？　好感度の方が良いけど？

「美味しい、甘い、凄い、です」（ポヨポヨ！）「いや、そこで『シェフを呼べ』みたいなドヤ顔なポヨポヨをされても、呼ばれなくても目の前で作ってたんだよ？」（プルプル♪）

可能性は広がるが、ここまで細く微細な領域になると服では行き過ぎになりそうだ。細く柔らかく着心地も良い生地ができるし、伸縮性にも優れた軽くて薄い生地にもなるだろう。但し、脆《もろ》い。

「つまり薄々の生地が起伏も露《あら》わに、ピッタリ張り付きながら脆くて破れやすい夢と浪漫《ポロリ　ピッチリ》のコラボレーションが魅惑のエスカレーションで欲望もサーキュレーション間違いなしのヤバいものになるんだよ！　うん、試作が必要だ！　試作して試着させると試験運転が永久運動で服の耐久性がポロリ決定の破壊実験《ビリビリプレイ》で使い捨てになりそうだけど探究心旺盛な男子高校生としては試験せねばなるまい！　あと、濡《ぬ》れると透け感もすごそうだな!?」

綿飴《わたあめ》を食べながら地上に戻る。まだ日は高く、草原は風になびき、空はどこまでも青く世界は謎と驚きに満ちている。そう、辺境で無謀過ぎる暴挙だ、助けるべきか逡巡《しゅんじゅん》する間に事態は絶望色に染まる。

盗賊――身なりの悪い無骨な革鎧《かわよろい》の冒険者崩れの一団が、ピクニックに来ていた若い奥さんと子供達を囲んで襲いかかる。

「千里眼で見えてはいるけど、結構遠いな？」

剣を持って取り囲む男達に向かって、小さな手で護身用の小さな短剣を抜いた子供がお母さんを守るように前に出る。それを見た男の1人が馬鹿にしたように笑いながら、力いっぱいに小さな子供を蹴りつける。無理だって……うん、おっさん達、辺境を舐《な》め過ぎなんだよ。

目の前から消えるようにいなくなった子供が、男の背後から後頭部を殴り付けて反転しながら更に跳ぶ。唖然《あぜん》とする横の男が脳天を殴り飛ばされ、呆然《ぼうぜん》としてる間に3人目が脳天から叩《はた》き倒される。

「うん、無理に決まってるんだよ……だって、あれ孤児っ子なんだよ？」（ポヨポヨ）

あの孤児っ子瞬速攻撃《ランチャー》がＬｖ30程度のおっさん達に反応できるはずがないし、逃走のために教えた『瞬速』と『加速』を使いこなして日々お使いに励み、靴も服も瞬速と超加速を重視した逃亡用の装備なんだから絶対無理なんだって？

「あの縦横無尽に跳躍する孤児っ子の神速は、コボの集団ですら捉えきれないんだもんね？」（プルプル）

そして孤児っ子が首から下げた大きな蝦蟇口《アイテムバッグ》から取り出したのは、護身用高電圧衝撃波扇《ハリセン》。無力化していると残った男達が他の子供達と奥さんに襲いかかる。

「まだ若い奥様みたいだけど……若奥様《オーク》なんだよ？　うん、多分未《ま》だ予備軍だけど、既に向こう側に行った辺境の恐怖の化身だよ？　無茶しやがって？」

白いフリルのエプロンの大きなポケットから幾多の魔物の血を吸いあげ黒く染め上げられた棍棒が引き抜かれた……そして惨劇が！

「うわっ、怖っ！　ああー、鬼気に呑《の》まれて腰抜かしてるよ？　何で魔物狩り《ピクニック》してる一団を襲っちゃうかなー、この辺りに小集団でいるって言うことは中堅どころの魔物狩り《ピクニック》熟練者だよ？　こんな人気のない場所にいる魔物狩り《ピクニック》集団なんか襲ったら危ないんだよ？　まあ、おっさん達が弱すぎて手加減してもらえていたようだ？　犯罪奴隷《おこづかい》だな？」「こんにちは、遥《はるか》さん。いいお天気ですねー、今日は迷宮ですか？」

よく見たら商店街のお好み焼き屋のおば……お姉さんだ。たしか一対一《タイマン》でＬｖ15のゴブをボコったっていう、秘技『ゴブ返し』を使うと言われる奥様《おばちゃん》軍団の中でも若手だが中堅の若奥様《おばちゃんルーキー》さんだ？

「こんにちは？　えっと、辺境初心者犯罪者《カモ》集団捕まえたんだー？　うん、確か鉱山が人手不足で買取価格値上げしたみたいだよ？　ゴブよりは儲《もう》け？　みたいな？」「「「お兄ちゃーん♪」」」

　ふっ、もはや少数の孤児っ子飛翔抱き《ランチャー》つきならば回避は充分に可能なはず。華麗なステップで踊り回って、舞い跳ねる！　まだ、ギリギリ？

「って言うか孤児っ子が腕を上げているうえに、街のちびっこ達まで街っ子跳躍抱き《ランチャー》つきを身に付けているだと！」「「「わ――い♪」」」（ポヨポヨ）

　そう、辺境の進化は留《とど》まることを知らないようだ。やっぱ、もう1個迷宮回っとこうかな、調整が間に合ってないよ！

「だが甘い！　こんな事もあろうかと、とか言いながらさっきノリで作った綿菓子《ふわふわクラスター》を喰《く》らえー、って言うかお食べ？　うん、甘いんだよ？」

　空を流れる雲のように悠然と綿飴が空を舞う……かかったな！

「「「わーい！（ポヨポヨ！）」」」

　最近流れてきた他所者《よそもの》の犯罪が増え、犯罪奴隷さんが密《ひそ》かな大人気で鉱山や干拓や開墾に引《ひ》く手数多《てあまた》で儲かるとは聞いていたが……本当にいるんだ？

「いや、どう考えたって奥様《おばちゃん》襲うくらいなら、魔物狩ってたほうが安全なのに本当にいたよ？」

王国には強制的な奴隷制度はないが、犯罪奴隷は別なんだそうだ。まあ、罪を償わせるのには過酷にがっぽり金を稼がせて、たっぷり賠償させて苦労させるのが一番だ。だから捕まえて領館に連行していけば、その罪状に応じて犯罪奴隷の期間が決まって鉱山や開墾地に売られて奥様達への賠償金になる。雑貨屋さんの店内でも「強盗が出て大変《もうか》だった」とか「野盗でがっぽりボーナス《ヘソクリ》」とか奥様達《おばちゃん》が話し込んでいたんだよ？

「身元調査もされずに辺境に入れたって言うことは、害にならないLvって判断されてるのが何でわからないんだろう？　ましてや辺境と辺境外では装備差が凄まじいのに、ただの鉄の剣で強盗できる訳ないじゃん？　馬鹿なの？」

結局みんなにお昼のミートスパゲッティーを振る舞い、奴隷予定な盗賊な冒険者と名乗るおっさん達を引き連れて街に戻る。そして冒険者ギルドに寄って、掲示板を見やりため息をつく……現在、女子さん達一同が迷宮情報を秘匿して俺に深層迷宮の場所を教えてくれない。まるで俺が勝手に約束を破って迷宮に行っちゃうかのように内緒にされている。だから、朝来た時に貼っといてねって言っておいたのに変わってないんだよ！

「これだけ大きな掲示板があるのに仕事がないんだから張り出そうって言ったのに、朝と全く変わってないっていう掲示板係の業務内容を全否定する暴挙と言ってもいいけど掲示板係さんに依頼書を隠匿し出し惜しみする悪徳な掲示妨害で、毎日こっそり掲示板を見に来てる俺への悪辣な罪深き依頼書隠しに違いないんだよ？　出し惜しみ反対！　出し惜しみを許すなー！って、いつものお姉さんは？　出し惜しみ？」「今ギルド長が隠蔽していいのに」

鑑定係の委員長じゃない方のお姉さんだ。そして、どうやらギルド長のおっさんが掲示板の真の犯人だったらしい！

「許すまじギルド長のおっさん！　たとえギルド長じゃなくてもおっさんだから許されないと云《い》うのに、これ以上罪を重ねると天国の魔物さんが草葉の陰で草刈りなんだよ？って、良い魔物さんだった!?　だから出し惜しみはやめて依頼書を解放しないと反対の反対を絶対反対を断固反対して反対側はだいたい反対なんだよ？って言うかおっさん反対？」「なんで朝来たのにまた来て騒いでるんですか、そのこっそりは一体どうこっそりしてるこっそりなんでしょうか！　せっかくですからこれを委員長様に届けて頂けますか。その出し惜しみのおっさんの出し惜しんでた書類ですので宜《よろ》しくお願いしますとお伝え下さい……おそらく2つはかなり深化していると思われます、御願《おねが》いします」

お手紙だ。一応、俺の悪口とか書かれたお説教の原因になりそうな事柄がないか試読したが迷宮の依頼書だけのようだ。

「冒険者がレギオンを組んで10階層で引き返したって、絶対上位化してるよ此処《ここ》って？それとこっちは……間引くのに被害甚大って、こっちも90階層を超えているな？　うん、明日はこの迷宮に間違おう？」

90階層級は儲かるし、2つも潰せばガッポリでお大尽様が再降臨なされることだろう。

　嘘ではなく大げさでもないが紛らわしい名前で心が痛かった。

さて、収入の当ても付いたしツケで雑貨屋さんで買い物だ。

「うん、眠りっ娘さんの日用品や服を揃《そろ》えてあげないと、王都で女子さん達と買い物はしてたけど真の大人買いは未経験だから大人の階段を上るには先《ま》ず大人買いからだと雑貨屋さんにも書かれているんだよ？　うん、作った俺が言うんだから間違いないんだよ？」

だから買い物だ。だって裸の上に身体すらないまま、ずっと霊魂《ゴースト》していた。つまり、ずっと服が着れてなかった分だけ、服も買いまくらないと元が取れないんだよ。うん、悲しんだ分以上に笑えなかったら、連れ出した意味がない。これだけ儲かるなら1週間あればその7倍だから、来週払いでありったけ買い占めても余裕そうだな？

現地でリアルタイムな内職は内職の本分から外れてる気はするが内職しないと間に合わない。

121日目　昼過ぎ　辺境　オムイの街　雑貨屋

雑貨屋さんは大賑《おおにぎ》わいと思ったら、見知った顔が沢山だった。そう、女子さん達《たち》も目的は同じだったようで、未《ま》だ日は高いのに大騒ぎでお買い物中だった？

「まあ、獣人国は食品以外は論外だったし、教国も商品が少なくしょぼかったたし、王都も辺境より高くて物が悪かったから女子力が疼《うず》いていたのかな……うん、なんか滅茶《めちゃ》買ってるよ!?」

　ずっと迷宮に潜っていなかった為《ため》に収入は激減しているはずで、王都でも破産して怒られながら委員長銀行から差し押さえ貯金を取り崩して買い食いしていたのに……今日の稼ぎだけで足りるんだろうか？

「「「きゃー……あっ、お帰りファレリアさん！　こっちこっち!!」」」「生活用品はここが一番なの、えっとこれオススメ！　まあ、遥《はるか》くん製だけど？」「これも便利だよ～、身嗜《みだしな》みセット。まあ～、作って貰《もら》った方がも～っと良いんだけど～？」「ねえねえ、これ絶対似合うよね！」「おおっ、お嬢様路線なのにエロ可愛《かわい》い!!」「「「わあー、ぴったし！　試着、試着！」」」「えっ！　えっ？　ええっ!?」「ファレリアさんならこれも良くない？　足細いし！」「「「おおー、それはお洒落《しゃれ》さんだ！」」」

　うん、眠りっ娘《こ》さんは女子さん達にお任せしよう。きっと女の子のお買い物は、女同士が一番なのだから……うん、長いんだよ？

「こらこら少年、逃げないの！　あんたのお仲間が商品買い占めちゃうから、商品が足りなくなるでしょ！　作っていって、余分に沢山いっぱい作っちゃって!!」

　捕まった？　雑貨屋のお姉さんは古傷も治り、最近ではリハビリを兼ねて茸狩《きのこが》りにも行っていると云《い》う話は聞いていたが、躰《からだ》が引き締まり雰囲気が若返って精悍《せいかん》な顔つきになってはいるが……心までは締まらなかったようだ？　そして、言ってる事は一見理に適《かな》っているようで全然ただのごり押しなんだけど、眠りっ娘さんの服が足りないのも可哀《かわい》想《そう》だ。そして、お買い物こそが楽しいのは真理なのだが……。

「俺が作って女子さんが買ったら雑貨屋の存在意義がないんだけど？　いや、まあ作るけどさー？　急ぎとか指定はあるの？」「わかってるわよ、原価同然で売ってあげるから沢山余分を作って！　上級品が品薄で在庫が苦しかったのよ、奥様達が高額商品を買えるようになって、まだまだ工房の技術じゃ追い付けないの。みんな滅茶稼いでるけど、あんたどんだけ凄《すご》い棍棒《こんぼう》をばら撒《ま》いちゃったのよ!?」

既に工房が軌道に乗り自給自足が可能なはずだけど、人は余裕があればより良いものを欲しがる。特に女性客の欲望に限りなどないようだ。うん、あの女子高生達を見ていればよくわかるんだよ？

「だって今まで奥様《おばちゃん》が魔物に襲われてるのがおかしかったんだよ？　奥様《オーク》とゴブが同等の武器を持てば奥様《おばちゃん》圧勝だよ、資源《おーく》の有効活用？　うん、怖いな？」「とにかく作って！　いっぱい作って！　何もかもどんどんばんばん作って！　何もかもが足りないの、茸弁当も追加して!!」

だって、辺境の人は地味にＬｖが高かった。子供ですらＬｖがそこそこあった。訓練も未だの魔物を狩っていない子供までＬｖがそこそこあるのが謎だったけど、宿屋の裏庭でわかったんだよ。

そう、雑草や虫に魔物が混じっている。弱すぎて気が付かない程度だけど魔物化してて、街中でも「噛《か》みつき草　Ｌｖ１」や「チクリ蜂　Ｌｖ１」が普通にいて子供や奥様も普通に駆除していたりする？　まあ、凄《すさ》まじく弱いから経験値も微々たるものだろうけど、毎日積もればＬｖだって上がるんだよ？
「えっと、ブラウスにワンピと……レースが人気なのかー？　これって工房にレース編み機作らないと間に合わないな？　チュニックはフリル？　ああー、これビッチさんが作ってたやつだ、だから人気で品薄だったんだろうねー？」（ポヨポヨ）
そして教国の人達のＬｖの低さから見て、魔素が薄いとＬｖの上がりが遅いのだろう。魔素の量が関係するなら、元々魔素が濃い上に魔素の産物である茸が流通し始めた辺境はＬｖの上がりが良いはずだ。
その証拠に王都から来た孤児っ子達は毎日茸を食べて、お手伝いと言って草を刈り続けていた……だからみるみるＬｖが上がったのではないだろうか？　うん、あの孤児っ子ランチャーの習得の速さから見ても辺境に来てからの成長が速すぎるよね？
「スカートはロングのフレア……段返りかー？　うん、フリンジも作って見とこう。グランジは駄目でフォークロア調が人気ならバリエーション違いで各サイズ80組ずつでいいか？」（プルプル）
そして、図書委員も同じ考えだった。スキル化された『整理』の能力で、異世界で見知った知識を整理整頓し類推しても同じ結論だったらしい。
ならば辺境の病も解決。魔素に侵されるならＬｖを上げて魔力を消費。つまり魔法を放出すれば問題ないどころか魔物も狩れて儲《もう》かって健康にも良いくらいだ。そう、茸さえ食べていれば問題なかったのに、魔の森が拡《ひろ》がり過ぎたせいで魔物まで強くなり増えすぎていたのが全ての原因。だけど、今の状態ならバランスが取れている……むしろ魔物さんが心配なほどだ？　まあ、ゴブ達は絶滅してもすぐ湧くんだけど？

「ふーっ、一気に出来たけど、作りすぎたかな。まあ、奥様向けは十分あるし、女子さん達向けは作って出してる端から完売してるみたいだし……って、生産速度が購入速度に追い付かれてる！」（ポムポム）

名前で一度は捨てそうになった『高感度の指輪　InT、MiN、DeX30％アップ　感知感覚上昇（大）』の感覚上昇の効果なのか、より精密に繊細に正確に魔手さん達の内職能力が上がり品質と生産速度は飛躍的に上がった。これは今晩たっぷりと検証してしっぽりと実験して、ねっちょりと訓練せねばならないだろう！

「相変わらずとんでもない速さで、凄い品質だねー。上があるとみんながそれを目標に目指すから発展が止まらないのよねー……あっ、最近は家具も注文が多いから作っといてね？　あの新しい美人さんもいっぱい買い込んでるから、代金分だけ作って帰って！　そして帰ったら注文表の分を作って、王都支店も商品が足りてないんだからね？」

「あっ、王都で寄った時に在庫渡しといたよ？　うん、あの店員のお姉さんもすっかり店長さんだねー。うん、目が怖かったんだよ！」

村からの買い物客も増えているらしい。開墾作業が魔動農器具で機械化されて、魔の森も後退して農地が一挙に広がっている。魔動農器具関連は確実に儲かるから投資して、野菜を予約で先物買いして回ってるからお金がいくらあっても足りないんだよ？　うん、野菜は足りてるんだよ？

「自然堆肥の肥料計画も順調だって言うから儲かるのは確実なんだけど、各種自然農薬まで揃《そろ》っても四輪農法《ノーフォーク》しないといけないらしいんだよ？」（プルプル）「うん、あのオタ達の四輪農法《ノーフォーク》へのこだわりは一体何なんだろう？　頑《かたく》なに異世界は絶対に四輪農法《ノーフォーク》だって言い張るんだよ？　まあ、農地いっぱいあるから良いんだけど？」（ポヨポヨ？）

　寧《むし》ろ畜産が間に合っていない、何故《なぜ》なら家畜は急には増えない。そう、人口は外から人が流入して増えているけど、家畜さんは歩いてこない？　そして、買い付けるにしても王国自体に絶対数が足りない。うん、早く手を打たないと、お肉が値上がりしそうだ？

「しかし、なんで戸棚が大人気なの？　衣《い》装《しょう》箪笥《だんす》に食器棚……あぁー、物がない暮らしから一気に豊かになったからかー」

　あんなに一生懸命朝から晩まで働いても、贅沢《ぜいたく》なんてできなかった。辺境ではご飯が食べられて、生きることが最大の贅沢だった。だから必要最低限以下のものしか持っていなかった、だから物がなかったから棚がない、必要がなかったから当然職人さんが足りていない。

「うん、工業化しよう、これずっと作ってたら内職が終わらないよ！　全く男子高校生さんの夜の1秒は、おっさんの一生よりも貴重で深夜はとっても忙しいんだよ？」（ポヨポヨ）

何もなかった家に新しい家具が置かれる。きっと、それが目に見える豊かさで、辺境の新しい幸せの象徴なんだろう。

「武器屋のおっちゃんからも注文が来てたけど、丁度良く教国に大量の武器防具が落ちていたから拾ってあるから売れるものは武器屋に売って余り物は冒険者ギルドのレンタルサービスに回して……まだまだ在庫が余るから、子供用に加工しようかな？」（プルプル）

内職が尽きないが、内職しないとお金が尽きている。そう、稼がないと、眠りっ娘さんも使役しちゃったのにお大尽様もさせてあげられない！

そして、賑わう大通りを巨大な買い物袋の山達が歩く。溢《あふ》れる服にアクセサリーと、雑貨に日用品に消耗品。そして、笑顔。疲れ果て、にこやかに大量の荷物を担いだ女子さん達。うん、アイテム袋に入れたくないのか、戦利品を両手に抱えてご満悦だ？

「「「買った、買ったー♪」」」「うん、半月ぶりのお買い物だったから、衝動買いしちゃった♪」「うん、その衝動買い激動な爆買いが止まらないから、地下で泣きながら内職していた男子高校生さんもいたんだよ？」「「「次から次に可愛い新製品が出てくるから買い過ぎちゃったのよ!!」」」

そう、そのお買い物の9割は地下で作られていた物だがお買い物で、俺は儲かって女子さん達は破産間近なようだ？

そして、最初は申し訳なさそうに商品を抱えてきていた眠りっ娘さんも、「甲冑《かっちゅう》委員長さんと踊りっ娘さんの持ってるのと同じだけ買っていいんだよ？　お揃いなんだから？」

と言うと、本気で買い漁《あさ》って買い物袋に笑顔を埋《うず》めている。

「うん、あの2人って服だけで凄い量で、それくらいでは全然足りないんだよ？　まあ、ほぼ深夜にしか着れない服で、全部俺が作って渡してるんだけど？」

だから、帰って眠りっ娘さんのも作ろう！　そう、眠りっ娘さんは後から参加だからって一緒にしてあげないと可哀想だし、ある意味裸族っ娘よりも裸族に過ごしていたのだから山盛りの服に埋もれるくらいで丁度いいんだろう。

そうして宿に戻り、食堂でミーティングという名の迷宮の報告が1割と、お買い物の戦利品自慢9割の会議が始まる。オタ達は今日も朝から領館で夕方までは迷宮に行くと言っていたし、莫迦《ばか》達は彼女さん達と迷宮でイチャイチャボコボコと魔物に見せつけている事だろう……もう、迷宮ごと爆発すればいいのに？

一日の終わりの退屈な会議が、よもや悲劇を生み出すとは知らぬままに来《きた》るべき惨劇《おせっきょう》が近い事を知る術《すべ》もなく会議は続く……うん、気が付いたらなんか睨《にら》まれてるんだよ？

透き通るように薄く伸縮性に富み張り付くようなフィット感は危険領域に突入したようだ。

121日目　夕方　辺境　オムイの街　宿屋　白い変人

会議という名のおしゃべりは続く。現在シスターっ娘《こ》は教国に残り、王女っ娘とメイドっ娘は王都に残ったが、獣人姉妹が増え現状メリメリさんまで乱入で女子24人に迷宮皇3人《トリオ》が加わり、さり気に看板娘と尾行っ娘までいたりする過密に過激な女子密度の高さなんだよ？

そして、会議が暇なので試してみる。ものは「ダーク・レイス　Lv50」のドロップだった『暗黒の指輪　InT30%アップ　暗黒魔法　遮光　暗闇　煙幕　盲目　即死』で、InTは良いけど……効果が微妙だ？

「でも、遮光された暗闇で闇闇《アンアン》するならば素晴らしい闇闇《アンアン》魔法であんな事やこんな事ができたら良いな!!」

暗黒魔法は確率の低い『死《デス》』系とか『暗闇』系の使い道がないものばかりだけど、影魔法との相性は良さそうなんだけど普段から影魔法を使う機会すらない？　うん、敵が強いと影魔法は影分身も影鴉《かげがらす》もあんまり効果がないから、結局ボコった方が早いんだよ？

「う――ん、目隠し効果って決してそういうプレイが嫌いな訳ではないんだけど……甲《かつ》胄《ちゅう》委員長さん達《たち》って気配探知だけで戦えちゃうんだよ？　うん、無意味だな？」

文句を言いながら複合して試してみる。そう、指輪は枠がまだ余ってるし、何より即死効果とか闇系って下手に売って変な事に使われても困る。つまり売れないなら使わないと勿体《もったい》ない？

「暗黒ねー、素敵な美少女が現れて問題《トラブル》が煽情的《せんじょうてき》に暗黒《ダークネス》効果が発動するなら有意義極まりないんだけど……てってれてってーてぇててぇーっ、って出来たかな？」

暗黒と影を複合して、暗闇で空中に魔法陣を描き魔力を流し込んでみる。魔法陣の効果は暗黒魔法の『暗黒障壁』で、魔法陣が黒い靄《もや》に変わり光を通さない暗黒の壁になる。

そう、見えないだけだから防御障壁としては全く役に立たないんだけど、箱状に囲んでみると目隠しにはなりそうで但し中は真っ暗……だが、それが良い!!　とは言え使い道はあるけど睨《にら》まれてるし、わざわざ空中に魔法陣を描くなら体内で錬成した方が速くて強力。

そして、確かに暗黒障壁で目隠しはできるが、それなら最初から土魔法で小屋を建てた方が普通に役に立つよね？

「うーん、まあ出来たのは出来たし一応出来ちゃったんだけどどうしよう？　闇の小屋？」

「ひっひっふぅーっ？」「ちょ、出来た出来ないの会話中はラマーズ法はやめようね！　うん、いろんな勘違いがお説教に変換されてモーニングスターを無効化したら鎖鎌って言う根来衆《ねごろしゅう》な女子高生さん達に「ミニスカくノ一衣装（鎖帷子《くさりかたびら》編み編みインナー付き）」をご注文されたら思わず作りそうになっちゃいそうだけど、忍法「お色気捕殺網」とか「お色気投げ縄」とか使用目的が嫌な予感しかしないんだよ？　うん、引っ掛かる自信が滅茶《めちゃ》滅茶《めちゃ》あるんだよ！　だって全身鎖編みタイツさんがチラリで攻撃してくるんだよ？　作ったら負けが決まってるんだけど……無意識に試作品が3人分出来てるから試してみてね？うん、俺も試してみる気は充分なんだよ！　強度とか肌触りとか？」（ポヨポヨ）

そう、会議は壮絶なジトへと様相を変貌させて、辺りは分銅が回らずに鎌が回ってるんだよ？

「「「なんでファレリアさんがラマーズ法なの！　一体迷宮で何してたの!?」」」「酸っぱいものを！　何か酸っぱいのないの!?」「サンバを、サンバなの！　あっ、産婆だっけ？」

「お医者さんは何処《どこ》に！……あっ、癒やしの聖女さんだ！」

逃げ込む！　外は索敵反応が真っ赤だ。囲まれている……って、まあ食堂だし？　まさか宿の食堂の中で立て籠もる事になるとは引き籠もりも存外に難しいものだ？

「違うって、初心回帰なのひゃっはーっが、怪奇に呼吸法のひゃっひゃっはぁーっな魁輝《かいき》の呼吸練気がラマーズに変化でグラマラスは好きだけどラマーズ法は教えてないんだよ？うん、モヒカンな世紀末な人も驚きのひゃっはーっの異世界進化がひっひっはぁーだったんだよ？　うん、不思議だな？」

暗黒魔法は魔法攻撃は吸収できるようで、魔法防御が高い反面まったく物理を防御してくれない！　そう、暗黒の箱部屋が悪逆なモーニングスターの暴虐な殴打で破壊され、鎌で千切られ消し飛ばされていく。うん、既に影魔法の『影襲《かげひそみ》』で逃亡中なんだよ。でも、妹エルフっ娘がじっとこっちを見ている……魔力が感知されたのか！

「そこです！」

大量の影鴉を飛ばし、影の幻覚も混ぜて攪乱《かくらん》しながら逃亡を試みる。なのに無常にも影《かげ》顰《ひそみ》から飛び出した瞬間を狙われ、とっさに空中に逃げたが先に女子バレー部コンビと姉兎《うさぎ》っ娘が跳び上がっていて叩《たた》き落とされる！　その着地の瞬間を一斉に飛び掛かって来る危険な女子高生薄着強襲《ランチャー》の狭間《はざま》を疾風となり軽気功ですり抜ける!!

「くっ、委員長さんの指揮の裏側へ逃げたら、図書委員が待ち構えてて合図を送ると共に怒濤《どとう》のムチムチスパッツさん達が降り注ぐって嚢沙之計《のうしゃのけい》が悩薄之計だった!!」

二重の指揮系統で幾重にも連動する防衛陣が、極薄の身体《からだ》に密着な圧着でムチムチ元気潑剌《はつらつ》にエロいんだよ！

「だから無実なんだよ！　冤罪《えんざい》被害者の会でも真犯人の中の真犯人と褒めそやされる完全無欠の冤罪という名の俺は悪くないんだよ！って縮地で逃げてるのに、縮地しながら降って来ないでくれるかな？　うん、移動してる意味がないんだから、もう少し常識的に降り注ごうよ？って言うか、その試作品むちむちスパッツとぴっちりトップスはヤバいから！うん、何故《なぜ》かスポーティーな装いのはずがR18感しかしないのに、王女っ娘達がいないから全員18歳未満でアウトな豊満さでむっちりな密着感だから男子高校生のお説教には向かないと思うんだよ？　うん、主に倫理的に!!」

烈華、狂い咲く百花繚乱《ひやっかりょうらん》の斬撃が火花を吹き散らし弾《はじ》き合う。無謬《むびゅう》を極め、理《ことわり》と術《すべ》を最適に選び、最良の時期に放ち最速で繋《つな》ぎ合わせ最強を振るう百刃《びゃくじん》が舞い荒れる。千変万化に百花が吹き荒れ、百光が輝き煌《きら》めく白光の光の渦を描き出す。うん、全部鎖鎌の鎌の方なんだよ!!

「「「迷宮で一体何してたのー!」」」「No《ノー》!って、だから違うって!! そう、何が違うって何もかも違う違和感が違反行為に違例の出来事で、わかりやすく言うとアレはラマーズ法じゃなくって『ひゃっはー』だからね? それが、何故か呼吸法に採用されて、気になるひっひっふーなんだけど迷宮でもずっとひっひっふーだったんだよ? お大事に?」

儚《はかな》く荒れ狂う狂気の乱舞が残酷に空を刻み、冷酷に宙を斬り裂きながら満ち溢《あふ》れる。視界は斬線に覆われ尽くし剣戟《けんげき》の坩堝《るつぼ》に飲み込まれ三千世界は死線に埋め尽くされる……ああっ、お説教だ。

白光と共に鎌刃が舞い荒れる刹那の隙間を擦り抜け、阿頼耶《あらや》の狭間の死線を潜《くぐ》り抜ける。百光は宙を灼光《しゃっこう》で灼《や》き尽くし、瞬間の逃走を夜明けの明星《モーニングスター》が行路を塞ぎ、巻き起こる爆風の風圧に舞い散らされて、また百刃の最中《さなか》へと墜《お》ちる。そう、わかりやすく言うと鎖鎌とモーニングスターのコラボレーションなんだよ? 軽気功が鉄球の暴風で押し戻されて逃げられないまま、無風の千刃の鎌刃の中を哀れに踊る男子高校生さんなんだよ?

だが感知能力が上昇し、鎌すらも軽気功でいなし僅かな魔力と空気を感じ取って身体が舞い踊るように逃げ隠れる! しかし真の恐怖は肉弾戦! そう、むちむち極薄の生々しくも肉々しい密着のぷりぷり感な重圧感《プレッシャー》が包囲して迫り来る!

「「「逃げないで、ボコれないでしょ!!」」」「ふっ、本来は月が雲の中に隠れる事を意味する言葉なのに、古来から人が急に姿を隠してしまう喩《たと》えとして用いられる雲隠れ。俺は、その真の意味を知ったんだよ！」

そう、『高感度の指輪』の感知感覚上昇効果で可能となった、繊細で正確な制御により撚《よ》り糸を紡ぐ段階から微細なミクロの触手作業で作られた新型極薄布地。その儚いほど薄くても丈夫で伸縮性に富み、軽く柔らかく張り付き食い込みながらも邪魔にならず違和感すら感じさせない立体裁縫で作り上げられた究極のスパッツさんとホルターネックのタンクトップさんは今日の新作なんだよ！

その緻密に編み込まれ、織り模様に組み入れられた幾多の魔法陣と魔力を循環させながら魔力装甲化する斬新な設計。だが見た目は……ボディーペイント？

そう、それはあまりにも肌に密着し過ぎて、着てる感皆無の身体の曲線《ライン》をそのまま現し、危険な起伏まで隠す事のない極薄のフィルムを貼り付けたようなフィット感！

これは危険だ！　理性的で理屈屋の理知的な男子高校生さんの理性ですら、これは無理だろう……うん、いっそ着てない方がここまでエロくないんじゃないだろうかという気がするくらいの、超密着激薄圧着完全一体化《ぴっちりみっちりむっちりむちむち》の生肉感爆発《むにゅむにゅ》な肢体が動くほどに揺れて波打つ。

「雲隠れなんてさせないからね！」「「「そうだそうだ!!」」」

ぼ、暴走状態だと！　最悪だ、羅神眼さんが多重映像を高解像度で万華鏡のように映像を並べ、智慧《ちえ》さんが限界まで並列思考を拡大し記録保存で思考の容量《キャパシティー》が残っていない。

つまり未来視も予測演算《シミュレート》もない状態で、降り注ぐムチムチの肉雨を躱《かわ》し、生々《なま》しい艶めかしさに押《お》し競饅頭《くらまんじゅう》の肉壁を掻《か》い潜る。うん、あれに埋もれて溺れると男子高校生さんは必ず危機に陥る！　だって、窮地よりきゅうきゅうと締め付ける肉海に揉《も》み苦茶《くちゃ》にされた時点で色々と終わる！　うん、無理だよ!!

集中し、限界まで思考し、行動するが思考加速《アクセラレーション》が起きない！　つまり時間遅延《スローモーション》状態にもなれない!!

弧を描いて長い脚が掠《かす》め、滑らかな肌が目の前を過《よ》ぎり、蕩《とろ》けるような柔らかな質量が躰《からだ》の動きに合わせ踊るように揺れて潰れてたわわに震える。全視界に女子高生さん達の姿態が迫り、我儘《わがまま》に身体は跳ね、健康的に肢体は踊り、見るだけで危険な躰が押し寄せる。そう、もふもふ尻尾までふりふりと振られ、中学生まで混入な危険な連撃の花嵐が百花繚乱にむちむちなんだよ！　そう、語り合おうにも誤解が解けるより先に、犇《ひし》めき縺《もつ》れ合う肉体に圧《お》し潰されそうだ！　だから、この技だけは使いたくなかったが、男子高校生さんがあのむっちり柔肉地獄を生き延びるのは無理！

「喰《く》らうが良い。男子高校生忍法雲隠れな『ふわふわ綿飴《わたあめ》隠れの術』！　舞い散れ綿飴さん!!　うん、甘いものをばら撒《ま》くと、わんもあせっとが俺のせいにされるから嫌だったんだけど……うん、エロすぎて前屈みでこれ以上の回避がもう無理なんだよ!!」

わりと部分的にマジでヤバいんだよ！　うん、開脚が危険すぎたんだよ!!　だが、その脅威も終わる。空に浮き流れる雲のような綿菓子さんが、むっちりむにゅむにゅ達の動きを止めて視線を釘付《くぎづ》けにする――かかったな？

「「「きゃあああーっ、ふわふわーっ！」」」「浮いてる！　ほわほわー♪」「「「甘い美味《おい》しい！」」」

さあ、逃げよう。Ｒｅお説教も困るが、あの格好でわんもあせっとが始まっても男子高校生的にとっても困るんだよ？　うん、あれは超高性能だったんだけど一般発売は禁止だな。うん、あれ絶対要模細工《R-18》なんだよ！

相手の身になり考えを読むのと木乃伊取りが木乃伊は違うと思う。

121日目　夜　宿屋　白い変人　女子会

今日もお説教から逃げられた。まあ、今日のは試験目的だったし、一応珍しく無罪ではあったんだけど、変な呼吸法を教えた件では犯人なの？

「あの包囲陣からの連携から逃げられるなら大丈夫そう？」「回避力は戻りつつあるみたい」「あれなら中層なら充分にいけると思うよ？」「「「うん、またなんか変なの覚えてたね？」」」

試験目的を兼ねつつ、遥《はるか》くんの子供が作れないことを悔やむ迷宮皇さんにラマーズ法なんて教えて、それがひゃっはーの冤罪《えんざい》でもひゃっはーって教えてる時点で有罪なお説教の連撃は奇跡のふわふわ綿菓子で誤魔化され逃げられた。全く、また、こんな甘くて美味《おい》しくって幸せな高カロリー《もの》を……やっぱり、お説教だね！

「美味しかった……」「うん、あのふわふわ感は、もう別物だったよね！」

そして試着中の新型インナーは防御力が倍以上になっているらしい。実際、着てみたら極薄の魔力の肌が追加されたような感覚で、全然違和感なく防御層が増えた感覚。なのに以前のよりも省ＭＰで、魔力防御付与が凄《すさ》まじい驚異の出来上がりだった。

「魔法陣と護符の技術まで応用されてるのに、全然違和感ないよね？」「着心地も、動きやすさも別世界だよ!!」「引き締めて、持ち上げて、身体《からだ》の重みを消してくれてます」「なんか、肌に筋肉が増えたような動きの良さで……ただ、見た目は恥ずかしいね？」「「「うん、これはないよね？」」」

うん、だからお説教なの？　もう体の形を全部見せちゃう勢いの、驚異の薄さと張り付く密着感。だけど、それだけに遥くんへの効力も凄《すご》く、会議中は余所見《よそみ》していたし、お説教中も目が超高速で縦横無尽に泳ぎまくって耳が真っ赤だったの。

「一応、本人は大丈夫だったと言ってはいたけど？」「その本人さんは全く大丈夫じゃなくても大丈夫と言いながら毎回全く全然大丈夫じゃないから、欠片《かけら》の破片の先端部分すら信用できないよね？」

だけど、普通なら絶対死ぬような事態になっても、割と大丈夫で死なずに帰ってきてくれる。だからと言って安心はできないし、だからこそ心配は尽きないんだから悩ましいの？

「軽気功に捻《ひね》りの動きが加わってなかった？」「撚糸勁《ねんしけい》ですね、攻撃を捻りで無力化して巻き取る技ですね」「ああ、それで変わった構えを？」「「「いや、あれは前屈《まえかが》みなだけだよね？」」」

　だから敵として見る。そして試す。遥くんを殺す方法を考える。それこそが護《まも》るための第一歩だから、敵として考えを読み、敵として策を読み、敵として危険を事前に察知し備えるための訓練。そして、やる度にわかる事実は遥くんが思っているよりも弱い事、そして卑劣なまでに凄まじく殺しにくい事。

「うん、敵として見たら……すっごい憎々しいよね！」「あれは巫山戯《ふざけ》て誂《からか》われておちょくられてる気分になるもんね!!」

　簡単に死ぬ程度の耐久力しかなくて、身体能力全般で見ても充分に殺せる範囲。なのに、遥くんを殺す立場になって考えると初めてわかる異常なまでの殺しにくさ。それに輪をかける問題が意味がわからない事で、すぐ殺せそうだけど何でもありな相手を殺す方法を考えるって超難解なの？

「あれで、無抵抗だから押し包めるけど？」「うん、意地でも触らないようにしてるもんね!!」「でも、あれが実際には危険極まりなく迷惑で非常識な武器を持って、意味がわからない無意味そうで何でもありな効果で攻撃してくるんでしょ？」「「「うん、敵でも味方でも迷惑なんだね？」」」

そう、お説教で押し包み圧殺できるのは偏《ひとえ》に反撃がないから。そう、意地でも手を出してこないの？　でも、あれが戦闘なら遥くんの間合いは死線。そして、遥くんが私達《たち》を倒すのは容易。だって性皇の力なら、乙女なんて何人いても瞬殺できるんだから。うん、一瞬の間に何度も何度もいっぱい死んじゃうらしいの？

「思考実験なんですが、その相手が存在自体が矛盾している訳ですから」「「うん、魔物さんでももっと普通だもんね？」」

簡単に死ぬが、殺せない。当てれば死ぬほど脆《もろ》いけど強い。それは論理の擦り替え《キャスリング》、当たれば死ぬが当たらないから死なないという逆説の論理《ロジック》。

「でも、理詰めで詰めても智慧《ちえ》さんと頭脳勝負なんて無謀だし？」「人である以上殺せるはずなのに……あれが人なのかが最大の疑問だもんね？」「絡め手も難しいよ～？」

そう、非常識だから遥くんに人質は効かない。だって、交渉する前に殺されるから。誘拐して、姿を現さずにお手紙を出す手もあるけど、きっと返ってきたお手紙が理解できないだろう？　それに返ってきた時点で詰んでいる。悪夢《ナイトメア》の返信――だって、必ず遥くんが付いて来ているんだから。

「毒も効かないし、罠《わな》にも掛からないし？」「そもそも無効化されるもんね、魔法も吸収されたり反射されちゃうし？」「物理攻撃が確実に思えるけど、遥くんを物理的に殺す方法が思いつくなら誰も苦労はしないもんね？」「一生涯困る心配がない量の食料をアイテム袋に常時持っているから、閉じ込めても何処《どこ》かに追いやっても絶対餓死しないし？」

「しかも、遠くに隔離しても飛んで帰ってくるし、閉じ込めようにも……破壊の専門家さんだもんね？」

　うん、なんか籠城したまま幸せに暮らしちゃいそうだね？

「隙をつくしかないね、油断を誘う！」「「「うん、スパッツさんは効果的だったよ!!」」」

「結局そこに毎回行き着くけど、羅神眼と智慧のコンビを騙《だま》すのが一番不可能だよね？」

「「「うん、エロには弱いんだけどね？」」」「やっぱり遥くん本人の意識を騙すしかなくなるんだけど……」「「「その分野で遥くんに敵《かな》う訳ないもんね？」」」「唯一遥くんが引っ掛かるっていうか、積極的に引っ掛かりに行くのは……」「「「美人暗殺者さんだね！」」」「でも～、美人暗殺者さんが性皇に挑んじゃうって～鴨葱《かもねぎ》かも～んだねよ～？」「「「美人暗殺者さん逃げてー！」」」

　定期的に開催し真面目に考えてるけど、真面目な答えが出たことがない女子会。そう、守りたいのに殺し難《にく》いから守り難いし、だけど警戒心が皆無で危険な立場に全く無自覚なの？　そのくせ探知能力に長《た》けて、対応能力は無限吃驚箱《びっくりばこ》な謎のスキル満載な膨大な装備満載。そして莫大《ばくだい》な装備効果を持っていて、防御能力は低いのに攻撃能力だけは無限大。

「え、私の番！　えっと……寿命を待つ？」「「「それしかないかー」」」

　辺境でも年老いると抵抗力が弱まる。そして魔素中毒で寿命が短い。だけど、遥くんは魔素を吸収して元気になってたりするよね？　そして元々の人としての身体の寿命は１２０年と言われていて、Ｌｖ30まで行くと統計的に老化も寿命も１～２割は伸びるはず。

だから老衰としてもあと120年は大丈夫なはず……なんだけど、Lv100を超えてしまった私達は寿命は倍以上で後200年以上は優に寿命が来ないらしい。そしてアンジェリカさん達は……不死の可能性が高いそうだ。

遥くんのいない永い時間《ミライ》。それが怖いって恐れていた――でも、それは人族の話。

だって、それはまっとうな人族の情報。そう、人族か怪しいどころか人族と言い張ってること自体に驚きを禁じ得ない遥くんの場合は予測なんて不可能。だって人族は身体を錬成して強化されたり頑丈になったりしないし、血管や経絡で体内に魔法陣なんて作り出さないの。その序《ついで》に仙術だって気功法だって極めないし、大体、人族は魔素を吸収して元気になったりしないの！　だから、きっと……きっと大丈夫だよね？

「えーっと……十字架とか？」「「「案外効きそうだ！　神敵だし？」」」「自分でロザリオ作って売ってましたよ？　異世界で十字架は関係ないのに？」「それだと……心臓に白木の杭《くい》を!?」「「「それ、誰でも死ぬから！　むしろそれで再生できそうなのは遥くんだけだよ！」」」

遥くんが死ぬとすれば自滅。自らの力で限界を超えた自壊現象。そして未《ま》だ何かすらわからない、闇。そのどちらも守る手段がわかっていない。特に自壊は……お説教でしか止められないけど、そのお説教の効果も保って半日が限度みたいなの？　うん、目を離すと1秒で忘れられるし？

無意味な会議兼勉強会。だけど無意味でも見落としをなくすために全員で気になったことを、思い付きでいいから意見を出し合い考え合う。

「今なら動きが完全じゃないんだから飽和攻撃とか？」「でも、絶界持ちですよ？」「動きの悪い今こそ至近距離からの不意打ち！」「空間把握に気配探知持ちに？」「圧《お》し潰す？」「攻撃してくる遥くんを圧し潰せる？」「えーっと、爆弾？」「喜んで拾っちゃいそうだね～？」「弱点って……お説教？」「「「殺せそうだ！」」」「でも暗殺者さんのお説教は聞いてくれないかも？」「「「だよね、絶対に暗殺者さんの方が正しいのにねー？」」」

アンジェリカさん達は、これをきっと毎日繰り返している。護る為《ため》に、鍛える為に、遥くんだけじゃなくて私達にもずっとずっと徹底的に弱点を暴き、相対的に弱いところを狙い護るために強くするためにずっと考え抜いてくれている。

誰よりも必死に、健気《けなげ》に、真剣に……それでも、やっぱり答えはないらしい。だから、みんなで話し合う。だって目の数だけ多くの視点があり、頭の数分の考え方を合わせる文殊の知恵作戦。遥くんのために、私達自身のために、そして私達のことまで考えてくれるアンジェリカさん達のためにも。

「「「やっぱり答えが出ないかー？」」」「それなのに一番不安ってなんなのよ、あいつは!!」

だってアンジェリカさん達の甲冑《かっちゅう》を見れば、そこにある遥くんの想《おも》いがわかる。もともと驚異的な力がある武具が、迷宮の濃い魔素で永い年月と共に強化された武具と甲冑。

それに凄まじい量のミスリルを惜しげもなく注ぎ込み、最高級の魔石をふんだんに使い上位の効果を徹底付与した伝説級の3人の鎧《よろい》と武器装備。その全てにある効果は『不壊《ふえ》』

と『再生』。それは永遠に使われることを目指した最上位の効果。

それは永遠を生きるだろう3人を、自分が死んだ後もずっと守ろうと言う想いと願いが込められた武具に甲冑。

アンジェリカさん達の服にだって、アクセサリーだって限界まで耐久力を上げてある。

それは永遠には届かなくても、少しでも長く一緒にあって欲しいって作られている。だからとっても大切にされている。きっと遠い未来に形を失《な》くしたって、きっとその想いは永遠に消えないだろう。

「しかも～、なんか楽しそうに吹っ飛ばしてたから～……あれ、もう数の暴力も無意味だよね～？」「「「うん、あれが拳法じゃないのだけは凄く理解できちゃったよね！」」」

それに、舞うように戦うネフェルティリさんの唯一の弱点は包囲からの力押しによる圧殺。そのためだけに研究し、実践して通背拳の技術を解明して教えていた。あれが本当に通背拳なのか、何故《なぜ》か本人が一番疑問視していたけど……あれは、そのための技。その技が永遠に守ってくれると信じて、だからネフェルティリさんもその想いを理解し瞬く間に身に付けた。

そしてファレリアさんは魔力こそが生命線だと見て取ると、気功法と仙術を教え魔力系のアクセサリーを沢山作ってあげているらしい。更に近接戦闘に難があると見て太極拳まで教えている。それは自分がいなくなった後の為の技、その技は永遠に失われないから。

ラマーズ法は……まあ、あれだって呼吸法だし？

「本来、サモナーに近い能力のはずなんだけど？」「だって『被使役者の幸せと安全は使役主の義務なんだよ？』って、使役主さんが危険行為を率先してるよね？」「「うん、使役された人は幸せに暮らして、使役した方が一生懸命に戦い守ろうとしてるもんね」」

　だから必死に考える。だって絶対に失いたくないって……思うに決まってるじゃない！　そんなことされて、そんなに大事にされちゃったら思うわよ!!

　だって私達の装備もそうだから。私達の教えて貰《もら》う技も武器も装備もみんなそう。100年先より、ずっと先を考えて作られている。一番寿命が短いであろう遥くんが、懸命に作ってくれたずっとずっと先まで守りたいっていう想い。

　そんなことされて想わない訳がないじゃないの。みんな失いたくない、だから失わない方法を必死に考えて……どうやっても殺せない事に気が付くの？　うん、外的死亡要因が全く欠片も思い付けない。そして――何より全く死ぬところが想像できない？

　もう、瞳術も解けて、誰もが何度も悪夢に魘《うな》された。目が覚める度に心を痛めて苦悩している。そうならないように、どうするかを……でも、そうする方法が見つからない。だって……あれって、どうやったら殺せるんだろうね？

「ＨＰもＶｉＴも低いうえに、Ｌｖも低い遥くんは甲冑すら装備できない……のに甲冑より頑丈で効果満載の布の服にマントを着込んでるね？」「まあ、最近ちょっぴり反省して胸当ても着けだしたし？」「でも、肩盾を……飛び回ってたね？」

　あれを貫くのは難しい。それ自体は何とかできても、本人が逃げるし躱《かわ》すし攻撃してくるともう絶望的。遥くんが反撃してこないから圧殺で押し競饅頭（おしくらまんじゅう）もできるけど、世界樹《ユグドラシル》の杖《つえ》を持つ事ができて扱える事こそが脅威。その不条理な攻撃力こそが、遥くんを守っている最大の強みだから。

「HPとViTの低さだって……当てられないと何の意味もないもんねえ？」「しかも急がないと再生していくよね？」

でも、削れないからって、一撃で決めに行くにはあまりにも危険な相手。遥くんが脆く、一撃で死ぬとしても……こっちがどんな重武装の重装甲でも、そのカウンターに一撃で殺《や》られてしまうから。

そう、あの遥くんが最も得意とする殺った者勝ちに引き摺《ず》り込まれたら、あれは最凶すぎる。だって、迷宮皇さん達が１００回やっても１００回勝てるけど、殺し合ったら殺されると断言する恐怖の虐殺者なんだから。

「あれって戦いが強いんじゃないもんね？」「うん、そんなのはオマケで物凄く殺すのが得意で、凄まじく壊すのが上手《うま》いだけだもん」

だから攻撃を殺して、殺される前に殺し斬る。たったそれだけの死なない秘密。それはただ殺すまで諦めないし、殺すまで死んでやらないという我儘《わがまま》さなの？

「護衛する者は、狙う側の気持ちになって考えるそうですけど」「うん、なればなるほど可哀想《かわいそう》だよ……あれを狙うなんて究極の不幸だから」「殺す方法がなくて、殺しても死ぬかどうかも怪しくて？」「「「うん、真面目に考えるほど発狂しちゃいそうだよね？」」」「うわー、不幸過ぎて可哀想になるね!!」」」

　そして、それを毎日心配してる自分達まで悲しくなるの？　願わくば、不幸な女暗殺者さんがハニー・トラップしないことだけを願おう。最強で不死の迷宮皇さんが3人になっても毎朝死ぬかと思ったたって涙目なんだから、それこそが一番危険なの。

　そう、きっと大集団によるハーレム・トラップですら瞬殺される。つまり私達が頑張ったって……うん、そっちも未だ対応策がないの？

「だから、やっぱり全てのニョロニョロは肉壁委員長に集めて一網打尽に」「そうだ、分身スキルを探して肉壁分身で一斉に犠牲委員長連合に就任を！」「「「おおーっ、天才現る！」」」

　それは一体なんの対応策なのかな？　あと、幻影じゃない分身はニョロニョロさんの刺激を全部受けちゃうでしょ!!

「はっ、肉生贄《いけにえ》委員長にニョロニョロを集中させる衣装《コス》があれば！」「となると全身網タイツ・バニー級の誘惑装備が必要ですね」「「「掛かりそうだ！　その隙に一斉攻撃なら!?」」」「それは誰が着るの！　しかも分散させても脅威の攻撃を1人に集中させちゃったら狂い死んじゃうでしょう!?」「やはり持久戦となると囮《おとり》兼生贄の肉玩具委員長の再生を最優先に？」「ああー、肉玩具委員長の無限再生で性皇を弱らせるんだね！」「「「永い戦いになりそうだねー、100万回は保たせないと」」」「それ100万1回目が来ないやつだからー！　それ、最期は幸せに逝っちゃって終焉《おわ》っちゃうでしょ！　それにそれに10

0万回って……（キューッ……ポテン）」「……茸《きのこ》係、いつもの奴《やつ》ね？」「「「了解《ヤー》（かぷっ！）」」」

ひゃ……100万回って……1秒に10回でも1・1574……丸1日過ぎちゃってるから……100万回も逝くの!?

眠れぬ夜に羊を数えると羊さん達は壊滅するようだ。

121日目　夜　宿屋　白い変人

宿の部屋で内職するのにも懐かしさを感じる。うん、瞬く間に雑貨屋さんの注文分ができあがった？　俺自身の感知能力が速度制限《ボトルネック》となっていたようで、その制限が一挙に解除され智慧《ちえ》さんと魔手さんの魅惑の連携作業《コンビネーション》が内職の新たな扉を開いたようだ……内職の果てって遠いんだな？

「うん、でも目下最高の逸品が、あの極薄ムチムチ超圧着透け感密着スパッツさんって……うん、集中力って凄《すご》いな!?」

そして、ある程度きりが良いところで切り上げて、自前の装備の調整をしておく。いつか来る限界のために——飽和攻撃。全体魔法もあり、回避だけで凌《しの》ぎきるには限りがある。それが、多対一なら尚更《なおさら》だ。

教国では戦争の乱戦は全て女子さん達《たち》が受け持ってくれた。だから問題はなかったけど、だからって任せっぱなしではいられないから目に見える防御力は必須。

「護符《タリスマン》の花飾りも消耗品である以上は、結局は防御力と耐久力のなさから目を逸《そ》らし続けることはできないんだよ？　うん、深い迷宮に行かせてもらえないんだよ？」（ポヨポヨ）

　Lv20クラスの防具は、今のところ肩盾と胸鎧《むねよろい》の『魔物《ミノタウルス》革の胸当て　StR30％アップ　耐物理魔法（特大）耐斬撃貫通（極大）＋DEF　（3つ入る）』だけで、未《ま》だ肘当てや膝当てや腰鎧は良いものが見つかっていない。適当なもので妥協するくらいなら自主作成とも考えるけど、やはり作るとしても見本的なものが欲しい？

「重かったり、邪魔だったりすると逆に危ないし？」（プルプル）

　なので、先《ま》ずは『魔物《ミノタウルス》革の胸当て　StR30％アップ　耐物理魔法（特大）耐斬撃貫通（極大）＋DEF　（3つ入る）』をミスリル化して、上位化と新たな効果付与を狙う。

「うん、本来Lv20装備にミスリル化は勿体《もったい》ないけど、『3つ入る』が出た以上は上位に化ける可能性を秘めてそうだよね？」

　ただ、それだけでは上位化で終わりそうなので、ちょっと一手間な一工夫？

「うーん、ミスリル化した装甲板で補強を兼ねて魔法陣を仕込みつつ……流石《さすが》に武装までは付けられないかー？　魔石は結構付与できるけど、その分ミスリル消費量が急増してるよ！　いや、しかし心臓は大事だよ……でも肺が優先だな？　うん、呼吸が大事だし、心臓くらいならワンチャン再生しそうだし？　防御特化極振りにしたいところだけど、暗器も組み込みたいけど優先はやっぱりなー？」（ポヨポヨ？）

　案外、自分用の装備の方が悩ましい。そう、他人が使うものは他人の命が懸かるから真面目に作るんだけど、自分のだとどうせ自分が使うんだしと遊んでみたくなる誘惑こそが問題だ？

　でも、その誘惑のせいで俺を守るべき肩盾は飛んでいって、守らない肩盾《ファンネル》さんになってしまった？　うん、遊んでて殺されると、めっちゃ怒られそうだから防御重視だな!!

「うーん、防御極振り『魔獣《ミノタウルス》の胸鎧　ＳｔＲ、ＶｉＴ50％アップ　耐物理魔法（極大）斬撃貫通無効（極大）魔力装甲化　複層結界展開　＋ＡＴＴ、ＤＥＦ（7つ入る）』かー？　防御効果を限定した分効果は高い……けど、そしたら下半身の男子高校生さん的な部分が余計心配だった!?」

　智慧さんと羅神眼さんが要である以上頭部は外せない。うん、首が捥《も》げて再生したら俺の人族が危ない！　そして呼吸と錬成は、肺から丹田が重要。そこさえ守れば戦闘不能は避けられるはず。

「あとは腰鎧と肘当て膝当てで守るしかないな？　やはり試作だけでも試みるべきだが……でも、きっとドリルとか付けてたら怒られるんだよー。いや、好感度的観点から言っても付けないいんだよ？　でも、ロマンなんだよ？」「「「めぇめぇ♥」」」

　スライムさんではなく、羊さんが鳴く？　そう、そこには新作のふわふわな綿《わた》による、超最新作なもふもふビキニなセクシー羊さん装備が！　うん、スライムさんは何処《どこ》に行っちゃったの!!

「な、なにをするー？　みたいな？って、可愛《かわい》いもふもふビキニな羊さんの目が超野獣で、草食系皆無のお目々なんだよ!!」「「「めぇめぇ♥」」」

　黒羊さんと白羊さんに桃色《ピンク》羊さんが、可愛く「めぇめぇ」と鳴きながら寄ってくる絶対的回避不能な魅了攻撃が数えても眠気が覚める妖艶《セクシー》ビキニでモフるべきか脱がすべきか、それが問題だ！

「めぇめぇ、かぷっ♥」「めぇめぇ、ぬちょっ♥」「めぇめぇ、くちゅっ♥」「やっぱり超肉食だった――!?」

　羊達の攻撃は真っ先に指輪とイヤーカフとアンクレットを剝ぎ取り、触手さんに警戒しているようで瞬く間にマントとグローブにブーツまで脱がされていく！　可愛い羊さん達がめぇめぇと生肌を押し付けて手脚が絡み付き胸鎧に手こずりながら腕輪も服も脱がせ指が撫《な》でるように這《は》い男子高校生さんを！

「こ、これは抱き付き密着式の性女の嗜《たしな》みによる、全身を凶器とした羊攻撃な羊さん達の罠《わな》だ！」「めぇめぇ、くちゅくちゅっ♥」「めぇめぇ、ちゅぷぅちゅぷっ♥」「めぇめぇ、ぴちゃぴちゃっ♥」

　生態が艶態な艶麗艶容《エロティック》な羊達の艶《なま》めかしい妖艶《ようえん》な艶姿《あですがた》が男子高校生さんを覆い尽くし、名名がメエメエと蠢《うごめ》き貪る蹂躙《じゅうりん》のエロ羊さん達に男子高校生的な根刮《ねこそ》ぎ喰《は》まれて咀嚼《そしゃく》され幾度目かもわからないほど羊を数え、途切れ途切れの断続の連続が紡ぎ出す賢者の思考《タイム》が導き出す！

そう、忘れられている。それは触手さんを警戒するあまり、焦り男子高校生さんに蹂躙撃を繰り広げ嬲《なぶ》り尽くしているが最強の怨敵を忘れるようでは甘いんだよ！

「うん、最近めっきり出番がなかったから解除されていなかった！　カモーン！」

そう、首飾りからお久しぶりで出してみたら、魔力の質が変わったせいか魔力の純度や濃度が変わったからなのか蛇《ヒュドラ》さん鶏《コカ》さん蜥蜴《バジ》さんが立派になられて……大暴れだ？　うん、暇だった？　うん、頑張れ！

「「「きゃああああああああっ!?」」」（シューシュー？）（コケコケ♪）（シャーシャー!!）

もふもふなブラとショーツも奪われ、羊の角と耳付きのカチューシャだけの一糸纏《まと》わぬ姿になった哀れな羊さん達が這い回り締め付ける蛇《ヒュド》さんの群れに捕まるんだけど？

「いや、何で鶏《コカ》さん孔雀《くじゃく》の尻尾になってるの!?って、あれパクっちゃったの!?」

極彩色の孔雀の長い尾羽根が震える生肌を撫で擦《さす》り、刷毛《はけ》のように仰《の》け反る美しい背中を擽《くすぐ》っていく。そして蜥蜴《バジ》さんは舌が増えたようで、無数の長く赤い舌を伸ばして弄《まさぐ》るように感度上昇の毒に濡《ぬ》れた舌で舐《な》め回す。

それはもう執拗《しつよう》に丹念に徹底的に集中的に麗しの乙女の肌を舐めあげて毒汁で濡らし、柔らかな純白の太腿《ふともも》を毒々しく赤い舌先が舐め回して這い上がっていくと……長い睫毛《まつげ》を震わせて、瞳を見開きながら何度も何度も痙攣《けいれん》を繰り返す眠りっ娘《こ》さん。

「うん、初心者だからね？　程々にね？　うん、手遅れだった？」（シャーシャー？）

無限に快感が連鎖し増大する恐るべき性魔法の効果に感度上昇の効果が相俟《あいま》って、それが魔纏《まてん》で更に効果が上乗せされて累積的に高まって高まり過ぎちゃって……駄目なお顔でビクンッビクンッと引き攣《つ》るように小刻みにあられもない格好を震わせている？

「うん、久しぶりの出番と能力の上昇で頑張っちゃったのはわかるんだけど、男子高校生さんの出番も残してね？　軽く背中をつついてみただけで仰け反って硬直って、どんだけ感度が上昇しちゃってるのだろう？」


つんつん？（ヒクッ、ヒクッ！）

ちょんちょん？（ビクンッ、ビクンッ！）

なでなで？（ビクゥッ、ビクッン！）


「うん、既にかなり大変なことになってて、触っただけで悶《もだ》えて倒れるってどんだけ凄く上位化しちゃったの!?」（シューシュー）（コケコケ！）（シャーシャー？）

そして現在の男子高校生さんは性皇の能力で大変に凄《すさ》まじい破壊力と化しており、性皇しちゃうと大事件が勃発するのだが……えい？

（声にならない絶叫!!）

やはり魔纏による累乗効果と累積効果が効果を織りなし影響を与え合い強化され、だから蛇《ヒュド》さんや鶏《コカ》さんや蜥蜴《バジ》さんまで強化されて進化が及んじゃったようだ？　うん、後で保存映像の徹底検証が必要そうだし、保存版も決定な記憶を豪華版で万全に完全版で記録中なんだよ？　うん、頑張ろう！

エピローグ　～大聖堂が生まれた日～

悪徳の栄えた偽りの教えは滅び、新たに正教の教えへと立ち戻った教会。それは亜人と共に魔と戦へという、ただ生き延びるための必然の教義だった原点な原典への帰順。

「だから正義だった宗教は、いつの間にか西方の人族至上主義と帝国の買収工作で乗っ取られて本来の教えを失っていたと？」「それってつまり神様は？」「「ちゃんと良い人だったんじゃないのよ!!」」「いや、どっちにしても爺《じじい》じゃん！　どうせ今頃は熱くなってテニヌとかしてるんだよ……うん、ぽっくり逝きそうだな？」「「ああー、そういえば熱くなったまま放置したんだったね？」」「うん、せめてテニスの方だったら（泣）」「一体、皆さん神に何をしちゃったんですか!?」

そう、たったそれだけの教えで、たったそれだけを目指し遺《のこ》して伝えられた想《おも》いが勝手に神無許可で教会に改定され改変され改竄《かいざん》され続けていた。うん、改訂版の版数が４桁って、それもう原典とどめてないよね？

「だって俺がぼっちで、にーとで、更にはひきこもりな原因の犯人で、今も見渡す限りセクシー修道服姿の女子高生に囲まれながらぼっちで、滅茶《めちゃ》毎日セクシー修道服の量産の内職に追われる働き者のにーとさんで、序《ついで》にそのせいで長らく洞窟《おうち》に帰れていないひきこもりって絶対悪意しか感じられないんだよ！　うん、まだ称号は消えてなかったんだよ!!」

「「「ステータスを気にするなら、いい加減に私達《たち》のビッチA、B、C、Dをなんとかしなさいよ!!」」」

その分厚い聖典の、その原書は――薄かった。それはもう某薄い本より薄く、山なし落ちなし意味なしなのにエロいシーンすらなかったんだよ？

「しかし、よく『みんなで助け合い協力して、東で魔と戦いましょうね（略）』が、よくこんなに長くできたよね？」「「「うん、逆に何が書かれてるか気になっちゃうよ!?」」」「でも～、今更教義がガラッと変わっちゃって大丈夫なのかな～？」「うん、教会への不信感もヤバそうだよね？」

神の御言葉《みことば》を神以外が騙《かた》れば冒瀆《ぼうとく》で、そもそも無許可で改定とか削除とか不信心この上ない気がするんだけど……まあ、大体何処《どこ》もやってたから問題はないだろう。うん、誰も文句言ってなかったし、多分実は誰もちゃんと読んでないんだよ？

「いや、教会なんて人気商売な宗教《ショー》ビジネスで、今まで滅茶嫌われてて不人気だったんだから……ガラッと変えればリニューアル気分で大人気？　みたいな？」「「「一体、宗教を何だと思ってるの!?」」」「仏閣の建立は祭事としてイベント化されていましたよ?」「「「うん、それでも新装開店の垂れ幕はなかったよね!?」」」

宗教と政治が一体化した支配体制で、これまで傲慢に搾取し非道を行っていたんだから普通にしてるだけで滅茶良く思われる。うん、むしろ少々悪さしたって前よりましだと高評価を受けちゃいそうなくらいの不人気感だったんだよ?

「でも、なんか好意的な空気?」「それだけ前教皇派が支持されていなかったんだねー」「いや、だって不人気な宗教って、それはもう仕来たりで搾取するだけの超迷惑で有り難み皆無な存在でしかなくなっちゃってたんだよ? だって古来は宗教とは流行《ブーム》な催事《ムーブメント》で、非日常《ニッチ》な祭事《イベント》だったんだし?」「「「それ、本当に宗教の話なの!?」」」

それが歴史とともに権力と紐付《ひもづ》き、世論に迎合し日に日に厳格化されつつ……その人気の理由だった過去の部分は全部なかったことにされて、結果として権威だけが残り面白くなくなった。うん、古来からの宗教さんって、大体が違法かエロくて流行《バズ》ってたんだよ?

「でもでも、人気な宗教ってなんなの!?」「「「確かに?」」」「いや、要は教会に来たいっていう熱い信心《パッション》が宗教の根本原理だったんだから、そのための宗教行事《エンターテインメント》を御用意してこそ熱い信仰心《グルーヴ》が熱狂を生んで流行な大人気になるんだよ?」「「「そうだけど、どう聞いても全く宗教観が皆無だし、そもそも神様は何処に行っちゃったのよ!?」」」「いや、神とか教皇が爺で不人気だったんだからシスターさん推し？　うん、逆に爺が大人気だったら、そっちの方が絶対ヤバい団体だよ？」

だから今も続々と聖都中の人達が新たな大聖堂に集って並び、誰もが熱い瞳で見詰めている。うん、滅茶大人気だな？

「「「こんなに人がいたんだね!!」」」「うん、王国と全然人口が違うよね」「ですが……あれって……信心なんですか!?」「いや、人が集団で同じものを見詰めれば、それが集団心理で時流になるんだよ？　うん、流行の正体ってそれだけなんだよ？」「「「その熱い信仰心が、どう見てもセクシーシスター服のシスターさん達の太腿《スリット》に注がれてるでしょ!!」」」「うん、大人気だな？」「だから神様は何処に行っちゃったんですか――（泣!!）」

そう、人が集まるから集会《イベント》で、誰も来ないイベントはどれだけ崇高でも立派でも意味がない。そんな市場原理を満たせない宗教は淘汰《とうた》され、より集客力の高い行事《イベント》を催せる宗教だけが生き残れる大衆心理操作《プロパガンダ》で拡大され流行し根付いて信仰されていくんだよ？　うん、スリットとか、太腿《ふともも》さんとかが？

「いや、結果《しんこう》を得るための過程《プロセス》こそが大事で、其処《そこ》へ至る道筋こそが教会でそれ以上でもそれ以下でもない存在なんだよ？　うん、集客施設《プロパガンダ》？」「「「それ以上でもそれ以下でもなく、状況が異常なの！　あと、エロいのよ!!」」」「うん、神様を拝まずにシスターさんの太腿を拝んでるじゃないのよ!!」「うわー、お布施《ひねり》まで……大人気だね？」

そう、世の中で人が集まるものって、面白いか、甘いものが貰《もら》えるか、後はエロいかの大体どれかなんだよ？　うん、特に男子高校生はエロいのに弱いんだよ！

「そもそも宗教と心理操作《プロパガンダ》は全然違うものでしょ!!」「いえ、最初にプロパガンダという言葉を用いたのは布教聖省の Congregatio de Propaganda Fide で間違っていませんよ？」「「「そうなの!?」」」

そして異世界にはない建築様式と、そのデザイン性の高さで物珍しそうに物見遊山で大聖堂の中へと群衆は引き込まれていく。そして惹《ひ》き込まれる。

その異世界では浮世離れした瀟洒《しょうしゃ》な空間装飾《デザイン》で日常感と一緒に警戒心を壊し、異世界初のパイプオルガンの荘厳な響きで神聖感を音響効果で醸し出す。更にはステンドグラスによる視覚効果と蠟燭《アロマキャンドル》の炎の揺らめき、その非日常を香りで満たし五感を騙《だま》す完璧な演出効果。そう、滅茶セクシー修道服のシスターさんを引き立てるための舞台効果は滅茶頑張ったから超完璧なんだよ!!

「荘厳な神曲って……あれってボカロの神曲メドレーでしょ!?」「うん、これって桜が千本のやつだよね!!」「「「うん、凄《すご》いノリノリだよ!!」」」「どうして教会音楽がこんなに速くって激しいの!?」「あっ、神神《かみかみ》にしてあげるって、速すぎてシスターさんが噛《か》み噛《か》みだ！」「うわ〜、信者さん達がヘッドバンギングで大熱狂で大人気だね〜？」「うん、でもナイフ舐《な》めてる神父さんのダイヴは危ないよね!!」「でもでも、宗教的に神様のワールドイズマインって……どうなの!?」「それを言うとブラック☆ゴッド宗教って何っ!!」「まあ、盛り上がってるねー？」「「「We Will, We Will, Godness♪」」」「あの曲は……はっ、あっちにＢＢＱ会場が!!」

そして祭壇《ステージ》では音楽《ビート》に合わせて神へ祈りを捧《ささ》げるシスターさん達の宗教作法《パラパラ》が始まり、スリットを信じる信者《オーディエンス》さん達の信仰心《ボルテージ》は最高潮。そこへ管風琴《パイプオルガン》の超速弾きで熱狂のビッグウェーブもノリノリで佳境へと向かう宗教的恍惚感《エクスタシー》……うん、チラ見の爺《じい》ちゃんの見事な演奏テクニックと、激しいヘッドバンギングでセクシーシスターさんのスリットを絶妙な高さから見上げる超高等技術なんだよ!!

「でも、みんな楽しそうだね？」「……はい、こんなにも一心な姿を初めて見ました」「うん、今よりも幸せな明日を夢見させて導くのが宗教のお仕事で、笑って帰ってまた来たいって思えないなら……そんなの宗教として何の意味もないんだよ？」「ああー、この雰囲気って……お祭りだ!?」「「それだ!?」」「って言うか……この感じってディスコ？」「ああ、そんな感じなのかも!!」「いや、コヘレト３章４節では泣く時、笑う時、嘆く時、踊る時、そして詩篇《しへん》１４９篇３節で踊りをささげて御名《みな》を賛美し、太鼓や竪琴《たてごと》を奏でてほめ歌をうたえとあったんだから……きっとこれで正しいんだよ？」「「それっぽく言っても、その賛美の対象が太腿さんになってるのが致命的に大問題すぎなのよ!!」」

だから祭事《フェスティバル》。それが面白くもなく盛り上がれないなら、それこそが催事《イベント》の運営者の怠慢なんだよ？　うん、次回公演のお布施引き換え入場券も即完売で、早くも３ＤＡＹＳで追加公演が決定らしい？

「私の説法を聴けえええええ――っ♪」「「うをおおおおおおお――っ♪」」「宗教

とは幸せを夢見るためのもの……確かに、みんな笑顔ですね」「「「騙されちゃ駄目！　あれはエロいもの見て幸せになってるんだからね!?」」」「ちょ、この世の美しいものは全て神が創られたって言質が取られてて、だからエロいのも全部神の所為《せい》だからエロいの禁止っていうのは神への冒瀆なんだよ？　うん、創造神なら創造物責任法で全部爺《かみ》の責任《せい》なんだよ？」「「「神様、逃げて（泣）」」」

そう、みんなが楽しそうで幸せそうなら、それで初めて意味がある。そうして、此処《ここ》に人が集まる。そう教会なんて、そのための建物《いれもの》でしかないんだよ。

「えヴりぃばでぃだんすなううううぅ♪」「「「うをおおおおおおおおお――♪」」」

そう、あとエロいのは大性堂だから仕方ないと思うんだよ？　うん、あのパラパラのスリットからのムチムチなガーターベルトと網タイツの神々しいコンビネーションは神エロいんだから、ちゃんと神ってるんだよ？　みたいな!!

「まあ……これで教会の復権は成功？」「確かに人気は最高潮なんだけど……あの信者さん達って、神様のことをまだ覚えてるかな？」「うん、信仰深い宗教国家が、ただのお祭り騒ぎが大好きな人達になっちゃってたね？」

そして赤いスポットライトと桃色のイルミネーションが輝き、祭壇《お立ち台》の上にセクシーシスターさんが並び、法典を振りながら一斉に踊る極楽絵巻《ハレルヤ》！

「神は仰《おっしゃ》られました――魔物、ぶっ殺《コロ》！」「「「をおおおおおおっ、ですとろいぃ、ですとろおおおおいぃ!!」」」「うわー、最悪な布教だ!?」「でも教義的には合ってる？」「信仰で魔物ディスってデスって魔石剝《く》って儲《もう》かってもう最高に宗教♪」「「うをおおおおお――っ！」」」

そう、たったこれだけが教義。だって、たったそれだけしかない世界を救う唯一の方法なんだよ？　うん、みんなで仲良く魔物をボコろうねだけで良いと思うんだよ？　要るの、分厚い法典って？

あとがき

なんとまたもやあとがきで、しかも頁数《ページすう》が4頁。

そう、きっと皆様「ああ、犯人はY」と思われている事と思いますが――犯人は新担当のK口さんです。はい、新たに担当さんが変わってもやらかしやがりました！

そんな訳で前担当のY田さん御栄転おめでとうございます＆ずっとありがとうございました。

そして、Y田さんに全部丸投げされて罵り叫んでるK口さん、これから丸投……宜《よろ》しくお願いします。はい、全部丸投げるんで（笑）

ちなみにK口さんの趣味は登山とキャンプで、夢は山でY田さんを突き落とすことだそうです。そんな複雑な人間関係の縺《もつ》れで愛憎渦巻くオーバーラップ編集部さんにもいつもありがとうございます。


そうして、なんと13巻を出させて頂けました。本当に皆々様にお読み頂きありがとうございます。はい、榎丸《えのまる》さく先生、地獄のスケジュールの犯人はK口です。そして今巻も（時間皆無な中で）素敵な絵をありがとうございます。

更には毎回丸投げましてすみません、ありがとうございますと御礼をびび先生へ。はい、帯の件は全てびび先生にお任せしました（笑）

いいや、世界観とかキャラの設定や描写は絶対びび先生に任せた方が良いよねと、もう「作者名もびび先生だけでよくない？」とまで押して押して推し進めましたが、一応原作者と名前が……はい、マジすみません、超ありがとうございました（汗）

そんな感じで、是非とも動くびび先生ワールドを愉《たの》しんでいただければ。はい、なんとアニメになるそうです。

それはそれでまた謝辞が増えて、監督始めアニメーション制作会社の皆々様、そして声優の皆々様にもありがとうございますを。いや、もう話が大きくなりすぎてビビって挨拶にも行けず申し訳ありません。

船頭多くして船山に上ると言いますし、アニメは監督、その世界観キャラ諸々《もろもろ》はびび先生のタッグにお任せしようと出しゃばらず丸投……ゲフンゲフン！　お任せさせて頂きました。

当時まだ担当だったY田さんからオーバーラップのアニメ化ラッシュの際に、「ぼっちにアニメの話って来たらどう答えます？」と聞かれたんで、「聞いてくるような人がいたら、その人疲れてますから『気を確かに!!』って止めてあげましょう」と言って一緒に大笑いしていたんですが……本当に作っちゃうとはと（笑）

そんなこんなでWEB版の方が滅茶《めちゃ》遅れてごめんなさいも追加で。WEBでお読みの方々に謝罪を（汗）

近況報告と言うか、言い訳というか、もうモニターで目をやられてしまい更新が大変遅れております。感想返しなんかも追い付けなくなっておりますが全部読ませて頂いてます、いつもありがとうございます。

まあ、勿論《もちろん》ですがそれもこれもスケジュール滅茶押しちゃったK口さんが全部犯人ですと、御苦情、罵声、投石はOVL編集部K口までドシドシと！

そんな感じで毎回謝辞になってしまいますが、いや未《いま》だに――「どうしてこうなった!?」のまま書籍化からコミカライズで、今度はアニメ化して頂く事となりまして驚愕《きょうがく》と恐怖が99周くらい回った辺から達観の域に？

いや、普通に考えて一度も小説なんて書いた事もなければ、そもそも書きたいと思った事も無いまま、お巫山戯《ふざけ》で小説投稿サイトに書いてみたら書籍化でコミカライズでアニメ化決まりましたって……思えば書籍化の話を頂いた時も「絶対詐欺だw」と笑っていたのに、随分と長いドッキリだなと（笑）

そんな訳で沢山の方々のお陰で此処《ここ》まで続けさせて頂いて、なんとアニメにまでして頂けました。

それもこれも重ねて、お読み頂きありがとうございます。いや、本当に色々な方にお世話になりまして……。

4頁もあとがきを貰《もら》っても結局は御礼と「犯人はK口」で埋まってしまいますが、このあとがきも夕方に電話かかってきて「4頁余っちゃいました！　あとがき書いてください……今日中に？」と。

そう、なんと編集さん変わってもY田さんと何も変わらない分身のような超スピードの催促で、オーバーラップ編集部の恐ろしい片鱗《へんりん》を味わってます。

そしてそしてアニメについてはオーバーラップのWEBサイトで詳しく……K口さんが泣きながら滅茶超詳しい告知広報の頁とかを作成してくれるはずです（超御期待w）

はい、原作は相変わらずこんなのですが、コミカライズ、そしてアニメも楽しんで頂けましたら本当に幸せです。

五示正司

異世界だとアニメよりアニマニズムを見るほうが簡単そうだ？

「「「遥《はるか》君、アニメが見たいです（泣）」」」

うん、オタいな？

「いや、漫画すらない異世界でどうやってアニメーションを再現するんだよ！」「そこは魔法で？」「うん、ファンタジーならきっと!!」「いや、まだ映画の方がワンチャンあるんだよ？」「「「だったら劇場版で!!」」」「アニメが無理って言ってんだろっ!!」

そう、圧倒的に掛かる手数が膨大で、関わる人数が必要になるのがアニメ。うん、無理！

「あれって紙芝居から漫画っていう文化的な変遷が必須で、それに画《え》はなんとかなっても」「「「なっても？」」」「お前等《まえら》、適当に声入れたら騒ぐよな？」「「「声優様は神！　適当なんて冒瀆《ぼうとく》ですよ!!」」」

うん、ウザいな!!

「そう言えば、この異世界って永遠の17歳問題が！」「「「大丈夫、沢山いるから!!」」」「いや、でも異世界だと題材って……迷宮？」「「「いや、それは日常過ぎない？」」」

それがSF映画であれ、アニメであれ、そこに求められるものは非日常な仮想現実。うん、異世界って現実な日常の方が普通にバトル展開なんだよ？

「迷宮ものって……冒険？」「お菓子を我らに、総員突撃！」「「「了解《ヤー》!!」」」「「「うん、迷宮で冒険って、ただの虐殺だった!?」」」

そう、幾千幾万の物語があり、そこに迷宮で戦う話だって沢山あった。

「うん、異世界迷宮で聴こえる様にこっち見ながらお菓子の催促しつつ最速で突撃を繰り返す女子高生の物語は、アニメ化以前に書籍化の時点で無理だと思うんだよ？」「「「確かに!!」」」

その物語には恋愛模様《Boy Meets Girl》があり、感情の機微が生み出すロマンスがあった。うん、お菓子が食べたいと魔物を追い掛け回し、迷宮を蹂躙《じゅうりん》して晩御飯代を稼ぐ女子高生集団ってヒロイン無理なんだよ？

「お前の魔石はチョコレートが良いな♪」「「「イイねー♪」」」（（（グギャアアアアア――!!）））

そしてスリルとサスペンスがあったけど、それはカカオの在庫がスリリングで急いでチョコを練らないと俺がサスペンスされそうな物語は……うん、アニメ作る前にチョコ作るんだよ!!

「せっかくの異世界なのに」「いや、朝起きて迷宮行って魔物ボコって、お昼御飯食べて魔物ボコって迷宮潰してオヤツを強請《ねだ》って、お菓子食べすぎて迷宮でわんもあせっとで魔物はボコボコってお宿で晩御飯食べる話って……アニメで見たいか？」「「「あれ、ファンタジーさんは何処《どこ》!?」」」

そう、あれは架空の物語で、それが実際の日常になればただの生活。

「「「チョコチョコチョコチョコチョコチョコチョコ!!」」」「CHOCOLAAAAAAAAAAAAA

AAAAAAAAAAAAAAAAAAATE!!」「美少女枠がいっぱいなのに悪役感しかなかった!?」「それならチョコレートパフェも♪」「「「イイねえ♪」」」「私のパフェ代になってよ♪」（（（ギュヲオオオオオオオッ!?）））

そして、まだ冷却中のチョコを待ちきれず摘《つま》み食《ぐ》いしながら、お口の周りをチョコだらけにした女子高生さん達《たち》が魔物をボコる。うん、次はパフェらしい!!

「空想に追い求めるものって現実にはないもので、その現実が空想より非現実的な異世界でアニメって……スプラッタ《あれ》？」「「「思ってた異世界冒険と違いすぎてた（泣）」」」

ほら、やっぱ魔物さん達が危ないから、異世界に女子高生を持ち込んだら駄目なんだよ？　うん、だって絶対その後はチョコのアイスクリームって言い出すんだよ？　うん、無理だな？

アニメ化決定
おめでとうございます!!

マンガでも貫く
俺のぼっち道。
ひとりぼっちの
異世界攻略
LONELY ATTACK ON THE DIFFERENT WORLD
漫画 びび 原作 五示正司
コミックス①～以下続刊 好評発売中!!
COMIC GARDO
コミックガルド
オーバーラップ発
WEBコミック誌
連載はこちら

作品のご感想、
ファンレターをお待ちしています

あて先
〒141-0031
東京都品川区西五反田 8-1-5 五反田光和ビル4階
ライトノベル編集部
「五示正司」先生係／「榎丸さく」先生係

参考文献
『水銀に魅せられて』Joel D. Blum, Nature Chemistry 5, 1066（2013年12月号）
https://www.natureasia.com/ja-jp/nchem/in-your-element/article/52839

OVERLAP

ひとりぼっちの異世界攻略 life.13
自称最弱、最弱をやり直す

発　行　2024年1月25日　初版第一刷発行
2024年9月1日　第二刷発行
著　者　五示正司
発行者　永田勝治
発行所　株式会社オーバーラップ
〒141-0031　東京都品川区西五反田8-1-5
校正・DTP　株式会社鷗来堂
印刷・製本　大日本印刷株式会社

Printed in Japan ISBN 978-4-8240-0712-4 C0193

第12回 オーバーラップ文庫大賞
原稿募集中！
イラスト：じゃいあん
【締め切り】
第1ターン 2024年6月末日
第2ターン 2024年12月末日
各ターンの締め切り後4ヶ月以内に佳作を発表。通期で佳作に選出された作品の中から、「大賞」、「金賞」、「銀賞」を選出します。
その物語は、
きっと誰かが
好きな物語。
【賞金】
大賞…300万円
（3巻刊行確約＋コミカライズ確約）
金賞……100万円
（3巻刊行確約）
銀賞………30万円
（2巻刊行確約）
佳作………10万円
投稿はオンラインで！ 結果も評価シートもサイトをチェック！
https://over-lap.co.jp/bunko/award/
〈オーバーラップ文庫大賞オンライン〉
※最新情報および応募詳細については上記サイトをご覧ください。
※紙での応募受付は行っておりません。